李查德作品

LEE CHILD

NIGHT SCHOOL

不存在的任務

LEE CHILD

李查德—著　趙丕慧—譯

他們都愛浪人神探！

文筆簡潔精練，而且打鬥場面很實在……這部最新的系列小說具備了所有的經典要素：（漢堡）、厲害的惡徒，以及一個吸睛、峰迴路轉、結局圓滿的謎團。

——**《紐約客》雜誌**

又一部來得正是時候的力作……這部緊湊的驚悚小說是經典的李查德：步調快，結合時事，並且給人「從頭條撕下來」的感覺。

——**明星論壇報**

一樣的引人入勝！

——**佛羅里達聯合時報**

李奇是本世紀最具原創性、最吸引人的大眾小說英雄！

——**華盛頓郵報**

向世上真正從事這一行的男女致上最高敬意。

1

早晨他們給李奇頒了動章，下午就又把他送回學校去了。動章是一枚軍功動章，他的第二枚。樣子很漂亮，白色琺瑯，緞帶一半的地方紫紅相間。根據陸軍條例600-8-22條，該動章授予在重要職位上為美利堅合眾國提供傑出服務者。從技術層面上來說，李奇掃蕩了一家酒吧，不過他猜想，得到動章的真正原因就跟他之前獲獎的理由一樣，是一種交易，是一種契約的標記。**閉上嘴收下這塊破銅爛鐵，別把我們叫你做的事說出去**。其實不用他們吩咐李奇也知道，這種事根本不值得拿出來吹噓。巴爾幹半島，出個警察任務，搜尋兩個隱藏戰爭秘密的當地人，辨識出兩人的身分，找出藏匿地點，上門拜訪，再對準腦袋開槍。波瀾未興，顧全大局，地區也稍微平靜。只是他一生中的兩個星期，用了四顆子彈，沒什麼大不了的。

陸軍條例600-8-22條對於動章的頒授條件模糊得教人意想不到，只說頒授時需合乎禮節，並有配合的儀式。通常就是指一個大房間，擺著鍍金家具和一堆的旗幟，以及一位比受動人的階級高的長官。李奇是少校，有十二年的年資，但當天早上也頒發了其他的動章，包括三名中校，兩名一星將軍，所以來的大人物是五角大廈的某個三星將軍，李奇多年前就認識他了，那時他還在梅爾堡擔任刑事偵緝組的指揮官。是個有頭腦的人，而且絕對能猜得出為什麼一個憲兵少校能獲頒軍功動章。他有種眼神，半是譏誚，半是完成交易的嚴肅。**閉上嘴收下這塊破銅爛鐵**。說不定以前這傢伙也做過這種事，說不定還不只一次。他的藍色軍裝的左胸上別的動章琳瑯滿目，其中就有兩枚軍功動章。

這間合乎禮節的房間位在維吉尼亞州的貝爾沃堡，距離五角大廈滿近的，對三星將軍來說很方便。對李奇也很方便，因為距離岩溪也差不多，他回來後就在那兒打發時間。對其他的軍官就沒那麼方便了，他們是遠從德國飛來的。

大家先是轉來轉去，略略聊了幾句，握握手，然後全都安靜下來，排成一線，立正敬禮，挨個別上或是掛上勳章，再來又轉來轉去，聊個幾句，握握手。李奇悄悄朝門口走，一心只想趕快出去，卻被眼尖的三星將軍看見了。他跟他握手，握著他的手肘不放，說：「聽說你又接到命令了。」

李奇說：「沒人跟我說過，還沒有。你是從哪兒聽來的？」

「我的士官長，他們都會互通訊息。美國陸軍士官有全世界最有效率的八卦網，我每次想起來都會覺得不可思議。」

「那他們說我要去哪裡？」

「他們還不確定。不過不很遠，反正開車就能到。顯然是汽車集中調度場收到了申請書。」

「我大概什麼時候會知道？」

「今天吧。」

「多謝通知。」李奇說。

三星上將放開了他的手肘，李奇繼續往門口蹭，溜了出去，走上走廊，一名三等士官長急停敬禮，上氣不接下氣，好像跑了很久。大概是從貝爾沃堡的另一頭跑來的，那邊是辦正經事的地方。

這傢伙說：「少校，蓋伯將軍向您祝賀，他請你一有空就到他的辦公室一趟。」

李奇說：「要我去哪裡，阿兵哥？」

「開車可以到的地方。」那傢伙說。「可是在這裡，就可能有各種不同的解釋。」

蓋伯的辦公室在五角大廈裡，所以李奇搭了兩個住在貝爾沃堡的上尉的車，他們下午要到B環值哨。蓋伯的辦公室是他一人專用，兩個環廊之內，二樓，門外的桌子有軍士值班。他站起來，帶領李奇進去，報上他的姓名，就像電影裡的古代門房。然後那傢伙向側面站，開始後退，可是蓋伯攔下了他，說：「中士，麻煩你留下。」

所以他就留下來了，在原處稍息，兩腳穩穩地踩著閃亮的漆布地板。

目擊證人。

蓋伯說：「坐，李奇。」

李奇坐在訪客椅子上，四隻椅腳是管子做的，椅子被他一坐就往下沉，害得他向後仰，活像是有股強風在吹。

蓋伯說：「新的派令下來了。」

李奇說：「內容，地點？」

「你要回學校去。」

李奇沒吭聲。

蓋伯說：「失望嗎？」

難怪要有證人，李奇這麼想。這可不是私人的對話，要拿出最佳行為來。他說：「將軍，軍隊叫我去哪兒，我就去哪兒。」

「你的口氣可並不開心。可是你應該開心。生涯發展是一件很奇妙的事。」

「哪間學校？」

「這個時候詳細的派令正送到你的辦公室去了。」

「我要去多久？」

「那得看你有多努力。我看大概是該多久就多久吧。」

李奇在五角大廈停車場坐上了巴士，兩站後在岩溪總部的山腳下車，走上山坡，直接進辦公室。他的辦公桌中央擺了一份薄薄的檔案，上頭有他的姓名，幾個號碼，以及一條課程名稱：**新近鑑識技術革新對跨機構合作之影響**。檔案裡有幾張紙，剛影印好還是熱的，包括一份正式通知，暫時派遣他到維吉尼亞州麥克連恩市一處應該是租借的機構。他必須在下午五點之前報到，必須著便服，當地有宿舍，會提供個人交通工具，沒有司機。

李奇把檔案夾在腋下，走出了大樓。沒有人看著他走，現在沒人對他感興趣了。他教人失望，簡直是反高潮。士官八卦網屏氣凝神，結果等來的卻是一個毫無意義的科目，還有個狗屁標題。一點也不刺激。所以他現在是無名小卒，出了八卦圈，眼不見心不煩。就跟列入傷兵名單中的球員一樣。一個月之後有人可能會突然想起他，好奇他幾時會回來，會不會回來，但過一秒鐘就會把他拋到腦後。

門內辦公桌後的士官抬眼一看，目光就飄走了，一臉的無聊。

李奇僅有幾件便服，而且有的還不算是老百姓的衣服。他下班穿的是陸戰隊的卡其褲，差不多有三十年的歷史了。他認識一個人，那個人認識另一個在倉庫工作的人，他說那兒有一大捆舊東西，是林登·詹森當總統的時候誤寄回來的，之後就再也沒有好好處理過了。而這個故事的重點顯然是陸戰隊的舊長褲看起來就跟Ralph Lauren的褲子一樣新。李奇是不在乎長褲的樣子的，可是五塊錢實在是很讓人心動的價錢，何況長褲的品質不錯，沒人穿過，沒配給過，折疊得整整齊齊的，略帶點霉味，但起碼還能再穿個三十年。

他下班穿的T恤也不像平民穿的，也是舊軍用品，都洗薄變白了。只有他的外套是絕對跟軍隊無關的，那是件黃褐色李維牛仔外套，絕對貨真價實，連標籤都是，只不過是舊女友的母親在首爾的地下室裡縫製的。

他換好衣服，把剩下的物品塞進帆布袋和公事包裡，抬到馬路邊，那兒停著一輛雪佛蘭凱普瑞斯。他猜車子以前大概是舊的憲兵車，黑白雙色，現在退役了，貼紙都撕掉了，燈條和天線拔除了，餘下的洞用橡皮塞封死了。鑰匙在車裡，坐墊磨損了，但是引擎能發動，變速箱沒壞，煞車也正常。李奇像駕駛戰艦一樣把車子掉頭，對著維吉尼亞州麥克連恩市疾馳，搖下車窗，還聽著音樂。

機關的公園就跟許許多多的公園一樣，褐色加米色，低調的路牌字體，整齊的草地，種了些常綠植物，空曠的土地上有校園向外擴散，每一區校園都有兩三棟屋子，行政人員躲在平淡無味的姓名後面，辦公室的窗戶裝著有色玻璃。李奇靠街道的號碼找到了正確的地方，經過了一個及膝高的招牌，上面寫著「教育解答法人組織」，鉛字平凡到甚至有點幼稚。

門口停著兩輛雪佛蘭凱普瑞斯，一輛黑，一輛海軍藍。都比李奇的車要新，而且也都是老百姓開的，因為車頂沒有橡皮塞，車門也不是油漆粉刷的。這是公務車，毫無疑問，乾淨晶亮，每一輛都有兩支天線，其實一般人只需要一支天線就能聽球賽了。黑色汽車有短針，藍色的有長鞭，架設的位置不同，而且波長也不同，屬於兩個不同的機關。

跨機構合作。

李奇停在汽車旁，把袋子留在車上。他進了門口，走向空蕩的大廳，腳下踩著耐用的灰地毯，牆根時不時就擺著一盆蕨類。有道門上標著**辦公室**，另一道門上標著**教室**。李奇打開了這扇門，教室前方有綠色的黑板，二十張大學課桌，排成四排，每排五張，右邊都有個小架，放紙筆的。

有兩個人占了兩張桌子，都穿著套裝，一個穿黑色，一個海軍藍。就跟汽車一樣。兩個人都筆直看著前方，好像剛才在交談，現在已經無話可說了。他們的年紀和李奇相當。黑套裝的膚色白，髮色深，對於開公務車的人來說，頭髮未免太長了。藍套裝的一樣膚色白，小平頭，看不出顏色。像是太空人。體格也像是太空人，不然就是剛退下來的體操教練。

李奇走進去，兩人都轉頭看。

黑髮的說：「你是誰？」

李奇說：「那要看你是誰。」

「你的身分由我決定？」

「我說不說得看你是誰。外頭是你們的車嗎？」

「那麼明顯嗎？」

「滿容易聯想的。」

「怎麼說？」

「因為兩輛不一樣。」

「對。」那人說。「是我們的車。對，你是跟兩個不同政府機關的代表在教室裡。在學校合作，他們要教我們怎麼跟別的機關融洽相處，拜託別跟我說你是別的機關來的。」

「憲兵。」李奇說。「不過放心好了，我相信在五點之前這裡就會有很多文明人。你不用跟我套近乎，去跟他們相處融洽吧。」

留小平頭的人抬起頭，說：「不對，我覺得我們就是全部人了，我們就是主角。臥室只有三間是整理好的，我看過一圈了。」

李奇說：「哪種政府學校會只有三個學生？沒聽說過。」

「搞不好我們是教職員。學生可能住在別處。」

黑髮男說：「對，這樣就說得通了。」

李奇回想在蓋伯辦公室的談話，說：「我上司稱這個叫生涯發展，我以為我是來上課的，不是來教書的。後來他好像又暗示說如果我努力，很快就能結束。所以呢，我不覺得我是教員，你們的派令跟我不一樣嗎？」

小平頭說：「差不多。」

黑髮男沒回答，只是聳了聳肩，好似勉強承認想像力豐富的人可以把他的派令詮釋成平淡無奇。

小平頭說：「我是凱西．華特曼，聯邦調查局。」

「傑克．李奇，美國陸軍。」

黑髮男說：「約翰．懷特，中情局。」

三人互相握手，隨即又陷入李奇剛進門時的那種沉默。無話可說了。他選了靠近後面的桌子坐下。華特曼在他的左前方，懷特在右前方。華特曼紋絲不動，卻提高警覺。他在打發時間，保存體力，而且以前也這麼做過，他是位經驗老道的探員，不是什麼菜鳥。懷特也一樣，只不過他在每方面都跟他不同，懷特完全坐不住，他的手動來動去，而且斜著眼到處看，時遠時近，偶爾瞇著眼，一副怪相，左看看，右看看，彷彿困在一連串煩人的想法中，找不到出路。分析師，李奇這麼猜，多年來泡在可疑的資料以及兩倍、三倍、四倍的幌子裡，難怪他會有點心神不寧。

沒有人開口。

五分鐘過去了，李奇打破沉默，說：「我們是有合不來的歷史嗎？我是指聯邦調查局、中情局和憲兵，我沒聽說過有什麼大衝突，你們呢？」

華特曼說：「我想你是下錯結論了。這跟歷史無關，是跟未來有關。他們知道我們已經在合作了，所以他們才能剝削我們。想一想課程名稱的前半部，鑑識技術革新和合作的分量一樣重，而革新的意思就是說他們得省錢，將來我們合作的次數還要更多，要共用實驗室。他們會蓋一個新地方，我們都會用到。我猜就是這麼回事，我們來就是要學怎麼樣讓它運作的。」

「發神經唄。」李奇說。「我對實驗室和訂計畫根本就一竅不通，再怎麼輪也不該輪到我。」

「我也是。」華特曼說。「說實話，這可不是我的強項。」

「比發神經還糟。」懷特說。「簡直就是浪費時間，還有更多更重要的事得辦呢。」

兩手抽搐，扭絞。

李奇問：「你是工作到一半被叫過來的？你還有差事沒做完？」

「其實沒有，我正要輪休，我剛完成一件事。我覺得很成功，可是回報居然是這個。」

「往好處想嘛。你可以放輕鬆，慢慢來，打打高爾夫。你不需要學怎麼讓它運作，中情局才不甩什麼實驗室呢，你們根本很少用實驗室。」

「我現在應該要動手做某件事，這下子可要落後三個月了。」

「什麼事？」

「我不能說。」

「那現在由誰做？」

「這個我也不能說。」

「一個優秀的分析師？」

「沒那麼優秀。他會丟三落四，而那些東西可能很重要，這種事是沒辦法預測的。」

「什麼事？」

「我不能說。」

「可是是重要的事，對不對？」

「比這個重要得多了。」

「你剛完成的是什麼事？」

「我不能說。」

「是不是在重要職位上為美利堅合眾國提供了傑出的服務？」

「嗄？」

「或是類似的說法？」

「對，差不多。」

「可是你的回報是這個。」

華特曼說：「我也是，我跟你們的情況一樣，他剛才說的話可以換成我來說。我以為會升遷，可不是這玩意。」

「為什麼升遷？你做了什麼？」

「我們解決了一件大案子。」

「哪種案子？」

「緝捕犯人。案子好多年了，都冷了，可是我們結案了。」

「為國家服務？」

「這是怎麼回事？」

「我是在比較你們兩位，結果發現沒什麼不同。你們是非常優秀的探員，已經相當資深了，而且忠誠可靠，所以給了你們有用的任務，也就是說有兩點。」

「哪兩點？」懷特問。

「你做的事可能在某個圈子裡是難以啟齒的，可能現在需要加以否認。可能需要把你藏起來，眼不見為淨。」

懷特搖頭，說：「不對，那件事很受好評，而且好幾年都不會變。我私底下得到了勳章，而且國務卿也親自寫了封信給我。再說那件事也不需要否認，因為是徹底的機密，沒有一個圈子的人會知道。」

李奇看著華特曼，說：「你的緝捕任務有什麼不足對外人道的地方嗎？」

華特曼搖頭，說：「第二種可能是什麼？」

「這不是一所學校。」

「那是什麼？」

「這裡是讓他們把剛剛大勝過的優秀探員丟過來的地方。」

華特曼愣了一秒，這倒是種新的說法。他說：「你也跟我們一樣？我看就是，兩個人一樣了，第三個何必特別？」

李奇點頭。「我也一樣。我剛完成了任務，這一點絕錯不了。我今天早上得到了勳章，掛在我的脖子上，因為任務做得漂亮，乾淨俐落，一點也沒有讓人難以啟齒的地方。」

「是什麼任務？」

「我確定是列入機密的任務，不過我得到的可靠消息說可能是某某人闖入了民宅，開槍打了屋主的腦袋。」
「在哪裡？」
「額頭一槍，耳後一槍，萬無一失。」
「不是，我是問房子在哪裡？」
「我確定這也是機密。不過應該是在國外。而且我得到的可靠消息說那人的名字有一堆子音，而且只有一兩個母音。而同一位某某人又在隔天晚上又做了一次，在另一棟屋子裡，證據確鑿。兩件案子加起來，也就是說我認為事後這位某某人不應該淪落到這個地方，我覺得他至少會接到下一個部署的命令，甚至會有一個選擇的機會。」
「完全正確。」懷特說。「而我的選擇可不會是這裡。而是去做我現在應該在做的事情。」
「聽起來很有挑戰性。」
「非常有挑戰性。」
「還用說。我們想要挑戰當作獎賞，我們不要輕鬆的派令，我們想要難上加難。」
「完全正確。」
「說不定我們已經如願了。」李奇說。「我問你們，你們回想一下拿到命令的情況，是面對面告訴你們的，還是書面傳達的？」
「面對面，這種事情非得面對面不可。」
「房間裡有第三者嗎？」
懷特說：「其實還真有，真夠侮辱人的。一個女行政助理等著要送文件，他叫她留下來，她就站在那兒。」

李奇看著華特曼，華特曼說：「我也一樣。他叫秘書留在房間裡，很反常。你是怎麼知道的？」

「因為我也是這樣。他讓他的中士當證人，不過也是要他把八卦傳出去。問題就在這裡，他們總是互通聲氣，不出幾秒鐘，每個人都會知道我要去的不是什麼有趣的地方，只是去上一個狗屁課程。他們一轉頭就會把我忘得一乾二淨。我相信現在消息已經傳遍了，我變成了隱形人，消失在官僚體系的迷霧裡了。也許你們也一樣，說不定行政助理和FBI的秘書也有自己的聯絡網，這樣的話，我們三個此時此刻就是地球上最隱形的人，誰也不會探聽，誰也不好奇，甚至誰也記不得我們，再也沒有一個地方比這裡更無聊的了。」

「你是說他們把三個不相干卻表現優異的探員丟進了冷衙門，為什麼？」

「丟進冷衙門不算正確的說法。我們是來上課的，我們變成徹底的隱形人了。」

「為什麼？又為什麼是我們三個？我們有什麼關聯？」

「我不知道。但是我確定一定是個艱難的挑戰，說不定是三個優異的探員會覺得很令人滿意的那種獎賞任務。」

「這裡到底是什麼地方？」

「不知道。」李奇又說。「不過百分之百不是學校。」

五點整，兩輛黑色廂型車駛出馬路，通過了及膝高的標誌，停在三輛凱普瑞斯後面，路障似的，擋住了汽車的去路。每輛廂型車都下來兩個穿套裝的男人，特勤局或是美國法警。每一對搭檔都迅速瀏覽四周，確認沒有情況，這才鑽回車子裡，讓他們的頭頭下車。

第二輛廂型車下來一個女人，她一手提公事包，一手抱著一疊紙；一身俐落的黑色連身裙，及膝長，公私兩宜，白天配上珍珠項鍊就能在安靜的高樓辦公室上班，晚上換上鑽石就能參加雞尾酒會。她比李奇年長，約莫大個十歲。四十好幾，但保養得很好。一臉的精明幹練。中等長度金髮，髮型自然，顯然是用手指梳理的。她比一般人高，但並不會比較胖。

接著第一輛車下來一個人，李奇一眼就認出了他來。他的臉孔每週會上一次報紙，更常上電視，因為除了他的事業受到矚目，他也在許多資料圖片和訪談資料片中出現，像是內閣會議，以及在總統辦公室的嚴肅討論。他是艾爾菲．瑞特克里夫，國家安全顧問。是總統的首席幕僚，只要捲入可能就沒好結果的事，找他就對了。他是總統的臂膀。謠傳他將近七十歲，可是樣子不像。他是國務院的老兵，時起時落，端看風向怎麼吹，他雖然不隨風飄流，仍守住了崗位，最後他的硬骨頭總算讓他爬上了頂峰。

那個女的上前來，兩人一塊走，後面跟著四個穿套裝的。李奇聽見大廳的門打開了，硬地毯上響起了腳步聲，接著全體走向教室，兩個穿套裝的落後，兩個筆直走向黑板，瑞特克里夫和那個女人跟著進來，直走到沒法再走了，這才回過身來，面對著教室，儼然是即將授課的老師。

瑞特克里夫看著懷特，再看著華特曼，再看著坐在很後面的李奇。

他說：「這裡不是學校。」

2

女人的膝蓋微曲，把公事包和一疊紙放在地板上。瑞特克里夫向前一步，說：「你們三位到這裡來顯然只是藉由某種說法，我們並不想引人矚目，所以稍微誤導一點比較好。我們要的是盡可能避免注意，至少在開始的時候。」

他頓了頓，吊他們胃口，好似在等他們發問，可是誰也沒開口。甚至沒人問開始幹嘛？最好是一口氣聽完，這樣才保險，尤其是來自高層的命令。

瑞特克里夫問：「這裡有誰能夠用簡單的大白話說明政府的國家安全政策？」

沒人吱聲。

瑞特克里夫問：「你們為什麼不回答？」

華特曼只是瞪著一千碼外看，懷特聳聳肩，彷彿在說這個錯綜複雜的題目顯然是無法用一般的語言闡釋的，反正達不到簡單明瞭的標準，而是純主觀的看法，所以在達成協議之前需要先好好辯論一番。

李奇說：「這個問題有陷阱。」

瑞特克里夫說：「你覺得我們的政策沒辦法用簡單的幾句話說清楚？」

「我覺得根本就沒有政策。」

「你覺得我們很無能？」

「不，我是覺得世界在改變，最好還是保持彈性。」

「你是那個憲兵？」

「是的，長官。」

瑞特克里夫又停了一下，然後說：「大概是三年多前，紐約市一棟摩天樓的地下停車場有顆炸彈爆炸，對傷亡的人來說當然是悲劇，可如果放眼全球，就不算什麼了。只不過在那一刻，整個世界就像瘋了一樣。我們越是仔細看，看見的就越少，了解的也越少。我們的敵人四處散布，顯然如此，可是我們不確定他們是誰，人在哪裡，又為什麼要與我們為敵，他們彼此的關聯是什麼，他們想要什麼，而且我們當然猜不透他們的下一步會是什麼。我們就跟無頭蒼蠅一樣。

可是我們至少會承認這一點，所以我們不會浪費時間研究那些我們還沒聽過的事情上。我們覺得那樣會衍生錯誤的安全感。所以現在我們的標準作業流程是像頭髮著火一樣到處轉，同時處理十件事情，在事情發生的時候。我們什麼都追，因為我們不得不如此。從現在算起再三年多一點就是新的千禧年，每一個國家的首都都會晝夜不停地慶祝，所以那一天也會是在地球歷史上最適合宣傳的時機。我們需要事先揪出這些人，一個也不漏。所以我們什麼也不能忽略。」

沒人吭聲。

瑞特克里夫說：「我並不是需要向你們辯解，可是得讓你們了解理論。我們不作假設，我們也會竭盡全力，每個石頭都去翻。」

誰也不說話，甚至沒人問：你心裡有哪個特別的石頭嗎？不開口總是比較保險，除非是對著你說話。耐心等待才是上策。

可是瑞特克里夫轉身看著那個女的，說：「這位是梅麗恩·辛克萊博士，我的高級副手。接下來的簡報由她負責，她說的每一句話都是我的意思，也是總統的意思，每一句話。這件事可能根本就是浪費時間，可是除非我們能百分之百肯定，我們還是要把它列為優先考慮，所有人都得全力以赴，你們需要什麼只管開口。」

說完，他就一陣風似地出去了，兩個套裝男急忙跟上。李奇聽見他們離開了大廳，聽見廂型車發動，開走了。梅麗恩·辛克萊博士把一張前排的椅子抬起來，掉過來，面對著教室，坐了下來，她手臂的肌肉強健，黑色尼龍長襪，一雙好鞋。她雙腿交叉，說：「坐過來。」

李奇移到第三排，塞進了一張課桌，跟華特曼、懷特形成了一個半圓形。辛克萊的面孔坦白誠實，卻因壓力與擔憂而緊繃。由此可見事情不簡單。說不定蓋伯曾提點他。你的口氣可並不開心，可是你應該要開心。也許還有挽回的餘地。李奇猜懷特也得到了相同的結論，因為他向前傾，兩眼定住不動。華特曼文風不動，保存精力。

辛克萊說：「德國漢堡有間公寓，在很時髦的社區，位置適中，相當昂貴，只是住戶承租的時間都不長，而且是多人合租。去年公寓租給了四個二十幾歲的年輕人，不是德國人。三個是沙烏地人，一個是伊朗人。四個人都非常普通，鬍子刮得很乾淨，短髮，衣著整齊。他們喜歡有鱷魚標誌的粉彩色馬球衫，他們戴勞力士金錶，穿義大利皮鞋，開的是寶馬，常上夜店，可是他們都沒有工作。」

李奇看見懷特點頭，彷彿對這種情況很熟，華特曼毫無反應。

辛克萊說：「當地人認為這四個年輕人只是紈袴子弟，可能來自名門望族，在回去接掌石油王朝之前花天酒地一番。換句話說，就是標準的歐洲公子哥。可我們知道不是，我們知道他們是在他們的祖國被吸收的，從葉門和阿富汗派到德國來，但是我們對這個新的組織還沒有多少了解。只知道它的資金充裕，是回教好戰份子，使用準軍事性的訓練方法，而且不在乎國籍。沙烏地人和伊朗人合作是很不尋常的，可是他們卻一起合作。他們在訓練營的評價很高，一年前被派到漢堡。他們的任務是要深入西方世界，安頓下來，等候進一步的指示。到目前為止他們還沒有接到指令，也就是說他們是暗樁。」

華特曼動了動，說：「這個情報是哪裡來的？」

「那個伊朗人是我們的人。」辛克萊說。「他是雙面諜，中情局從漢堡領事館選出來的。」

「勇敢的小子。」

辛克萊點頭。「勇敢的孩子是很難找到的，這也是世界的另一個改變。以前是珍貴的人才走進領事館，寫求職信，我們會拒絕一些人，可那些是老共產黨員。現在我們需要年輕的阿拉伯人，可是我們卻一個也不認識。」

「那妳為什麼需要我們？」華特曼說。「這個情況非常穩定，他們待在定點不動。他們收到命令之後一分鐘妳就會知道，領事館的人應該是二十四小時待命吧。」

最好是一口氣聽完。

辛克萊說：「這個情況是很穩定，從來沒有變化，可是後來發生了一件事，就在幾天前。只是一件小事，他們有了訪客。」

辛克萊建議大家移步到辦公室，她說教室很不舒服，課桌的關係；她說得沒錯，尤其是對李奇而言。他六呎五吋高，體重兩百二十五磅，與其說他是坐著，還不如說是頂著課桌。而辦公室卻有張會議桌，有四張靠背皮椅，大大提升了舒適度，而且似乎是在辛克萊的預料之中。這也難怪，畢竟是她租用這個地方的，可能就在昨天，或是叫她的手下以她的名義租用的。三間臥室，四張椅子，為了任務簡報。

穿套裝的傢伙等在外面，辛克萊說：「我們的人知道的都一字不漏說了，我們認為可以信任他的結論。訪客是另一名沙烏地人，跟他們同齡，穿著也一樣。剪短髮，戴金鍊，襯衫上有鱷魚標誌。他是不速之客，完全出乎他們的意料。可是他們有點像黑手黨，可以召集起來執行任務，訪客暗示了這一點。後來發現他是所謂的信使，跟他們沒有關係，而是另外一回事。他只是正好到德國來辦事，需要一個安全的住處。信使最偏愛這種選項，飯店終究會留下痕跡，他們非常多疑，因為這些新的網路擴散得非常廣，也就是說安全的通訊在理論上變得非常困難。他們認為我們能竊聽他們的手機，大概是可以，而且他們認為我們能看到他們的電子郵件，這一點我確信很快就會實現，他們也知道我們會偷拆他們的信件。所以他們就改用信使，其實就是信差。他們不會拴著銬在手腕上的公事包，他們是把口頭問題和答案記在腦子裡。他們來來去去，從這塊大陸到那塊大陸，發問，回答，發問，回答。非常緩慢，卻絕對安全。不會留下電子指紋，不會有紙面記載，什麼也看不見，只看見一個戴金項鍊的人走過機場，跟一百萬名旅客一樣。」

懷特問：「我們知道漢堡是他的目的地嗎？還是說他是要去德國別的地方，中途繞路？」

辛克萊說：「他的目的地是漢堡。」

「但是跟公寓裡的人無關。」

「對，是跟別人。」

「我們知道他是誰派去的嗎？跟葉門阿富汗同一批嗎？」

「我們強烈相信是同一批人，因為另一個情況。」

華特曼說：「什麼情況？」

「統計上並不算多奇異的巧合，信差認識公寓裡的一個沙烏地人。他們在葉門一起過了三個月，攀繩，用AK47打靶。世界很小，所以這兩人有過短暫交談，而我們的伊朗人偷聽到一些。」

「他聽到了什麼？」

「那人是在等兩天後的一個約會。地點並沒有透露，就算有也沒竊聽到，不過從內容判斷，應該是距離安全屋不遠。他不是要傳達什麼訊息，而是來接收訊息的。伊朗人說是什麼表態，什麼事情的初始立場。他說從交談內容可以得知信差是來聽表態，記在腦子裡帶回去的。」

「聽起來像是什麼談判的開始，像是開場的喊價。」

辛克萊點頭。「我們認為信差會回來，至少一次，帶回答覆。」

「我們知道究竟是什麼事嗎？」

辛克萊搖頭。「是很重要的事情，我們的伊朗人很確定，因為信差是個精英戰士，跟他一樣。他在營地的評價一定很高，否則他怎麼能穿上馬球衫和義大利皮鞋，拿到四本護照呢？他可不是什麼不起眼的小魚，他是那種主角式的信差。」

「他跟要見的人接上頭了嗎？」

「第二天的下午，那人出去了五十分鐘。」

「然後呢？」

「他就離開了，第二天一大早。」

「沒再進一步的交談？」

「只有一次，而且對我們是好消息。那傢伙說漏嘴了，直接就跟他朋友說了他要帶回去的情報。就這樣。他忍不住。因為他非常興奮吧，我們覺得規模不小吧。伊朗人說他好像非常激動，他們畢竟是二十幾歲的小伙子。」

「情報是什麼？」

「是一句陳述，開場的喊價，伊朗人果然沒猜錯。非常簡短，也非常開門見山。」

「內容是什麼？」

「美國人要一億。」

3

辛克萊挺直腰，更往桌子靠，好似要強調她的重點，說：「我們的伊朗人非常聰明，而且口齒清晰，對於語言的微小差異非常敏感，而且站長跟他研究了一遍又一遍，我們深信這是一句簡單的陳述句。在那五十分鐘內，信差和一名美國人會面了。男性，因為沒聽見他說是女性，如果是女的，他一定會說，我們的伊朗人說的。他有絕對的把握。會面中美國人告訴信差他要一億，是做什麼事的代價，這一點在內容中很清楚。可是傳達的情報就此結束。什麼美國人，我們不知道。一億要做什麼，我們不知道。由誰付錢，我們不知道。」

懷特說：「可是一億就把範圍縮小了啊。就算只是開頭的叫價後來殺到了五千萬，仍然是很大的一筆錢。誰有那麼多錢？很多人，妳會這麼說，可是起碼一個旋轉式名片架就裝完了。」

「你這樣就城頭跑馬——繞了遠路了。」李奇說。「揪出賣家比去找買家要快。什麼東西會讓那些到葉門攀繩的人願意花一億來買？而漢堡又有哪種美國人有這樣的東西可以賣？」

華特曼說：「一億是很大一筆錢，這樣的價格讓我有點擔心。」

辛克萊點頭說：「這樣的價格讓我們很擔心。聽起來就嚴重得要命，史無前例，所以我們動用了可以動用的每一個管道。我們遍布世界的人手都收到了通知，已經有幾個人在辛苦追查了，可是還不夠。你們的任務是找出那個美國人，如果他仍在海外，那麼中情局有管轄權，懷特先生可以帶頭。要是他回到了國內，聯邦調查局有管轄權，華特曼特別探員就領軍。而因為根據統計，絕大多數在德國的美國人都在美軍服役，所以我們認為我們可能會需要李奇少校加入。」

李奇看著華特曼，再看看懷特，看見了兩人眼中的問題，毫不懷疑他們也在他的眼中看見了同樣的眼神。

辛克萊說：「工作人員和相應物品早晨就會送到。你們想要什麼都可以，不用管什麼時間。可是除了我、瑞特克里夫先生，以及總統之外，不得對任何人提及此事。這裡是個隔離的單位。即使你們只是需要一盒鉛筆，也得透過我，瑞特克里夫先生，或是總統。實際上就是我。後續的文書工作會在西翼進行。你們的個人身分絕不能洩漏。因為一億是一大筆錢，政府是不能出面的。那個美國人可能是國務院的、司法部的、五角大廈的，你們可能剛好找錯了人談話，所以別跟任何人談起任務，這是第二條守則。」

華特曼說：「第一條守則是什麼？」

「第一條守則是絕不能放火把我們的伊朗人燒了。我們絕不能讓別人追查到他的身上去。我們在他身上投資了太多，而且將來還需要他，因為我們真的不知道還會有什麼情況發生。」

說完，她推開椅子，站了起來，朝門口而去。邊走還邊說：「記住，要全神貫注。」

李奇往後靠著皮椅背，懷特看著他，說：「一定是坦克和飛機。」

李奇說：「我們最近的坦克距離葉門或阿富汗有一千哩遠，而且要移動得耗上好幾個星期和好幾千人。把葉門或是阿富汗的搬過去還比較容易，也比較快，沒那麼顯眼。」

「那就是飛機。」

「我覺得一億可以買通兩個飛行員，讓他們投入黑暗的那邊，搞不好是三、四個。阿富汗的跑道不夠長吧，不過葉門的可能夠長，所以在理論上是有可能的。只是飛機對他們沒有用處，他們會需要幾百噸的備用零件跟幾百個工程師和維修人員，還需要幾百小時的訓練。結果我們只要花五分鐘就會發現，用飛彈直接摧毀，不然現在遙控轟炸也行。」

「那就是什麼軍事硬體設備。」

「是什麼呢？一百塊錢一把來福槍，買一百萬把？我們沒有那麼多。」

華特曼說：「可能是什麼機密，或是密碼、程式、地圖、平面圖、圖表、表格，或是世界金融系統電腦安全網的藍圖，或是商業秘方，或是在五十州通過立法所需要的賄賂總額。」

懷特說：「你覺得是資料？」

「不然還有什麼不惹眼的東西能買賣，還能賣那麼高的價錢？鑽石？也許吧，可那是在安特衛普，不是在漢堡。毒品？有可能，可是美國沒有人手上有那麼大批的貨可以運送，那是在中南美洲。再說阿富汗自己就產罌粟。」

「最壞的情況會是什麼？」

「那不是我這個層級能知道的。去問瑞特克里夫，或是總統。」

「你自己覺得呢？」

「我是中東專家，不管什麼都是最壞的情況。」

「天花病毒。」華特曼說。「那是我遇過最壞的情況，或是之類的，疫病、生化武器，或是伊波拉，或是解毒劑，或是疫苗。也就是說他們已經拿到病毒了。」

李奇瞪著天花板。

難以收拾的事情。

你的口氣可並不開心，可是你應該要開心。

該多久就多久。

蓋伯就像填字遊戲。

懷特看著他，說：「你在想什麼？」

他說：「第一條守則和其他的互相矛盾，我們不能害伊朗人引火燒身，也就是說我們不能接近那個信差。我們甚至不能跟蹤信差，看他把我們帶到哪裡，因為我們不知道信差是否存在，除非我們能打聽到什麼內部的消息。」

「那叫阻礙。」華特曼說。「不是互相矛盾。我們得想個辦法繞著走，他們需要那個傢伙。」

「這是效率的問題，他們需要事先知道這些人是誰，他們需要追蹤網路，建立資料庫，所以他們應該要把重點放在信差的身上，當然。口頭問題和答案記在腦子裡，來來去去，從這塊大陸到那塊大陸，發問，回答，發問，回答。他們什麼都知道，他們就像錄音帶，比一百個暗樁還有價值。因為他們知道大格局。那個伊朗人知道什麼？除了漢堡的四面牆以外，什麼也不知道，而且什麼事也沒做。」

「可無論如何也不能犧牲了他。」

「他們可以在攻擊信差的同一刻把他撤出來，還可以在佛羅里達給他買棟房子。」懷特說：「信差是不會開口的，事關部落忠誠，可以追溯到一千年前，他們是不會出賣彼此的，反正是不會為了我們獲准為他們做的那點芝麻小事。所以讓暗樁留在裡面是聰明之舉，他們真的不知道是怎麼回事。能提早暗示我們就很不錯了，甚至還能提供部分的線索。」

李奇說：「你知道是怎麼回事嗎？」

「反正是驚天動地的事，跟以前的不一樣。」

「你們跟瑞特克里夫合作過嗎？或是辛克萊？」

「沒有，你呢？」

華特曼說：「他們挑中我們不是因為認識我們，他們挑中我們是因為在關鍵的時刻我們都不在漢堡。我們都在別的地方忙，所以找我們三個不可能會找錯了人。」

隔離的單位，辛克萊是這麼說的，感覺上也像。三個大男人關在一個房間裡，與外界隔絕，因為全都感染了，都有不在場證明。

七點整，李奇從車裡取出袋子，扛到寢室去，是三間房的最後一間。走廊像辦公室走廊，前一天可能就是。寢室寬敞，附有浴室，是主管的套房。原始設計是要放辦公桌的，而不是床鋪，不過也行了。

至於吃飯呢，就是發動老凱普瑞斯，到麥克連恩市去遊覽，靠直覺轉入可能會是那種小鎮的邊緣地帶，有他想尋找的餐廳。不是高朋滿座的那種。他的新陳代謝幫了忙。他看見前頭有霓虹燈，亮晶晶的鋁身車，就在加油站旁邊，高速公路匝道邊。一輛小餐車，很老舊了，幾乎就是當年的原貌，有些凹痕和污損，里程數也不少了。

他開過去，停車，推開了鉻門，走了進去。空氣很冷，日光燈很亮。他看見的第一個人就是他認識的一個女人，獨據雅座，是他上一個任務認識的。合作過的軍人裡最優秀的一名，可能是他最好的朋友，但不是推心置腹、百無禁忌的那種，如果友誼是允許隱瞞什麼事不說的話。

起先他以為又是什麼不很讓人訝異的巧合。世界很小，靠近五角大廈就更小。但是他重新評估。她在一一〇特調小組的輝煌歲月裡是他的士官長。她和別人一樣重要，比某些人更重要，比大多數重要，甚至可能比他還重要。

靠她的聰明機智。

太聰明了，不可能是巧合。

他走向她的桌子，她沒動，反拿著湯匙在觀察他。他滑進對面，說：「嗨，尼利。」

4

法蘭西絲·尼利上士放下湯匙，說：「大大小小的餐廳有那麼多，這樣的機率有多高？」

李奇說：「我相信妳是精算過了。」

「我猜你可能會往西，因為下意識裡你會想要把特區拋在後面。我猜出了你會轉的彎，最後就剩這個地方最有可能，而且這個時間也最有可能。我猜簡報兩小時，接著就是吃飯時間。」

「那裡是學校。」

「才不是，課程名稱根本就說不通。」

「哪次說得通過。」

「這一次更離譜。」

「那是學校。」

「他們才不會把你丟到學校裡呢，只要蓋伯還有一口氣在。」

「我不能討論，太無聊了。」

「那就讓我來異想天開，猜上一猜好了。它是在掩護什麼。以你目前的打擊率來看，是高層級的什麼事。也就是說你想要什麼就能得到什麼，尤其是工作人員。反正你明天就會打電話給我的，幹嘛不早十二個小時說？」

她穿著迷彩戰鬥服，袖子捲起，前臂架在桌上。她留著黑色短髮，黑眼珠，古銅膚色。她的皮膚感覺很柔軟，可是他確定實際上絕不是。他看過她行動，她矯健又強壯。她在衣服底下的肌肉是結結實實的。可是他不知道，他沒碰過她，連手都沒握過。

他說：「我並不知道我們究竟會需要什麼。最保險的做法是先列清單，先查調派令。特定的某天出現在德國的現役人員，還有平民，從護照紀錄上查。」

「為什麼？」

「我們需要找出某個美國人，他在某個五十分鐘的空窗期人在漢堡。」

「為什麼？」

「他計畫要賣個價值一億美金的東西給一群葉門和阿富汗來的新派壞蛋。」

「我們知道他要賣什麼嗎?」

「交界地區可能是個問題。我覺得你可以直接駕車穿過,因為歐盟的關係。護照紀錄只怕不夠完整。」

「不知道。」

「說得沒錯,這只是猜測。可是我們可以再加大一點力道。我們可以調查一下誰也許在一週前進出過瑞士。那時那傢伙正在作最後的決定,他決定要賣,正準備開始叫價,他也知道這個過程很短,所以他需要事前準備好,所以他就在瑞士的銀行開了秘密帳戶,說不定就在蘇黎世,原地待命。然後他回漢堡去開價。」

「這也只是猜測,所以不可能排除其他的因素。銀行帳戶也可以許多年前就有了,這個壞蛋可能並不是第一次做這種勾當。不然他的秘密帳戶也可能在別的地方,像是盧森堡。」

「所以我才說我不知道我們究竟需要什麼。」

「你覺得他在軍隊裡?」

「有可能。機率是這麼說的。就跟在韓國或是沖繩的美國人一樣。所以我們也需要這份名單,以防萬一。軍隊裡的人能賣什麼?情報嗎?或是硬體?如果是硬體,假設貨櫃,或是大型廂型車,或是小卡車,某種不起眼的工具,再列出裝得下,而且價值一億美金的東西。」

「一定是很可靠,而且操作簡易的東西。隨貨可沒附上支援的部隊。」

「好,把這點記下。從所有的清單裡再擬出一份主清單,目前我們也只能做到這裡。明天早晨九點預備展開行動。我看不出他們還可能再多快。之後一切都要透過國安會,那個叫梅麗恩·辛克萊的女人。」

「我聽過她。」尼利說。「她是艾爾菲．瑞特克里夫的高級副手。」

「把需要她幫忙的地方都列出來，我們不應該浪費時間。」

「這件事很嚴重嗎？」

「可以很嚴重，如果跟我們預料的一樣的話。也可能不嚴重，那句話是斷章取義，可能是在開玩笑，或是什麼內線的挖苦。可能是攀繩的葉門人才懂的笑話，沒有多少意義。可如果是真的，那麼，對，光看標價就可能是很大的問題。」

服務生過來，兩人點餐。尼利說：「恭喜你獲得了勳章。」

李奇說：「謝謝。」

「你還好吧？」

「再好也沒有了。」

「你確定？」

「幹嘛，妳是我老媽啊？」

「你覺得辛克萊怎麼樣？」

「我喜歡她。」

「還有誰？」

「一個聯邦調查局的，叫華特曼，是老派的探員。還有一個叫懷特，中情局的，他非常緊張，可能有很好的理由。到目前為止，他們在幾個方面都很稱職，說的話也很在理，可以假設他們會帶進自己的人馬。而且可以假設我們還會有個國安會的頂頭上司，當我們的保姆，把我們的情報傳達給辛克萊。」

「你為什麼喜歡她？」

「她很誠實，瑞特克里夫也是，他們兩個都像頭髮著火一樣。」

「你應該打電話給你哥，打到財政部。他可以幫忙監視匯款，一億可能會引起政府的注意。」

「你會乖乖遵守這條規矩嗎？」

「我得透過辛克萊。」

李奇說：「她覺得誰都有嫌疑，她不想要我們找錯了人，洩漏了情報。可是她漏掉了一個重點，不是隨便一個人，而是每一個人，多多少少。這是一次全面掃蕩，犯人當然會是其中的一個。我們會逮到三教九流的各種人物，有的參加秘密會議，有的拎著裝滿現金的公事包進出瑞士，可是每一個都是白費工夫，因為他們都在買賣交易各式各樣的東西。我們會處處樹敵，軍方以及平民。可是我們不能引起太多的背後雜音，還不行。秘密行事會拖慢速度，所以此時此刻我想我們應該要跟緊辛克萊，將來我們會重新考慮是否有這個需要。」

「了解。」尼利說。

服務生端盤子過來，兩人吃了起來。晚上八點，維吉尼亞州麥克連恩市。

維吉尼亞州麥克連恩市的晚上八點是德國漢堡的半夜兩點。很晚了，可是那名美國人仍然醒著。他躺在床上瞪著天花板，這面天花板他很陌生。一個全裸的妓女躺在他的臂彎裡，這裡是她的家。乾淨、整潔、芳香，隱隱然透出屋主的得意之情。絕不廉價，她也是。不過沒關係，他反正就快致富了，一點點的慶祝也無傷大雅。再說他喜歡價碼高的女人，讓人更亢奮。他不是個挑嘴的人，重點在於熱情，而她表現得相當熱情。後來兩人閒聊，真正的枕邊細語，兩人緊緊依偎。她對他有興趣，很起勁地聽他說話。

他說得太多了。

他覺得妓女比真正的心理學家還要懂心理學，能夠分辨出什麼是吹牛，什麼是放屁，什麼是瘋狂的夢想，而真相也就無所遁形。不是告解式的真相，比較像是開心的事情，像是巴不得快點說出來的真相。在一波的興奮之中，話就這麼脫口而出了。他感覺很痛快，她也值那個價。他整個人飄飄然，說到了要在阿根廷買牧場，大概比羅德島還大，他這麼說的。

沒什麼大不了的，可是她會記住。而在德國妓女是不怕警察的，這裡是福利國家，只要不違法，什麼都能容忍。所以一旦警方開始追查，她會很樂意跑一趟警察局，跟他們說那個她遇見的美國人，一心一意要買下大草原上的牧場，面積比羅德島還大，當作是什麼補償吧，她會這麼說。是某種「千萬別小看我」的心態，因為他從不是個非常強悍的人。然後警察會把她的話記錄下來，因為他們是一板一眼的德國人，再打電話給知情人士，因此而發現了大草原上比羅德島還大的牧場是非常昂貴的交易。

簡單地搜尋一下世界某國家目前的土地買賣，他們就能找上他嶄新的家門。

蠢。

都怪他自己。

他在回憶的房間裡走動，追溯他的腳步，列出他摸過的東西。並不多，除了她之外。他的指紋印在她的皮膚上了嗎？他很懷疑。反正也糊掉了。他的DNA在她的胃裡，可是會被胃酸和消化酶破壞。再說這門科學仍在起步階段，仍在原始階段。連成案都不行，大眾更聽不懂。

夠安全了。

也很瘋狂。

卻合邏輯。一不做二不休，索性斬草除根。他下定了決心。他以前還納悶會是什麼感覺，結果像是墜落，可以說像花式跳傘吧。最後打開降落傘之前，漫長的自由落體。墜落，墜落，墜落。他抗拒不了，只能吸口氣，放輕鬆，臣服。

他從停車場離開飯店，沒有人看見。不為什麼，只不過是抄捷徑到一家他知道的酒吧。她正開車進來，準備上班。很晚了，檔次高，顧客層高。一個不同的世界。不過不再是了，他想要什麼就能有什麼了。詢問是好玩的一部分，就在停車場裡。要是他錯了呢？但是他沒錯。他見過她。她微笑，說出一個很高的價碼。他本來是要開十倍的價錢的，就為了她的站姿。而且她剛洗過澡。不是處女，不過他是今天的第一個客人，也算差強人意了。

她開車，回到她剛剛離開的地方。

停車場有監視器嗎？

他覺得沒有。他是那種處理細節的人，非常有觀察力，什麼都逃不過他的眼睛，他不得不如此。工作上的要求。他看見停車場的天花板上有防火泡棉、電線導管、五吋寬的排水管以及灑水系統。

沒有監視器。

夠安全了。

很瘋狂。

可也合邏輯。

他在心裡彩排，然後迅速行動。起初她還以為是在玩角色扮演，以為他在玩錄影帶裡看到的那一套。他把她翻過去，跨在她身上，膝蓋壓住她的手肘，屁股坐住她的臀部，像騎馬的騎師，而她也很識趣地呻吟，然後他俯身，從後面勒住她的脖子，又快又狠，迅速扼住了她的喉管。她想弓起背，卻連動都不能動，只有兩隻腳拚命踢，想把他踢下去，卻也抬不高，只是上上下下亂動，跟游泳一樣。然後她的腳不動了，他一直到百分之百確定之後才鬆手，然後又再勒了一會兒，這才放開她，離開現場。

一不做二不休。

5

李奇在行政臥室裡睡得很香，卻醒得很早，七點已經出去到處走了。這時一輛餐車送來了工業級儲液槽的大量咖啡，擺早餐麵包的托盤有擊球員準備區那麼大。三個人吃幾輩子也吃不完，也就是說工作人員要就位了。

七點半，國家安全會議派來了兩隊中級行政人員，都是辛克萊認識的人，她在引介時這麼說的，而且可以假設都是她能信任的人。全部是男性，全都三十幾歲，全都正經八百的模樣，彷彿是被他們處理的資料累壞了。八點整，他們已經到處跑了，忙著安裝安全電話，李奇領先華特曼和懷特，提出了自己的人馬要求，九點前尼利就來報到了，一到就跟國安會要求一堆的資料，而華特曼的人馬甚至還沒趕到，懷特的還要再晚二十分鐘。新來的人都是男性，就像上司的年輕翻版。華特曼的人手叫藍德利，懷特的人叫范德比爾特，跟美國史上那個有名的鐵路暨航運大王沒有親戚關係。

他們搬動家具，在教室裡設立了一個三向聯合控制中心，由尼利、藍德利、范德比爾特主持。國安會的保姆們則待在辦公室裡，李奇、華特曼、懷特坐著皮椅，在會議桌召開會議。十一點，整個地方就充滿了人聲。十二點，有資料進來。辛克萊撥電話進來，用擴音器聽取報告。

李奇說：「那一天有將近兩百名美國公民在德國。大約六萬名現役軍人，外加將近一倍的軍眷以及尚未返鄉的新近退役軍人，外加一千名度假的平民，再加大概五千名參加貿易會議和董事會的人。」

李奇說：「我們應該去漢堡。」

「人數可不少。」

「幾時？」

「現在。」

「為什麼是現在？」

「反正早晚得去。這件事沒辦法在紙上解決。」

辛克萊說：「華特曼探員，你認為呢？」

華特曼說：「我的看法要看這些信差來回的速度有多快而定，感覺不是很快。我們的人幾時會有答覆？典型的間隔是多長？」

「別處好像是兩個星期，可能差個一天。」

「交易完成時我們得在附近，這點毫無疑問。可是我們好像還有時間，我下星期會去漢堡。我想先多做一點背景分析，長期來看可能會有用。」

「懷特先生？」

懷特說：「我的假設是我根本就不會去漢堡。那裡誰需要我？那邊要的人是負責獵捕和暗殺的。我的專長是在紙上解決事情，我只有在絕對需要的情況下才會離開東岸。」

辛克萊說：「李奇少校，你為什麼覺得現在就必須到漢堡去？」

李奇說：「因為瑞特克里夫先生說我們需要什麼只管開口。」

辛克萊說：「如果李奇少校單獨到漢堡去，華特曼探員和懷特先生反對嗎？」

懷特說：「不反對。」

華特曼說：「只要他不會妨礙工作。」

跟白宮西翼互通有無的一個好處就是能立刻訂到機票和飯店。三十分鐘不到，李奇和尼利就拿到了當晚德國漢莎航空的直飛機票，也訂好了漢堡一家商務飯店的房間，距離他們的目標公寓不遠，就在辛克萊描述的時髦社區，位置適中，相當昂貴。

下午接下來的時間他們留在麥克連恩市，根據行動報告刪除名單。不可能會有某個人在東部平原開坦克，同時又在漢堡到處晃。嫌犯的數量筆直下降，感覺像有了進展。接著蘇黎世各家航空公司的第一批報告傳來，懷特的人范德比爾特似乎已經抓住了要點，自願在他們搭機時加班，交叉比對名單，等他們降落後再打電話通知他們是否有值得注意之處。

合作學校，李奇心裡想。誰知道呢？

尼利駕駛李奇的凱普瑞斯載他到機場，用公款停在短期停車場。她眼中的平民打扮就是鏡面太陽眼鏡，一件舊皮衣加T恤，那條長褲李奇覺得就跟他的一樣，也是海軍陸戰隊的剩餘物資，後來才發現原來是貨真價實的Ralph Lauren。她有袋子，他沒有。兩人搭經濟艙，可是跟軍機的帆布吊索相比，已經是豪華版了。他們吃了飛機餐，椅背向後一吋，進入了夢鄉。

美國人離開後二十四小時，妓女的公寓的氣味比之前要差多了，較正確的說法是多了一股子氣味，惡臭的那種。味道傳到了走廊上，透過廚房的通風口，對她早就忿恨不滿的鄰居在午夜報了警，調度員派了一輛巡邏車過來查看，結果查看變成嗅聞，管理員被找來，拿鑰匙開了門，接下來的四小時刑警詢問調查，調錄影帶，鑑識人員蒐證，最後救護車帶著橡皮屍袋過來。站在警方的立場，這件案子好壞參半。漢堡是個熱鬧的港口城，具有世界知名的紅燈區，火車站毒品和塗鴉氾濫，但即使如此，兇殺仍是相當罕見的案子，一星期不到一件。死屍仍然是大新聞，多少人的生涯可以藉此更上一層樓，而且警察局號稱破案率將近百分之九十，這是好的一面。壞的一面是剩下未破案的百分之十不是被殺的毒蟲，就是被勒斃的妓女。職業風險，不怎麼可能會上教科書。犯人只怕已經出海了，窩在遠在一百哩外的船艙裡，奔向遼闊的公海。

李奇和尼利口袋裡揣著白宮西翼給的出差費，所以他們從機場搭了輛賓士計程車進城，在水氣盈盈的陽光以及早晨的交通中穿梭。他們的飯店坐落的街道安靜清幽，綠意盎然，建築物都是玻璃和淡色的外國磚屋，兩側停著小卻昂貴的汽車。他們的房間在四樓，高度適中，可以看見各家屋頂。漢堡是個古老的漢薩同盟[1]城市，具有一百多年的歷史，可是李奇看見的屋頂沒有一個超過五十年。德國轟炸過英國，英國也用炸彈回敬，而且一點也不客氣。一九四三年一場暴火幾乎把漢堡市燒光，火焰高達一千呎，溫度上飆一千度，空氣著火，馬路著火，河流和運河如沸水。一次空襲就殺死了四萬人。英國在整個二次大戰中死亡了六萬人。他們所種的是風，所收的是暴風[2]。何西阿，十二小先知中的一位，說得再正確不過了。

房間電話響了。尼利安排早餐見面。過一會兒又響了，范德比爾特打來的，他在維吉尼亞州麥克連恩市熬夜，報告在特定那一週共有三十六名美國人從漢堡飛往蘇黎世。我們會逮到三教九流的各種人物，李奇曾這麼說。

他下樓去吃早餐，非常有歐陸風味，有醃肉、煙燻乳酪、異國風味的麵包。他和尼利同桌，靠窗而坐。早晨九點，在德國的漢堡市。

德國漢堡市的早晨九點，是阿富汗賈拉拉巴德的中午十二點半，一棟白色土屋中的廚房正在準備午餐，屋外是熾熱的沙漠氣候，跟亞利桑那州很像。信差正在等待。他在晚間抵達，換了四班民航機，再搭乘一輛豐田小卡車跋涉了三百哩。他吃過早餐，被帶到一間前堂。他曾在這裡等待過，許多次。去而復返，去而復返，這就是他的生活。他是屋中唯一不蓄鬍，也沒握著AK47的人。

最後他被帶到一間又小又熱的房間，蒼蠅緩慢地滿天飛。兩人坐在靠枕上，都蓄著鬍子，一個矮胖，一個高瘦。兩人都穿白袍，戴白頭布，非常樸素。

信差說：「美國人要一億。」

白袍人點頭。高個子說：「我們今晚邊吃飯邊討論，明天一早過來聽答覆。」

尼利從櫃台拿了漢堡市地圖，攤開來，略微傾斜，捕捉窗戶的陽光。她說：「五十分鐘的空檔可以走到半徑一哩的地方，你覺得呢？到那裡二十分鐘，談個十分鐘，回程二十分鐘，他們會利用什麼樣的地方？」

李奇說：「酒吧或是咖啡店或是公園長椅。」

他們在地圖上找到了那棟出租公寓。尼利張開食指和拇指，畫了半徑一哩長的一個圓，囊括的地方李奇覺得大部分會是住宅區，其中摻雜了一點商業區。他去過許多城市，知道城市是什麼情況。在世界的這個地區，在城市的這個地點，公寓至少都有兩層樓，但不會很高，商店與辦

1. 這是十二至十三世紀中歐神聖羅馬帝國與條頓騎士團諸城市之間形成的商業、政治聯盟，以德意志北部城市為主。
2. 語出希伯來聖經何西阿書8:7。

公室會在一樓，很低調。差不多都是熟食店，規模小，或許還有珠寶店和洗衣店和保險局。還有麵包店、咖啡店、餐廳和酒吧。形成一個社區，外加四處手帕大小的公園，也就是說大約有八張長椅可坐，八成還有鴿子可以餵，電影裡的間諜都會餵鴿子。

尼利說：「今天很適合散步。」

半徑一哩等於一片三哩大的面積，也就是超過兩千畝。他們發現公寓就在這片圓面積的中心點，兩人走過時看都不看一眼，然後像觀光客一樣隨意站在街角，拿著地圖。觀光客不少，他們並不惹眼。

他們從一開始就爬梳出一個又一個的可能，單是頭五條街就有一家設了兩張金色桌子的小烘焙坊，三家一般的咖啡店，兩家酒吧。李奇說：「可是他們是在黃昏之前見的面，所以不會是烘焙坊，烘焙坊是早上去的地方。我覺得他們是在酒吧碰面的。」

「或是公園。」

「那個美國人覺得在哪裡會面能占優勢？我們假設這是協商，他想要心理優勢，他會想要讓自己舒服自在，會想要讓對方覺得彆扭。」

「我們假設他是白人嗎？」

「機率說是。」

「那就是光頭黨酒吧。」

「這附近有這種店嗎？」

「這種店不會立招牌，那是種態度。」

李奇看著地圖，要找出正確的形狀，找大街的交會點，那裡的交通最亂，租金低廉，有許多可停車的小巷。他找到了一個可能的地區，路上還有兩處公園。

他說：「今天很適合散步。」

兩處公園在園藝家的眼裡完全是難登大雅之堂。大片面積都鋪設了柏油，擺著盆景，花朵豔麗得像唇膏，可是每一個公園裡都有兩張長椅，也提供了一些掩蔽。可以一個人坐一張長椅，另一個坐另一張，第一個人可以說話，說完就走人，誰也看不透其中的玄機。不過就是有個人坐在長椅上嘛，然後又來了一個人，一個來，一個走。

公園有可能。

交通繁忙的區域日夜並沒有差別，只是噪音稍微少一點。商業活動從中心區散入小街巷，有兩家。其中一家是酒吧，外頭站了四個人在喝啤酒。早晨十點，四個都理光頭，都跟狗啃的似的，好像是自己用刀子削的，而且還很得意。他們很年輕，大概十八或二十，卻體格魁梧，像一塊牛肉磚。不是這附近的人，李奇心想，這就扯上了地盤的問題了，他們是在宣示什麼嗎？

尼利說：「我們去喝咖啡。」

「這裡？」

「那些小子有話要跟我們說。」

「妳怎麼知道？」

「只是一種感覺，他們在看我們。」

李奇轉身，他們看著他。像個部落，隱隱帶著挑戰的意味，隱含了恐懼，也像動物，彷彿突然因為腎上腺素分泌而身體顫抖，不知該留下打鬥或是拔腳逃跑，彷彿真相就要揭曉了。

他說：「他們有什麼問題？」

尼利說：「去問就知道了。」

所以他跨步向前，和門成一直線。

四個男孩聚在一塊。

前頭的男孩說：「你們是美國人？」

李奇說：「你怎麼知道？」

他說：「這間酒吧不准美國人進去。」

6

後來李奇承認，如果是跟他同齡的人說那句話，他可能會直接賞他一拳，就在他的話音還沒消散之前。憑什麼要讓一個誠心想打架的傢伙按照他的意思來？可是這是個孩子，惻隱之心要他至少再給他一次機會，所以李奇只是一個字一個字地說：「你會說英語嗎？」

男孩說：「我說的就是英語。」

「因為你的話說錯了，一出口全都混淆了，聽起來你好像是覺得德國還有美國人不能直接走進去，覺得輕鬆自在的酒吧。你一定不是這個意思，你願意的話，我可以教你正確的說法。」

「德國是德國人的。」

「了解。」李奇說。「可是我還是來了，只是路過，想找杯咖啡喝。我是給你一個台階下，省得你丟臉，省得你的屁股被我踹。」

「我們有四個人。」

「你花了多久時間才算出來的？不，我不是在開玩笑，我是真的很好奇。」

酒吧的窗戶有張臉孔出現，瞪著外面看，隨即躲開。
尼利說：「我們可以走了，不是這一間，我們的人進不去。」
李奇說：「那我們的咖啡呢？」
「反正也可能很難喝。」
男孩說：「才不難喝呢，這裡的咖啡很好喝。」
李奇說：「你剛剛為我作決定了，讓開。」
男孩不動。
反倒說：「這裡是我們說了算，不是你。美國人的占領期結束了，德國是德國人的。」
「你好像是鐵了心要為這個跟我打是吧？」
男孩向前一步。
他說：「我們不害怕。」
他的口氣就跟黑白電影裡的壞蛋一樣。
李奇問：「你覺得明天是屬於你的嗎？」
「我覺得是。」
「只有瘋子才會一而再再而三做同樣的事，還希望會有不同的結果，你知道。你聽過嗎？現在醫生都這麼說，我覺得是愛因斯坦說的。他是德國人，對吧？仔細想想。」
「你應該離開。」
「數到三，孩子，讓開。」
不回應。
「一。」

沒反應。

李奇才數到二就出拳了。理論上是作弊，不過幹嘛不作？第二次機會早沒了。歡迎到現實世界來，小子。一記右直拳，瞄準太陽穴。是很有人道精神的一擊，就跟把母牛嚇暈一樣。第二個傢伙就沒這麼幸運了，重量對他不利，他踉蹌撞上了李奇的手肘，撞在眉心，往下跌時絆到了第四個傢伙，讓李奇有時間去對付第三個人，同一隻手肘收回，彎曲，像刀子一樣往下插。對付第四個傢伙選項就多了，而李奇選擇了踢他的胯下，費力最小，收穫最大。

他跨過纏在一塊的幾條腿，走進酒吧。櫃台後有個老傢伙，沒有客人。老人可能有七十歲了，跟瑞特克里夫一樣，但是體格差多了，他滿臉皺紋，一頭灰髮，彎腰駝背。

李奇說：「你會講英語嗎？」

老人說：「會。」

「我看見你往窗外看。」

「有嗎？」

「你認識外面的那些小子。」

「他們怎麼了？」

「他們只讓德國客人進來，你沒意見嗎？」

「我有權選擇客人。」

「那我這個客人呢？」

「我不要，可是必要的話，我會做你的生意。」

「你的咖啡好喝嗎？」

「非常好喝。」

「我一滴也不想喝，我只要你回答一個問題，我已經好奇很久了。」

「什麼問題？」

「戰爭打輸了有什麼感覺？」

兩人繼續前進，在五條街後放棄。太多可能的地點了，猜測個人的品味與偏好讓範圍縮小了一些，卻仍然是有太多的選項，根本就無法預測那兩個人會在何處碰面。

李奇說：「我們得反其道而行，我們得埋伏起來，等候信差回來，再跟蹤他到會面的地點，看他是跟誰見面。可是權衡情況，這麼做會非常困難，在這些街道上跟蹤，技巧得非常高明。再說人也太多，我們需要一支監視專家小組。」

尼利說：「沒辦法，我們不能害伊朗人引火燒身。」

「我們不插手，只是等待，該等多久就等多久。我們現在只需要看一眼跟他碰面的傢伙。只要我們知道他是誰，就能等之後再逮捕他，而且是從另一個角度。我們可以假裝是從另一條線索追查到他身上的，或是逆向弄出一條真正的線索來，兩種情況都可以看起來和信差無關，伊朗人的情況就不會改變。」

「現在還有人有監視專家小組嗎？」

「我相信中情局有。」

「每個領事館都有？還有？我很懷疑。這次行動只有你跟我，會非常困難，跟你說的一樣，尤其是因為那棟公寓一定有送貨入口，我們一開始就會分散。」

李奇說：「華特曼八成有人。」

「這次的行動應該更大才對。」

「我們要什麼就能有什麼，他是這麼說的。」

「可是他恐怕不是這個意思吧。他會說就連監視公寓都會危及伊朗人，而且他的顧慮沒有錯。很可能得花上整整兩個星期，只要一個小差錯，或是讓他們看見了同一個人兩次，安全屋就曝光了，他們就會猜到原因，我們無能為力。」

李奇不吭聲。

兩人往飯店走，在兩條街外看見了四輛警車停在路邊，八名制服員警下了車，挨家挨戶按門鈴，跟大廳中的人說話，再跳到下一個地址，挨家挨戶調查，出事了。

他們本來是要逕自走過的，卻被一名警察攔下來，以德語問：「你們住在這條街上嗎？」

李奇說：「你會說英語嗎？」

警察用英語說：「你們住在這條街上嗎？」

李奇指著前頭。「我們住在那家飯店。」

「你們來多久了？」

「我們今天早晨到的。」

「夜班飛機？」

「對。」

「美國來的？」

「你怎麼知道？」

「你們的衣著，還有態度，你們這一趟的目的是？」

「旅遊。」

警察說：「麻煩出示證件。」

李奇說：「真的？」

「德國法律規定你們在正式要求下要證實自己的身分。」

李奇聳聳肩，從口袋裡掏出了軍隊的證件。很容易弄到，他在這邊也很少會是別的身分，他遞了過去。尼利也一樣。警察把兩人的姓名記在筆記本上，交還證件，很有禮貌。

他說：「謝謝。」

李奇問：「出了什麼事？」

「一個妓女被勒死了，在你們抵達之前，祝你們愉快。」

警察走掉了，讓他們兩個立在人行道上。

而在這一刻，美國人就在不到五百碼之外，從一家小型連鎖店租了輛車。這家租車店在一條平行街上，硬是把兩間一樓店面併成一間。他想出城，只去幾天，甚至是幾小時。他知道這種反應很不成熟，跟小孩子一樣。**我看不到你，你也看不到我。**他倒不是擔心，才不。沒有指紋，沒有ＤＮＡ，沒有監視器。她只是個妓女。警察很快就會放棄調查，他很肯定，可是同時在此逗留也毫無意義。他要駕車到阿姆斯特丹，也許吧。然後再回來，就像墜落，現在也阻止不了了。

李奇和尼利回到飯店，櫃台職員說有位華特曼先生從美國打了兩通電話來，一通在漢堡時間中午十二點，也就是美國東岸的早晨六點。像是有急事。兩人到尼利的房間，因為比較近，從那裡回撥電話。華特曼的人藍德利接了電話，他們都已經上班了。接著華特曼接過電話，說：

「你們得回來這裡，他們聽說了更多謠傳，情況完全改觀了。」

7

兩人一大清早搭乘漢莎航空，座位緊鄰，其他乘客大都是單獨旅行的年輕人，有的邋裡邋遢的，有的很古怪，有的就像是出來郊遊的研究生。飛機兩個小時後就把他們送回了美國，在晚上八、九點抵達，在空中八個小時，減六個時區。他們去短期停車場取回舊凱普瑞斯，在夜色中駛向麥克連恩市，停在比較新的兩輛凱普瑞斯旁，這兩輛車像是一直沒移動過。而在凱普瑞斯旁邊則是兩輛黑色廂型車，兩人走進去，發現所有人都擠在辦公室裡，包括瑞特克里夫和辛克萊，在等待他們。可是他們沒等多久，階級高自有它的優點。瑞特克里夫說：「你們很準時，聯邦航管局一直在提供我們漢莎航空的班機訊息，警察也一直在提供交通狀況。」

李奇說：「我們錯過了什麼？」

瑞特克里夫說：「拼圖的一塊。你對電腦有多熟？」

「看過一台。」

「電腦裡面有設定日期和時間的東西，一個小迴路。非常基本，非常便宜，而且在很久以前就研發出來了，在打孔卡還是標準，資料都得擠進八十行的打孔卡裡的時候。為了節省位元，他們把年代寫成兩個數字，而不是四個。比如，一九六〇寫成六〇，一九六一寫成六一等等。他們非節省空間不可。簡單方便。只不過那是以前，而現在是現在，在我們知道一九九九要變成二〇〇〇之前，誰也不知道二位數系統會不會順利連接。電腦可能會以為又是一九〇〇年，或是一九一〇〇，或是〇。或是凝固不動了。這問題會引起全世界的大災難，我們可能會失去電力和基礎設施。城市可能會停電，銀行無法營運。你可能會一下子就損失所有的錢，連一陣煙都看不到。」

李奇說：「我沒有存款。」

「可是你還是聽得懂。」

「這個迴路是誰設計的？他們怎麼說？」

「那些人不是早就退休了，就是早就死了。而且他們不認為這些程式能再撐個多少年，所以也沒有留下說明書。他們就是一群書呆子圍著實驗室長椅而站，想弄出個所以然來。誰也不記得詳情。也沒有哪個夠聰明還能回想起來。而且他們好像是誤解了現行公曆，他們可能忘了二〇〇〇是閏年。通常可以被一百整除的都不是，可是被四百整除的就是，所以現在是一團糟。」

「這跟我們有什麼關係？」

「世界是越來越依賴電腦了，到二〇〇〇年網路會變得很重要，問題就會加重，因為不管什麼都會跟別的東西連接。所以風險越來越高，大家開始擔心了，他們對危險有了覺悟了，而聰明的企業家已經在設法寫修補程式了。」

「意思是？」

「就跟神奇子彈一樣。你安裝他們的新密碼，你的問題就解決了。這是一筆大生意，市場很龐大，世界上有幾百萬人需要提前解決這件事。非常緊急，緊急到我們預測會有人先安裝了再說，結果反受其害。」

「受什麼害？」

「另一段斷章取義。我們聽說了傳聞，有一個修補程式已經完成待售了，假設它看起來不錯，其實並不，它是一隻特洛伊木馬，就像病毒或是蠕蟲，卻不盡然一樣。那是個四位數的日曆，卻可以透過網路遙控讓它暫停。網路每天都越來越龐大，全世界的電腦會當機，政府、公共事業、公司、個人。想想看這給了一個人多大的權力，想想看會造成什麼樣的混亂。想想看可能引發的勒索，有人會為了這種能力付出一億。」

「這個理論太牽強了。」李奇說。「不是嗎？一億可以買到很多東西，為什麼要假設是這一個？」

最好是一口氣聽完。

瑞特克里夫說：「要寫出那種東西，需要某種的才華，也需要某種的心性。一種非法之徒的敏感。當然並不是說他們有這樣的看法，只是那種事在他們眼裡比較新潮，我聽說這樣的人在程式設計師之中並不算有多稀奇。而大約有四百個正在海外聚會，參加貿易會議。世界上四百個最新潮的書呆子，其中有一半是美國人。」

「在哪裡？」

「會議在德國漢堡舉行，你們去的時候他們也在。會議今天早晨結束，他們全都在今天離開。」

李奇點頭。「我們在飛機上見過一些。年輕，邋遢。」

「可是信差跟人碰頭的那天會議仍然舉行，那時有兩百名美國程式設計師在漢堡市，說不定有一個溜出去一個鐘頭。」

李奇不作聲。

瑞特克里夫說：「我們的人跟我說這類會議在西歐有截然不同的特色，好像特別會吸引怪人和激進份子。」

瑞特克里夫說完就帶著隨扈坐上黑色廂型車走了。辛克萊接著簡報，她說重點要轉向電腦程式設計師。她說聯邦調查局有個新的單位，專門處理這個事務，華特曼會負責聯絡，但只能透過她或是瑞特克里夫或是總統，或是任何可能有用的人，不能直接對話。懷特負責辨認兩百名美國人的身分，進行背景查核。李奇目前沒有特殊的任務，但應該隨傳隨到，預防萬一。國防部有電腦，有程式設計師，而且說真的，就是他們先提醒會出現日期問題的。說不定壞蛋是在安排供貨之前先炒熱需求的這一端。

華特曼和懷特去工作，李奇留在辦公室裡，只有他和辛克萊兩人，她看著他，從頭到腳。說：「你有問題要問我嗎？」

他心裡想：妳吃過晚餐了嗎？她仍是一件黑色連身裙，及膝長，滿緊身的，又是一雙黑色絲襪和一雙好鞋。還有那張臉，那頭頭髮，不做作的髮型，以手指梳理的，沒戴婚戒。

但是他說：「妳真覺得這是在葉門攀繩的人想要買的東西？」

「我們看不出為什麼不是，他們又不是沒有文明的人。再說，價格也證明了是，不是有流氓機構支持，就是有流氓政府的金援，至少也直通某個極富有家族的金庫。無論是哪一種，都意味著對現代科技很熟悉，而電腦系統當然包括在內。」

「這只是一種自我滿足式的預言，妳只是想勸自己相信。」

「那麼你的看法呢？」

「即興創作是不錯，可是驚慌失措就糟了。妳這是病急亂投醫，妳可能弄錯了，不是說每一塊石頭都得翻嗎？」

「那你有另一條可能的線索嗎？」

「還沒有。」

辛克萊問：「漢堡有什麼情況？」

「不多。」李奇說。「我們看了公寓，伊朗人那邊呢？」

了。」

「他沒事。他今天早晨聯絡過，平靜無波。四條街外發生了一點騷動，有個妓女被殺了。」

「我們看見了。」李奇說。「我們看見了很多事，包括太多目的地，我們不能從遠方著手，我們得跟著信差從公寓到會面的地點。」

「太冒險了。」

「沒別的法子。」

「你可以在會面日前找到美國人，這是另一條辦法。而且權衡情勢，還可能是比較好的辦法。」

「上頭給妳壓力了。」

「行政部門會非常樂意盡快結束這件事。」

「所以大事化小就會感覺不錯，感覺像有了進展。兩百感覺比二十萬要好很多，我了解，可是自我感覺良好卻不見得是聰明之舉。」

辛克萊安靜了很長一陣子，這才說：「好吧，若其他人不需要你的話，你可以自由行動。」

自由行動也是另一種的限制。動力把自由擠壓了出去，感覺像是再一好球，你就三振出局了，但理論上，還有一次機會。

尼利說：「每條路繞來繞去還是繞回原來的問題上，那個傢伙是想賣什麼？」

李奇說：「同意。」

「那到底是什麼？」

「妳不是列了清單。」

「沒有，單子還是一張白紙。他們會想從我們這兒挖什麼情報？什麼東西值一億？他們需要知道的都已經知道了，他們可以從報紙上看到。我們的軍隊比他們的軍隊龐大，就這樣。真要動武的話，我們能把他們修理得很慘，所以他們幹嘛要花一億只是想知道究竟會敗得有多慘？對他們有什麼好處？」

「那麼就是硬體了。」

「什麼硬體呢？不是太便宜，到處都有的，就是得動用一個工程師軍團才能啟動的，根本就沒有中間地帶，一億這個價格很古怪。」

李奇點頭。「我也跟懷特說過，他覺得是坦克和飛機。」

「他們會想從我們這裡挖到什麼硬體設備？給我一個好例子。顯然是某種用在野戰上的設計，在交戰的高鋒，由平常的步兵操作的，因為他們一定是以這個為目標，某種簡單的、粗糙的、可靠的東西。有個紅色大按鍵的，還畫了黃色大箭頭，標明方向，因為他們沒有專門訓練也沒有工程師軍團。」

「這樣的東西有很多。」

「同意。可攜式肩上發射地對空飛彈就很管用，可以在許多的城市射下民航機，只是他們早就有上千個了。我們送給反抗軍幾千個，蘇聯人也留下了幾千個，現在新的俄羅斯又忙著把他們帶回國的幾千個賣掉。就算還不夠，他們也能從中國買到便宜的山寨版，或是從北韓。花一億買肩上發射飛彈根本就不可能，太常見了，太便宜了。這是基本經濟學，就跟花一億買泥土一樣。」

「那會是什麼？」

「沒有了，我們一點想法也沒有。」

維吉尼亞州麥克連恩市早晨十點。

同一時間，阿富汗賈拉拉巴德的隔天早晨七點半，信差又一次在前廳等候。朝陽照射在高窗上，照亮了微塵，驚動了新生的蒼蠅，廚房正在煮茶。

最後，信差被帶入了同一間又小又熱的房間，這裡也有扇高窗，一道晨光射入，飛舞的微塵，驚醒的蒼蠅。同樣的兩個人坐在陽光下，墊著同樣的靠枕。兩人都蓄鬍，一個矮胖，一個高瘦，仍穿著樸素的白袍，戴著同樣的白頭巾。

高個子說：「你今天要帶著我們的答覆離開。」

信差低頭，以示尊敬。

高個子說：「討價還價是世道，不過我們不是在賣駱駝，所以我們的答覆很簡單。」

信差又低頭，而且稍微側轉，像是奉上耳朵。

高個子說：「告訴美國人我們願意接受他要的價格。」

8

四小時後，正是德國漢堡的早晨八點，漢堡市的驗屍官在中央停屍間正要開始上班。前晚他完成了解剖，超時工作，卻沒加班費，可是命案很少見，辦得好可以當晉升階，現在他想在交出報告之前複習一下他的筆記。

被害人是高挑淺膚色的高加索種女性，從她的證件上得知她三十六歲又八個月大，這一點與驗屍結果吻合。被害人身材保持得很好，體脂肪低，顯然生前有在控制飲食。由結實的肌肉來看，也是健身中心的會員。死前約莫六小時吃過北非小米沙拉，死前一小時吞下過精液。然後從背後被勒斃，手段兇殘，兇手慣用右手。組織損傷的面積以右側較大，可見得兇手的手勁很大。

被害人的淺色肌膚在死後也呈現了幾處瘀傷，不很嚴重，而輪廓清晰，特別是她的手肘後有初期的挫傷，是被兇手的膝蓋壓制而引起的。他把她釘死在床上，跨騎在她身上，像騎馬。她的臀部也有輕微的瘀傷，來自他的重量。驗屍官認為兇手骨瘦如柴，孔武有力，卻身形瘦削。兩手以及兩膝都骨格突出。連屁股都沒幾兩肉，電視上會這麼說。可能是精力充沛，可能是神經緊張，卻能夠迸發暴力。

畫面漸漸浮現了。

而且最有利的是，直線測量被害人臀部到手肘的瘀傷，就能夠精準地測量出兇手的骨盆帶到膝蓋骨的距離，經過標準的扣除法，就能計算出他的股骨長度，而股骨長度公認是測量一個人身高的不敗數據。

兇手身高一米七三，換算成美制就是五呎八吋。而且必須納入美制，因為被害人是妓女，而美軍有錢可花。可無論是誰，都既不是侏儒也不是巨人。

驗屍官把一張個人註記夾在檔案的最後，不是標準流程，會這樣做，可能是他有點興奮過頭，註記上說他認為嫌犯是一名中等高度、慣用右手的男性，體重可能較常人輕，骨架突出，體格結實，但屬於瘦削型而不是肌肉型。可能像長跑選手。

接著驗屍官把檔案封入信封，請人立刻騎自行車送到警察局交給小隊長。

偵緝隊長收到了報告可不覺得興奮，至少一開始沒有，他是後來才變得興奮的。他叫古利茲曼，算是很能幹的一個人，他的部門有百分之九十的破案率，相當可觀。可是在這件案子上，古利茲曼卻不想引人注意。他只想要簡短的調查，然後就把案子丟得遠遠的，丟到另外的那個百分之十裡去，歸入失敗的、被遺忘的冷案。

他讀過手下刑警的筆記。有一個說被害人通常是開車從家裡到飯店，在入夜之前，停在停車場，然後到酒吧上班，可是當晚沒有人見到她抵達。通常客人會使用自己的飯店房間，她會在午夜離開，有時在凌晨，酒保和房務部員工或許能夠列出一張跟她見過的男性名單。

另一張筆記說她很少在自己的公寓裡接客，一般來說飯店妓女很少這麼做。可能這個恩客是常客，兩人認識，她信得過他。這樣的話，仔細調查她的常客也許能查出什麼結果，也許要調查這一兩年的常客，據假設兩人的關係始於酒吧。也許飯店員工會記得第一次的會面在幾時，大多數的員工都工作了很長一段時間。

第三張說她的價碼非常高。

古利茲曼閉上了眼睛。

他早就知道了，而且他也知道她在酒吧釣客人，筆記寫錯了，她使用自己的公寓並不是什麼少見的事，才怪。有時她會在酒吧遇見不住在飯店的人，這種事很平常。本地的男士，說不定是在辦公室累了一天之後想輕鬆一下，他們自己的家就在附近，可是當然不能把妓女往家裡帶，因為有老婆，還有家人等等。

本地的男士，就像他一樣。

他也曾是她的客人，大約是在一年前吧。三次，好吧，是四次，全都在她家裡。第一次是真的在飯店遇見的。你住幾號房？我不是住在這裡的，我是來喝一杯的。兩人分乘不同的車輛離開，他有保險，最近才剛付清，還有紅利，應該都存進戶頭裡，留給孩子。這下她死了，被殺害了，他會被列入她的恩客名單裡。仔細的調查會給他帶來大禍，有人會記得，他顯然會被開除，會離婚，還會身敗名裂。

他打開了驗屍官的信封，讀到了冷酷的事實，他很熟悉她的脖子，又長又纖細，白得像陶瓷。他知道她喜歡北非小米，他知道她會吞精液。

他翻到最後一頁，看見了驗屍官的註記。慣用右手，中等身高，體重較輕，骨架突出，瘦削型而不是肌肉型。

像長跑選手。

古利茲曼笑了。

他有兩米高，體重一三六公斤，也就是美制的六呎六吋，三百磅，大部分是脂肪。他早餐吃香腸和馬鈴薯泥，上一次看見骨頭是照X光。

跟長跑選手差得遠了。

他叫秘書召開會議，他的小組進來了，他手下的刑警。他說：「該設定新的變數了。這樣說吧，被害人開車到飯店，可是還沒進門就被兇手挑上了，可能是在停車場偶然遇見，可能是常客，可能是好久不見了，也就是說他夠有錢，可是不住在飯店裡，不然她會先建議他的飯店房間。所以他要不是本地人，就是住在別家飯店。問題是，他有車嗎？可能有，因為他在停車場裡，但是可能沒有，因為停車場是到馬路另一頭的捷徑，也就是說被害人自己開車把兇手帶回她家去，所以我們應該要在她的車上採指紋，起碼要查門把和安全帶。」

他手下的刑警們做筆記。

古利茲曼又說：「好消息是驗屍官提供了非常具體的情報。兇手中等身高，骨瘦如柴。這是科學證據，所以我們就鎖定這樣的人，就這樣，不用去查過去的恩客，除非剛好是中等身高的瘦子。我們對別人都沒有興趣，反正是浪費時間，因為他絕對是拿到補發欠薪的水手，早就飄洋過海了，可是我們還是得讓社會大眾看到我們在查案。但是注意，別浪費時間，中等身高，瘦子，車裡的指紋。查這幾點就好，別的不管。別捕風捉影的，節省精力做下面的事。」

刑警魚貫而出，古利茲曼吐出一口氣，往椅背一靠。

此時此刻，美國人在阿姆斯特丹，正在沖澡，他起晚了。他住在距離黃金地段一條街外的飯店，飯店小而乾淨，有些客人是航空公司的機長。就是這樣的地方。他下樓喝咖啡，在餐廳看了德國報紙，沒有頭條。他們漫無頭緒，他很安全。

同一時間，信差坐著豐田小卡車，三百哩路只走了五哩。接著還要換乘四家航班，在三間安全屋停留。很辛苦，可是先苦後甘。道路很崎嶇，對小卡車很不利，對信差也很不利。這一趟讓人筋疲力盡。有些地方連馬路都稱不上，有些地方比較像是枯涸的河床，但這就是遠離人煙的代價。

朝陽向西滾動，先照亮了德拉瓦河沿岸，再來是馬里蘭州東岸，然後是華盛頓特區，首都在晨曦中有那麼短暫的絢爛，彷彿是特別為白晝的這一刻設計的。接著黎明降臨了麥克連恩市，餐車抵達機構停車場，帶來了咖啡和早餐。人人都醒了，都在等待，藍德利和范德比爾特、尼利住在「教育解答」校園中三棟建築中的第二棟。同樣的設備，本該放課桌的地方擺上了床。國安會的人在第三棟玩守望相助，總是一個值班，一個睡覺。

懷特說：「程式設計師都回美國了，不然就是買好機票了，只有十個例外。不見的十個都是移居外國的人，住在歐洲和亞洲，有一個就住在漢堡。」

「恭喜，」李奇說，「你破案了。」

「只不過是排定先後順序罷了。移居國外的人比較可能是壞蛋嗎？我們應該先調查他們還是後調查他們？」

「住在漢堡的是誰？」

「我們有照片，他是個非主流文化的人，很早就進了電腦這一行。他說遲早他們會讓世界更民主，也就是說他會偷竊破壞，管那叫政策，而不是犯罪。或叫行為藝術。」

范德比爾特拿出相片，是從雜誌上撕下來的，照到肩部以上。某種輿論雜誌，感覺像是地下刊物。相片中人是個白人瘦子，頭髮很驚人，好像是把手指插進了電源插座。就像是瘋狂教授，又像愛搞惡作劇，四十歲。

懷特說：「漢堡站的站長稍微調查了一下，這傢伙目前不在家。」

李奇說：「要是他住在那裡，他為什麼要把第一次的會面安排在會議期間？那一週人來人往的，有人會認識他，他們可能會注意到，最好是在會議前後見面比較好。」

「所以你是認為從時間上來看應該是別處來開會的人。」

「我認為這整件事就是愛麗絲夢遊仙境。」

「因為目前我們只有這些線索。」

李奇說：「這些信差會跑到多遠的地方去？」

「不會跑到我們這裡，還不會。據我們所知是還沒有過，可是他們跑遍了西歐和斯堪地那維亞和北非，當然還有中東。」

「所以你只能持續追蹤那些回到家來的程式設計師，等他們其中一個再去第二次會面，聽取他們的答覆。但未必會在漢堡。你的推論是因為會議的關係，漢堡是最方便的地點，所以別的地點也可能會方便第二次會面，巴黎，或是倫敦。或是馬拉喀什，你的理論根本沒辦法預測地點。」

「我們會知道那傢伙買的是到哪裡的機票，我們會知道他要到哪裡去。」

「他會在最後一分鐘才買。」

「我們還是能知道他上哪班飛機。」

「那就來不及了。到時你打算怎麼做？搭下一班飛機，在交易完成後四個小時才趕到？」

「你還真是個陽光男，你知道嗎？」

「照你的理論，信差在同時也會移動，朝相同的目的地前進。」

「我們不知道他會使用什麼化名，也不知道他會從哪裡出發，或是使用哪一國的護照。可能是巴基斯坦，或英國，或法國的，太多變數了。我們調查了第一次會面的兩天前，光是從漢堡機場入境的就有五百個可能的人選，從紙上我們沒辦法區分誰是誰，我們不知道該監視誰。」

「多喝點咖啡。」李奇說。「通常就能搞定。」

漢堡這時是午餐時間，古利茲曼隊長正準備到距離辦公室不遠的一家地下室餐廳用餐，可是首先他得把工作做完。當隊長的部分職責就是把情資交給需要的人，跟編輯或是經理人滿像的。總得有個人負責。要是之後哪個點連不起來，總得有人火燒屁股，所以他才會領那麼多的薪水，跟電視上說的一樣。

他自然是萬事小心為上。小心駛得萬年船。差不多什麼東西都得要交到某個地方去，在每一天的午餐前。他掃描複寫本和影印紙，分門別類，給這個機關和那個機關，他的秘書會趁他去吃午餐時騎自行車去遞送。

在文件堆的最上面是另一份妓女命案的報告。在挨家挨戶查訪的名單上，有一位美軍少校和軍士，宣稱是來旅遊的。紀錄的警員核對了機場的出入境紀錄，發現兩名美國人確實是該天早晨抵達的。所以可以從嫌犯名單中剔除，可是警員想提醒上司他們的樣子不像是遊客。

小心駛得萬年船。古利茲曼把報告丟進標著「斯圖加特美軍指揮部」的區塊，目前為止這個區塊還就只有這麼一份文件。

接著他讀了例行的一頁制服員警部門送過來的自保聲明，上頭說幾天前一位民眾以電話聯絡他們，說在那天近黃昏前看見一個美國人跟一名可能來自中東的黑膚男子交談，就在市中心外的一間酒吧裡。那位民眾更宣稱那名中東人態度激動，顯然是因為什麼攸關生死的秘密，跟歷史上的不公不義引發的區域紛擾有關。可是向當地的警員查核，他們說通報的民眾是個出了名的神經病，一天到晚在打這種世界末日電話，再者，那名中東人態度激動也是情理之常，因為他是在一間色彩很鮮明的酒吧裡，裡頭的客人並不歡迎他，不可能忍受他太久。雖然如此，這件事仍值得記錄下來。

因此也就值得遞交出去，古利茲曼決定。要玩自保的遊戲誰不會？可是遞交給誰呢？當然是美國領事館嘛，這也是一種霸凌的行為。為什麼美國人會邀請阿拉伯人到一家那樣的酒吧去？絕不可能是心懷好意，那裡不會是中東人的第一選擇，所以他的目的何在？

但他會遞交出去主要還是因為有美國人跟阿拉伯人交談，這樣的事情他們現在突然非常有興趣了，這是可以加分的，人總是需要晉升階的嘛。

他把那張紙丟進了標著「漢堡美國領事館」的區塊，也是今天唯一的一份。

9

李奇和尼利在教室裡的控制中心坐定，兩人處理策略報告，他們一次抽出一百、兩百、五百個姓名，軍方在追查行蹤上的工作做得相當不錯，除了請假的人，家庭時間，在德國的郊區，或是買便宜票回家，或是度假，或是去歷險。分布全世界，一次數千人，至少。

一無所得。

尼利說：「這裡頭有三個無假外出的，加上一個O-5不肯透露當天的行蹤。」

一名中校。

李奇說：「無假外出的是誰？」

「都是PFC。一個步兵，一個裝甲兵，一個醫護兵。」

上等兵。

李奇說：「醫護兵現在可以逃跑？是幾時開始的？他們失蹤多久了？」

「醫護兵一星期，步兵一個半星期，裝甲兵四個月。」

「四個月是很長的時間。」

「他們找不到他。他沒有使用護照，所以可能仍然在德國，可是德國幅員遼闊。」

「那個不肯透露行蹤的中校是誰？」

「步兵指揮官。」

「妳打聽過了嗎？」

全世界最有效率的八卦網。

「他靠得住。」尼利說。「可是他在波斯灣沒看見太多，現在他透過迷霧瞪著蘇聯，可惜蘇聯早就解體了，所以他很洩氣，偶爾會發牢騷。」

「是個心懷不滿的人。」

「不是最嚴重的那種。」

「他們為什麼不知道他去了哪裡？」

「他自己寫了份漫遊簡報，說去研究新武器和戰術，一堆狗屁倒灶的東西。什麼未來很有彈性，是輕量的天下之類的。他的行腳遍布得很廣，通常都不交代他的行蹤，可是這一次他們問他，卻什麼也問不出來。」

「他現在在哪裡？」

「他們把他送回家了，因為提問的是白宮西翼，是總司令親自問的。誰也不知道接下來會怎麼樣，誰也不知道會不會有事。」

「我們應該把這句話寫在我們的軍章上，就跟卷軸上的箴言一樣，就放在兩個交叉的問號下面。」

「我確定那傢伙就駐紮在五角大廈的附近。高層在討論他的未來，我很肯定。你想找他談一談的話，我們可以找到他。」

接著她說：「等等。」

她在她的名單堆裡挖。

她說：「可惡，等一下。」

她找到了要找的單子，查看一遍，再查看一遍。

她說：「我知道他一個星期之前在哪裡了。」

李奇倒著看單子，姓名與航班，三十六名美國人，是范德比爾特的手筆。

「蘇黎世。」他說。

尼利點頭。「在會面之前七天，及時抵達喝下午的咖啡，在晚餐之前趕回來。可是他不可能是我們要的人。我們的人會為那天的行蹤想好說詞，不是嗎？他會說謊，不會只是閉著嘴巴不說話，不然他以為我們會怎麼做？因為他是紳士就相信他嗎？」

李奇說：「查出他在哪裡。確實讓他們知道是總司令要找他，跟他們說我們會過來帶他走，跟他們說我們會讓他坐在汽車後座，到街上繞一繞。」

那傢伙在梅爾堡，住在參訪軍官宿舍。李奇估計新的上車命令會在二十分鐘前先傳到那兒去，八成是透過參謀長聯席會議辦公室，這樣會增加分量。他估計那傢伙不是腳底抹油，就是蓄勢以待。結果他是蓄勢以待，黑色凱普瑞斯一停在路邊，他就走出了門口。

尼利駕駛，李奇坐後座右側。那傢伙上車，坐在尼利後面，腰桿挺直，兩手放在膝蓋上，好像是坐在教堂長椅上，人人都在看他。他叫巴特利，四十歲，顯老，還好不算太老。他中等身高，體格勁瘦。是個有耐力的人，不是力氣大，而是有毅力。但也正在耗損的邊緣。有領導能力，卻不像以前那樣親力親為，他穿著戰鬥制服，褶痕清晰，全身散發出香皂的味道。

李奇說：「請複述你的命令，中校。」

巴特利說：「我奉命坐上一輛汽車，車內有兩名憲兵，為釐清疑慮，我必須讓自己隨時在他們的管轄之下，我必須誠實回答他們的問題。為釐清疑慮，我必須認為這些命令是由總司令親自下達的。」

「他還真會說話，是不是？」

「他當過律師。」

「他們都當過律師。」

「你有什麼問題？」

李奇說：「你挑錯日子搞失蹤了，中校。」

「這一點我無可奉告。」

「即使是總司令親自提問？」

「事關隱私，那一天跟我的專業表現無關，跟我的職責無關。」

「真教人放心，可是問題就出在這兒，他們想知道你在空閒時間都做些什麼。你是資深軍官，牽連的層面很廣，這些事情可能好，也可能不好。你應該要說出來，保持沉默只會害我們的想像力無限發揮。」

「無可奉告。」

「你犯了一個戰術上的錯誤，你吸引了注意。有煙必有火，無風不起浪。這是個事件視界[3]，中校，全都是在這裡出錯的。可能沒什麼，可能是什麼小事，別人都全身而退，你卻會撞毀燃燒。最好的結果是你再也升不上去了，你的名字上會永遠多個星號，也就是說我們摸不透這傢伙。」

巴特利的手掌在褲子上摩擦，一聲不響。

李奇說：「我不在乎你做了什麼，只在乎特定的那件事，可是我認為不是，我是說，機率能有多高？」

「我確定不是那件事。」

3. 事件視界（event horizon），是一種時空的區隔界線。視界中任何的事件皆無法對視界外的觀察者產生影響。在黑洞周圍的便是事件視界。在非常巨大的重力影響下，黑洞附近的逃逸速度大於光速，使得任何光線皆不可能從事件視界內部逃脫。

「這不就結了嘛。」

「你們沒有理由懷疑我。」

「我相信你說得沒錯。可是我得直視別人的眼睛，給他們一個誠實的意見。如果不是那件事，那我會很高興地說就這樣，行了。我會很高興地說別問了，是另外一碼子事。你的秘密還是秘密。可是首先我需要知道那一碼子事是什麼事，因為我需要被說服。我需要說得有底氣，而這個底氣是來自於實實在在的事實。」

「只是件芝麻小事。」

「現在的情況，成敗就在你的一念之間，中校。掉進了洞裡，就不要再往下挖，我真的不在乎是什麼事，我甚至不會報上去。性、毒品、搖滾樂，我壓根就不在乎，只要不是特定的那件事就行，而我們都同意不可能。我真正想問你的是一個完全不同的問題，完全不同的事情。」

「什麼問題？」

「別那麼急，好嗎？這只是一點點的補充問題。一個小小的詢問。就跟打擊練習一樣，你每個星期都到蘇黎世去嗎？」

他不作聲。

李奇說：「答案很簡單，中校。真相可以放你自由，就一個字，你就可以光明正大地往上爬，或是往下掉。」

巴特利說：「我很多星期都去。」

「包括他們在問的那一天？」

「是。」

「機票還在嗎？」

「在。」

「午餐後抵達，晚餐後離開？」

「是。」

「你去銀行？」

「是。」

「帶什麼去？」

「當然是錢啊。不過都是我自己的錢，都是合法的錢。」

「想說明一下嗎？」

「說了會怎麼樣？」

「看情況，看是不是會辱沒了這身制服。」

「如果是呢？」

「那風險你自己承擔。」

巴特利不說話。

李奇說：「你自己考慮吧，中校。你是個聰明人，我相信你還有學士後學歷。這又不是原子分裂，叫你坐進這輛車的命令是由白宮透過聯席會議下達的，所以我們究竟是誰的手下？」

「國家安全委員會。」

「他們對你能造成多大的傷害？」

「非常大。」

「大得出乎你的想像，比帶錢到瑞士去這種醜聞還要壞上一百萬倍。如果真是醜聞的話，也可能不是。只要是你自己的錢，是合法的錢，如你所說。」

「我瞞的是我老婆，我打算跟她離婚。」

「她對不起你？」

「沒有。」

「可你還是要把錢拿走。」

「我自己賺的。」

「賺什麼？你是中校，我知道你的薪俸多少。恕我直言，不過你的畢生積蓄只怕還不到讓瑞士銀行家半夜不睡覺的地步，別跟我說什麼聚沙成塔，每週帶兩塊美金去蘇黎世一點道理也沒有，光是飛機票就划不來。」

「飛機票是划不來，還有各種費用，可是我估算過了。」

「什麼錢？」

「我們的房子。在這裡，大部分是房貸。我想把資產淨值弄出去，只要可以我就盡快轉移。我在德國領現金出來，這樣紙面上的紀錄就沒有了，我把錢存進了保險箱裡。」

「你還真他媽不是蓋的，中校，真的。可是我真正需要知道的是你還見到了誰。在蘇黎世。來來回回，就跟你一樣。或是新的人，只見過一次。你認識了誰嗎？」

「誰？」

「別的美國人。」

「這種事很隱密，不見得會見到誰。」

「那麼在機場呢？或是街上？」

巴特利沒回答。

李奇說：「我需要名單，中校。日期以及描述，軍人或平民，你得盡力。」

「你打算做什麼？跟誰報告？你會怎麼說？」

「總統會告訴聯席會議你不是國安會要的人，在這件事上不是。之後就很難說了，得看你必須跟誰談吧，還有你老婆打算要掀起多大的風浪。」

他們讓他下了車，就在他的宿舍外，然後車輛駛離，返回麥克連恩市。

三教九流的敵人。

他們記錄了巴特利的談話，歸入中央檔，然後尼利接了電話，跟李奇說無假外出四個月的傢伙叫懷利，德州人，屬於欃樹飛彈系統的一個五人小組。履帶式車輛攜帶十二枚地對空飛彈。四枚架設在軌道上，隨時可以發射，八枚後備。用來保護交戰區前緣的裝甲車以及人員。這種系統的構想是坐在第一線的坦克之後，使用雷達以及雙眼望遠鏡來掃描前方的低地平線，搜尋炸彈或是攻擊直升機，一旦發現敵方武力，就開火阻擊。跟蹤熱源，跟舊的響尾蛇一樣，但性能更優越。專供低空使用，在敵軍猛撲而下的時候。

李奇說：「最適合在城市裡射下民航機了。在起飛或降落的時候，還在低空中。」

尼利說：「太大了。光是飛彈就有十呎長，卡車更是龐然大物。再說還有坦克軌道和迷彩偽裝。停在機場的停車場會被人發現。而且他們用的是前方警戒雷達，紅外線感應器又很複雜。有過性能提升，問題還是一樣，得由專家操作。恕我直言，葉門的訓練營可不是福特航空通訊公司。況且，價格也是問題。每輛車裝載十二枚飛彈，最高時速不超過四十哩，得護航一整天才能送出價值一億的貨。等於是在紅場閱兵。再說那傢伙失蹤四個月，他不能現在回去組織規劃，他一露面就會被逮捕。」

「還是要留意他。」李奇說。「我不喜歡四個月，太不像話了，需要有人修理他一頓，那邊究竟是在搞什麼？」

漢堡正是夜幕低垂。伊朗人在散步，腋下夾著報紙。商店、辦公室、熟食店、珠寶店、乾洗店、保險局都紛紛點燈，乾淨鮮明的白光，但不刺眼，是一種柔和的霓虹，更歐洲式。烘焙坊和麵包店黑漆漆的，他們已經忙完了，餐廳和酒吧亮著琥珀光，低調誘人，彷彿都是友善的昏暗空間，鑲著橡木板。街道上，交通穩定，汽車經過，打蠟的車身忠實地映照出每一處街景，新的車頭燈探索著前方，無止無休，射出不自然的藍光。

伊朗人來到一處小公園，坐在長椅上，往後靠，伸長兩臂放在欄杆上。汽車經過。他瞪著前方，沒有行人。

他等待著。

接著他又站起來，一點也不急，就跟奉公守法的公民一樣，把報紙丟進垃圾桶裡，離開了公園，漫步折返。

三十秒之後，中情局的站長從陰影中走出來，穿過馬路，筆直走向垃圾桶，拿出了報紙，夾到自己的腋下，轉身離開。

三十分鐘後，他和維吉尼亞州麥克連恩市通電話，直接從領事館打過去。

10

范德比爾特接的電話，然後叫懷特來聽。懷特一面聽，眼睛整個瞇了起來，盯著近處，又瞇了起來，左看右看。他在紙上記錄，兩個不同的主題，李奇想。兩個不同的標題。兩段話，整齊的書寫體。

最後，懷特掛上了電話，說：「兩個消息。伊朗人要求一個隱密的情報傳遞點。半小時前，他在報紙裡留下了一份報告，部分內容可以說是純憑臆測，部分是文化分析。差不多像在寫論文。他說沙烏地人知道信差非常興奮，好像有什麼大事要發生了，遠比他們想像的還大。顯然是跟那一億元有關。他們好像是到了作夢也去不了的地方。伊朗人強調他不知道細節，沙烏地小子也一樣。這件事跟信仰有關，每個人都感覺像是一場全新的球賽，他說沙烏地小子笑得像看著應許之地。」

李奇說：「第二個消息是什麼？」

「領事館接到了某單位的低階警察的自保報告，說有一名美國人在酒吧裡和阿拉伯人談話，滿奇怪的。不過日子對，時間也對。第一次的會面可能有了目擊證人。」

懷特回電領事館，拿到了他需要的當地電話，其中兩個是那個頭頭，顯然是個叫古利茲曼的大胖子，刑事偵緝隊的隊長。領事館對他很熟。漢堡現在是下班時間，可是他仍在辦公室裡，電話一響他就接了。懷特把電話轉擴音，問他警察報告的事。李奇聽著那傢伙在翻動一疊文件，他記不得了。隨後他拿到了文件，阿拉伯人在酒吧。

所以送到了美國領事館。

也就是說印象分數到手了。

那人以英語很有禮貌地說：「有什麼我能效勞的地方嗎？」

就像飯店的櫃台人員。

懷特說：「我們需要證人的姓名和住址，酒吧也是，還有兩者的背景資料，可能要監視兩邊。」

「我不知道啊。」

「我可以請你們老闆打電話給你，你們的州長，到時你就會知道了。」

「不，我的意思是我不知道，我不知道細節。我是偵緝隊隊長，那些報告會由我過手，就這樣。再說，報告上說證人是個瘋子。」

「他會看時間嗎？」

「好吧，我會把細節給你，沒問題，明天下班前。」

「開玩笑吧？給你一個小時。還有，別跟別人說你在做什麼，把這件事當作最高機密。還有別讓這支電話占線，我會再打來。」

在漢堡的古利茲曼深吸了一口氣，看著陰暗的外面，隨後就忙了起來。並不費事，不過就是打幾通電話，一通引出另一通，像條無關痛癢的通道。是個行動起來的組織，可以讓人引以為傲。某個推論得到了驗證，跟他想要的一樣詳盡。他可以追溯到第一個打電話來的倒楣警員，只要他願意。而他也這麼做了。幸好只有幾個簡單的問題。姓名和地址，一個人和一個地方。

在維吉尼亞州，華特曼的人藍德利說：「我覺得遠比他們想像的還大，聽起來不太妙，而且也不像是要宰了誰，感覺要糟糕多了。」

李奇說：「這句話已經轉了三手了，沒辦法判斷語氣。」

「可是呢？」

「全新的球賽倒很有意思，好像是往上爬了一大步，好像出乎意料到讓人覺得是偶發的程度。好像他們掉了五分錢硬幣卻撿到了一枚二十五分的。那幾個二十來歲的傢伙，穿義大利皮鞋，上夜店玩樂的，全都興奮得不得了，聽起來很色情，電腦有那麼了不起嗎？」

藍德利說：「我們認為是，而且將來也絕對會很重要，雖然現在損害可能無法衡量，很多人會死，可是我同意，跟色情無關。」

范德比爾特說：「而且也不是什麼驚天動地的事件，跟他們的一般作風不一樣。不像是炸掉一棟大樓，一點高潮也沒有，有點太技術性了。」

李奇說：「那麼我們都同意電腦是浪費時間了？」

「我們還能從哪兒著手？」

「那傢伙要賣什麼？」

「我們已經討論過了。」

「一小時到了。」華特曼說。

懷特又撥了漢堡的電話，那個叫古利茲曼的傢伙接了，他有了目擊證人和酒吧的名字地址。證人是市府員工，一大清早上班，午餐後下班，所以下午去酒吧，是個有強烈信念的人，有些令人不快，整體來說都是謬誤的思想。酒吧距離安全屋有五條街，據說是意識形態很鮮明的地方，不過外表不覺得。外表很文明，簡樸，卻不張揚。大多是穿套裝的人，髮型很正常，不至於反美國人，只要是美國白人。

電話結束後，尼利從她的街道圖上找到了那家酒吧，說：「不是我們非常喜歡的那種地方。在社區比較好的一帶，從公寓走路就到，不到二十分鐘。時間上吻合，你覺得是第一次會面嗎？」

李奇說：「地點對，時間也對。而且感覺也對。」

「我們需要證人的描述，可能要警方的素描圖。」

「漢堡警察能信任嗎？還是要我們自己過去？」

「我們沒有素描畫家，而且證人搞不好不會說英語，我們不信任他們也不行。反正國務院也會堅持，不然就會變成外交事件了。」

李奇點頭。他之前跟德國警察打過交道，憲兵和一般警員，不是每次都順利，主要是因為觀點不同。德國人認為他們的國家是給他們的，而美國人認為是自己買下了一處大軍事基地，還附上僕人。

車道上傳來汽車噪音，一陣風似地開進來，經過了及膝高的招牌，接著又一輛。兩輛汽車，無疑是兩輛廂型車，黑色的。一分鐘後兩個套裝男走進門口，後面是瑞特克里夫和辛克萊，還有兩個套裝男押陣。瑞特克里夫上氣不接下氣，辛克萊的臉也有點紅。她的喉嚨還有臉頰也紅通通的，她穿著另一件黑色連衣裙，像平常一樣漂亮，也許更漂亮，臉上的紅暈為她增添了美麗。

瑞特克里夫說：「我聽說我們有了目擊證人。」

李奇說：「這是我們目前的行動假設。」

「我們得賭一賭，你跟尼利上士今晚飛到德國。國務院會把兩百個程式設計師的護照相片給你們，包括那些移居海外的。明天一大早你們就去詢問證人，此時此刻我們已經知會漢堡警局了。證人一挑出照片，你們就打電話回來報告，我們就會在這裡把他抓起來，乾淨俐落，時機也正好。」

李奇沒吭聲。

他們還是搭同一班漢莎航空的飛機。傍晚起飛，六個時區，預定抵達時間是一大早。尼利帶了袋子，這一次李奇也帶了，紅色的帆布袋，航空航天博物館買的，大概是國務院某個職員的午餐袋，因緊急事件徵用，裝進了兩百張護照相片，分量可不小。每張相片都貼在一張索引卡上，有姓名和護照號碼。李奇和尼利看了一些，玩牌似地來回洗牌。他們找出了那個移居漢堡的程式設計師。非主流文化的那一個，一頭像觸電過的頭髮。他的政府照片比地下刊物上的品質要好。更有光澤，也清晰得多。法定尺寸，白色背景。那傢伙瞪著前方，眼中有挑釁的神色，大頭細頸。

「不是他。」李奇說。

「何以見得？」尼利說。

「他的頭髮。那種髮型得費一番工夫，就算沒有什麼用，也是一種選擇，是一種宣言。他在說，看著我，我的頭髮很好玩。就跟別人戴帽子一樣，他們在說，看著我，我的帽子很好玩。都有一點極端，妳不覺得嗎？大概是沒有安全感吧。好像他心裡的東西都還不夠。這種人不會寫能把宇宙炸掉的修補程式。要是你那麼聰明，寫得出那種東西，也有那個聰明能賣一億，而且神不知鬼不覺，那你就不會沒有安全感，連一絲絲都不會。你會是有史以來最厲害的傢伙，你是世界之王。」

他們把照片放回袋子裡，吃了飛機餐。尼利坐靠窗位子，她斜放椅背，睡著了，頭倚著機身的牆面。這樣比較不會有意外接觸的危險。李奇全程清醒，在想證人的事，市府員工有令人不快的意識形態，可能只是浪費時間，也可能是那個能拯救這個宇宙的人。李奇想看看他，他覺得自己像飛機，奔向東方去迎接黎明。

美國人在浴室對鏡梳頭，在阿姆斯特丹的飯店裡。他起得很早，沒有理由。他睡過一覺，心情平靜，可是該回去了，他會淋浴、收拾行李，趁早晨的尖峰時段到來之前上路，之後就可以一帆風順了。

可是他得先來杯咖啡，所以他穿上昨天的衣服，梳好頭髮。枕頭害他頭頂的頭髮倒豎，他用水把頭髮撫平。照照鏡子，還可以，反正只是搭電梯下樓再上樓。到了大廳他從早餐室外面桌上的銀壺裡倒了杯咖啡，門的另一邊有張桌子擺著報紙。顯然是荷蘭文，加上英語、法語、比利時語、德語，還有家鄉的《先驅論壇報》。都整齊地排放著，妥妥當當的。

柏林報紙什麼也沒有，沒有頭條，沒有報導。漢堡報紙也一樣，頭版沒有，第二版沒有，第三版也是。

第四版卻有頭條。

在底下，不很大。外加兩吋的報導。多是些官樣文章。警方說案件正在積極調查中，而且已有了進展。

最值得注意的一點是他們即將要在被害人的車內採集指紋。

美國人把報紙放回桌上，閉上了眼睛。她是在停車場裡同意的，她掉頭，很熱心，很誇張，招手要他上車，很急迫，露出曖昧的笑容，好似等不及了。然後她帶他回家，那是輛三門轎車，很小，卻像是銀行的金庫。

他在心裡又回想一遍。外面的門把。黑色烤漆，質地不很細密。跑車型。也許問題不大。裡面的門把是皮革的，部分飾條有洞可以伸入手指。內裝是乙烯基，可能是為了省錢，卻像看得見的地方一樣弄得像荔枝皮，顆粒狀。或許並不是採集指紋最理想的表面，也許夠安全。

安全帶鎖舌的形狀像個丁字。安全帶是黑色塑膠，斑點狀，像細砂紙。為了抓力吧，他覺得。因應什麼規定，夠安全。接著是脫放鈕，他的左手大拇指，他想起來用拇指去按。手肘向後，拇指動來動去，紅色塑膠塊，堅硬隆起。

再怎麼樣也只能採到部分指紋，還可能因為他的外套下襬掃過而變得模糊。他記得他主要是以指甲施壓，垂直向下。不慌不忙從容得很，甚至可說是慢吞吞的，精準的一個小按鈕，和珠寶一樣的汽車搭配，讓人的期待攀升，在他拆開禮物之前，在許多方面都是他最愛的時刻。

安全帶脫放鈕夠安全。

可是門把就不是了。門把有個小小的裝飾條，觸手冰涼，後面挖空，方便伸手進去。而他伸的是右手的中指，輕輕滑進去，優雅地，他覺得，甚至是曖昧地，隨即定住不動，等了一秒，意味「可以走了嗎」，指尖整個壓在裝飾條的背面，接著更用力，關上車鎖，又是一個精準的小按鈕，之後他的手指同樣優雅地退出，他覺得。

毫不含糊。

平滑、冰涼的裝飾條。

蠢。

怪他自己。

11

顯然德國移民局已經得到知會，因為尼利一交出護照，海關人員就比了個手勢，附近大廳的一個大胖子就推開椅子站起來，準備要迎接他們。他說他叫古利茲曼，他說他認得李奇和尼利的名字。有名巡邏的警員記下了他們的姓名，說他們是觀光客，但顯然不是，現在他了解了。他說他很樂意配合，他說證人已經在警察局等候了，非常樂意也非常急切。警方跟證人說有件事關國家安全的案子需要他的意見，況且可以一天不上班照領薪水，因為他是在盡公民義務。古利茲曼說那傢伙不會說英語，所以會有通譯，而且是的，在德國讓證人看嫌犯照片是非常平常的事。

古利茲曼的賓士公務車停在不准停車的地方，兩人坐上車，由他駕駛。駕駛座被他的體重壓得向後歪，他實在是個彪形大漢，比李奇還高一吋，重六十磅。比尼利重了一倍多，但全身主要是脂肪，除了對他自己之外，不構成威脅。

李奇說：「昨天在電話裡你說證人是個瘋子。」

古利茲曼說：「不是真的瘋，只是對某些事很有成見，顯然是因為種族歧視和仇外心態，又因為不理性的恐懼而變得更頑固。除此之外，他都很正常。」

「你覺得上了法庭他的話能算數嗎？」

「當然。」

「法官和陪審團呢？」

「當然。」古利茲曼又說。「那人在日常生活表現得都很正常，他畢竟是市府的員工，跟我一樣。」

他說的警察局是漢堡市最好的一間，又大又新又先進，而且整合各單位，包含了實驗室。在外部的小路上每個角落的路標都多如樹林，指著這個部門那個部門。進去也是一樣，錯綜複雜，比較像是市立醫院，或大學。古利茲曼把賓士停在保留車位上，三人全部下車。尼利提著袋子，李奇提著他的，跟著古利茲曼進入大樓，跟著他左轉右轉，一路都是寬敞的乾淨走廊，最後來到一間偵訊室，門上有烙網玻璃窗。房間裡有個人坐在桌後，面前擺著咖啡糕點，麵包屑掉得到處都是。那人約莫四十歲，穿灰套裝，可能是聚酯纖維。他一頭稀薄的灰髮，抹了髮油，平貼在頭皮上；戴鋼絲眼鏡，鏡片後的眼珠是淡色的。皮膚白，身上唯一的色彩是領帶，黃橘旋紋，既寬且短，活像是掛著一條死魚。

古利茲曼說：「他叫黑摩．克拉博，是東邊人，統一後到了西邊，很多人都這樣，為了工作。」

李奇仍盯著那人看。可能是浪費時間，也可能是這個宇宙的救星。古利茲曼沒有進去的意思，反而掀開袖子看錶。這時有個女人從角落出來，走向他們。古利茲曼一見到她就把袖子拉回原位，一副很滿意的神情。非常準時，不愧是精確的德國人。

「我們的翻譯。」他說。

她是個矮胖的女人，看不出年紀，頭髮像個大球，噴了髮膠，好像金色的安全帽。她一身灰色連身裙，厚軋別丁料，跟警察制服的上衣一樣結實，厚羊毛長襪，一隻鞋子可能就有兩磅重。

她說：「早安。」聲音倒像是電影明星。

古利茲曼說：「我們進去吧？」

李奇問：「克拉博在市府做什麼工作？」

「他的工作？他是文書主管，目前是在下水道部。」

「他很滿意自己的工作嗎？」

「他是坐辦公桌的，不是那種藍領勞工。他好像還挺滿意的，他的工作考績也很好，一般都認為他做事一絲不苟。」

「工時為什麼那麼奇怪？」

「會奇怪嗎？」

「你說他一大清早上班，午餐後下班。我覺得像是藍領勞工，不是文書人員。」

古利茲曼說了一個長長的德文字，什麼的名稱吧，翻譯說：「我們有個降低污染的提案，做法是減少尖鋒時段的塞車，所以鼓勵員工錯開上班時間，當然地方政府要先立下榜樣，顯然下水道部門投票決定提早上班，提早下班，不然就是上頭規定的。無論如何，市府已經宣布出現樂觀的結果了，最新的測試報告說微粒子排放減少了百分之十七。」

聽她說得好像多了不起似的，就像是一九四〇年代的電影，黑白片，一幅巨大的銀幕，拘謹古板的傢伙同意做壞事，只因為她輕聲細語地求他。

「好了嗎？」古利茲曼說。

他們走了進去，黑摩．克拉博抬起頭來。古利茲曼沒說錯，他是滿開心的。他終於成了舞台的主角，準備要好好享受。可能是個困頓的人，德國人，卻是跑到西德的東德人，滿懷移民的憤懣。古利茲曼以德語開場，克拉博回應，翻譯說：「他介紹你們兩位是從美國趕來的高階特工。」

李奇說：「那麼克拉博先生是怎麼回答的？」

「他說他很樂意幫忙。」

「我看不是。」

「你會說德語？」

「我大概聽懂一點，我以前來過。我了解妳只是出於禮貌，可是我的士官跟我都聽過更難聽的話。精確比我們的感受更重要，眼前的局面可能非常嚴重。」

翻譯瞄了古利茲曼一眼，他點了頭。

於是她說：「證人說他很高興他們派的是白人過來。」

「好。」李奇說。「告訴克拉博先生他是目前一個行動中的重要角色，告訴他我們打算要詳細盤問他，涵蓋各種的政策領域。告訴他我們想聽他的意見。可是總得有個起頭，而起頭一向是最好的，所以我們的第一個焦點是具體描述那兩個人的外觀和行為，就從那個美國人開始好了，首先我們要聽他自己的說法，然後我們會給他看照片。」

翻譯面對克拉博，以德語仔細說明，說得很生動。克拉博聽得直點頭，彷彿在沉思什麼很困難的任務，卻願意全力以赴。

李奇說：「克拉博先生經常去那家酒吧嗎？」

翻譯照翻，克拉博回答，句子挺長的，翻譯說：「他一個星期會去兩三次，有兩家他最喜歡的酒吧，他輪流去，配合他的五天工作日。」

「他去那一家多久了？」

「將近兩年。」

「他之前見過那個美國人嗎？」

停頓，思索。接著德語，然後，「有，他覺得可能兩、三個月前在酒吧見過他。」

「覺得？」

「他最多只能這麼說，他覺得兩三個月前看見的那位先生戴著帽子，所以很難確定，他也願意承認是他看錯了人。」

「哪種帽子？」

「棒球帽。」

「帽子上有什麼記號嗎？」

「他覺得是個紅星，可是很難看清楚。」

「也太久了。」

「他是因為天氣才會記得的。」

「反正美國人不是常客。」

「對。」

「他怎麼知道他是美國人？」

兩人討論了很久，列了很長的清單。翻譯說：「他說的是英語，還有口音。他的聲音很響，還有衣著，還有動作。」

「好。」李奇說。「現在我們需要描述，他有沒有看見美國人站起來或坐下？」

「都有。走進來，一個人坐，跟阿拉伯人同桌，又一個人坐，然後走出去。」

「美國人有多高？」

「一米七，一米七五。」

「五呎八吋。」古利茲曼說。「一般高度。」

李奇問：「胖瘦？」

翻譯說：「都不會。」

「結實？」

「也不像。」

「強壯或是弱不禁風？」

「相當強壯。」

「如果他運動，會是哪一種？」

克拉博沒回答。

李奇說：「想想看電視上播的，想想奧運，他會做哪項運動？」

克拉博用力想了很久，好像是把每項運動賽事都瀏覽了一遍，鉅細靡遺。最後他用德語說話，很長的一串臆測，認可又否決，一下這個一下那個。翻譯說：「他覺得可能是中距離跑者，可能是一千五百米以上，甚至是長距離的，一萬米那麼遠，可是又不像馬拉松跑者那樣瘦得像竹節蟲。」

「非洲的竹節蟲是嗎？」

「是他說的。」

「不要省略，好嗎？」

「抱歉。」

「所以美國人中等身高，一般體重卻很結實，可能渾身精力充沛，很有彈性？是那種人嗎？」

「對，老是動個不停。」

「沙烏地人出現之前他在酒吧裡多久？」

「大概五分鐘。他只是一個酒吧裡的客人，沒人特別注意他。」

「他喝什麼？」

「半公升的窖藏啤酒，喝得很慢。面會結束後還剩下很多。」

「沙烏地人離開後，他停留多久？」

「大概三十分鐘。」

「沙烏地人喝什麼？」

「沒喝，反正也不會賣給他。」

「美國人是什麼髮型？」

克拉博對翻譯聳肩，她斥責他，叫他快想。他說了什麼，怪彆扭的，顯然不是他的專長，但仍說了下去，決心要想出所有的細節。最後他說了一長篇的話。翻譯說：「美國人是金髮，顏色像夏日的乾草或稻草。兩鬢的頭髮滿正常的，頭頂比較長，像某種髮型，好像可以把頭髮亂甩，像貓王。」

「整齊嗎？」

「是的，梳得很整齊。」

「用產品嗎？」

「什麼意思？」

「髮油，跟他用的一樣。或是髮蠟，或是別的。」

「沒有，就很自然。」

「眼睛呢？」

臉孔的描述和頭髮與體格相稱。深陷的藍眼珠，額頭皮膚緊實，顴骨突出，鼻子窄削，牙齒白，嚴肅的嘴，下巴結實，看不出什麼顏面損傷。沒有大疤痕，沒有刺青，皮膚像以前常曬太陽。眼睛周圍有細紋，比較像是瞇眼造成的，而不是因為愛笑或皺眉。一邊臉頰上有條凹痕，可能是因為閉緊下顎，也可能是缺了顆牙，但並不顯得突兀。眉毛、眼睛、高顴骨、薄嘴唇，都像是寫了筆細細窄窄的一；整個的一副勞動人的苦相。年齡應該是三十幾，而不是二十幾。

李奇說：「告訴克拉博先生我們需要他把這些話再跟素描畫家說一遍。」

翻譯傳達了訊息，克拉博點頭。

李奇問：「美國人穿什麼衣服？」

克拉博回答了，翻譯說：「其實跟你一樣，李維外套。」

「一模一樣？」

「一模一樣。」

「這世界還真小。」李奇說。「好，問他為什麼覺得沙烏地人很激動，只要第一手的證據，只要他聽見或看見的事，叫他先別管政治分析。」

兩人以德語討論了許久，古利茲曼也插話，你來我往，反覆澄清，最後翻譯說：「克拉博先生回想之後覺得興奮比激動要準確，興奮又緊張。美國人跟阿拉伯人說了什麼，阿拉伯人就出現了那種反應。」

「克拉博先生聽見他們說了什麼嗎？」

「沒有。」

「他們的討論有多久？」

「可能一分鐘。」

「沙烏地人停留多久？」

「他立刻就離開了。」

「而美國人又待了三十分鐘？」

「差不多。」

「好。」李奇說。「跟克拉博先生說該看照片了。」

李奇把袋子放到桌上，說：「告訴克拉博先生說照片有很多，如果他需要休息，只管請便。叫他把剛才告訴我們的話，他的臉孔，所有的細節都記在心裡，當作一張清單，好決定是哪張相片。告訴他髮型會變，可是眼珠和耳朵不會。跟他說不確定也沒關係。他可以分出一堆可能的照片，稍後再看，但是叫他絕不能弄錯。」

尼利打開了袋子。兩百張卡片，她分成了四十張一摞，比較不會那麼嚇人。她把第一摞滑過去，克拉博就開始看，雖然看似不怎麼熱心，卻夠效率。就像個文書主管。李奇盯著他的眼睛，他似乎聽從了他的建議，一項一項比對。眼珠，鼻子，顴骨，嘴巴，下巴，每一步都是一個是與否的決定。大多數的相片早早淘汰了，累積的卡片越來越多。肥胖的臉，圓臉，黑眼珠，豐滿的嘴唇。第一摞的四十張相片沒有一張合格，連類似都談不上。

尼利把第二摞滑過去，捕捉到李奇的目光，眨了眨眼。他點頭，移居漢堡的那個人就在第一張。那個非主流文化的傢伙，一頭被電擊的頭髮，克拉博立刻就淘汰了他。李奇看得出原因，他的顴骨不高，嘴唇飽滿外翹，而不像一條薄薄的線。

淘汰的卡片越堆越高。

沒有可能人選的相片。

尼利又給了他第三摞，克拉博繼續檢查，翻譯安靜地坐著。古利茲曼走出去又回來，一分鐘後有個人送了一壺咖啡和五個杯子進來，克拉博並沒有停下來，他拿掉尼利的那疊索引卡，一次一張，用左拇指和食指，拿到眼前細看，再放下，一張接一張。

淘汰的卡片越堆越高。

仍然沒有可能人選的相片。

克拉博說了句德語，翻譯說：「他很抱歉沒能幫得上忙。」

李奇說：「問他對淘汰的那些多有把握。」

她問了，說：「百分之百的把握。」

「了不起。」

「他說他有認人的本事。」說完她頓住，瞧了李奇一眼，他說過不要省略，然後她又看著古利茲曼，彷彿是在請求許可。最後她說：「克拉博先生在東德受過稽核訓練，在波蘭邊界的一家大型工廠中是第二號人物。他希望我們了解對於目前的工作，他是大材小用，可是西邊這裡比較好的工作都不給本土德國人，反而給了土耳其人。」

「他想休息一下嗎？他還有八十幾張要看。」

翻譯問了，他也回答了，翻譯說：「他很樂意繼續。那張美國人的臉牢牢地印在他的心裡，這些相片裡如果有，他一定找得到。他請你們在素描畫家畫出圖像後可以核對，他認為你們會發現他的結論正確無誤。」

「好，請他看完吧。」

第四摞也沒有結果，連個可能人選都沒有。一百六十張看完了。尼利把最後的四十張滑過去。李奇盯著克拉博。一次一張，左拇指和食指，輕鬆地拿著，既不遠也不近。戴著眼鏡，視線清晰，百分之百專注，不是無聊茫然的瞪視，也不是不耐的冷笑，而是一種平靜的專心。他是在偵訊照片，一張接一張，一項接一項，眼珠、顴骨、嘴巴，是或否。

否，一次又一次。總是否。索引卡往下丟。這時李奇已經看了超過一百七十張不是那傢伙的相片了，他的身分快有線索了。也就是克拉博說過的，深陷的藍眼珠，突出的顴骨，窄薄的鼻子，緊抿的嘴，結實的下巴，沒有別的變數。而且是一頭稻草色頭髮，兩鬢正常長度，頭頂髮長，像某種髮型。

李奇盯著他。

淘汰的卡片越堆越高。

仍然沒有可能人選的相片。

接著克拉博抄起最後一張相片，仔細看，跟其他卡片一樣專心，隨即放到淘汰的那一堆裡。

李奇從古利茲曼的辦公室打電話，找到藍德利，再找到范德比爾特，再找到懷特，他好像睡意很濃。維吉尼亞州現在是清晨五點。李奇說：「那傢伙看見了第一次會面，這點很肯定。時間流程都百分之百正確，相同類型的事在相同時間、相同社區發生的機率跟天文數字一樣小。」

「他指認出那個美國人了嗎？」

「沒有。」李奇說。「瑞特克里夫弄錯了，這事跟電腦無關，他把兩個傳聞加在一起，一點道理也沒有，兩者沒有關聯，是分開的兩件事，只是隨機的。」

「好吧，我們最好告訴他，你們最好趕快回來。」

「不，」李奇說，「我們要留下來。」

12

素描畫家想獨自工作，所以古利茲曼就把李奇和尼利帶去參觀警察局。他們看了更多的偵訊室，警官的辦公室，小隊房間，還有入監登錄處、牢房、證物室，以及一處餐廳。到處都有嚴肅的人在認真工作，古利茲曼好似很得意。李奇覺得也難怪，確實是令人印象深刻。

他們推開了一道門，走二樓的行人天橋到另一區。科學中心、鑑識科、實驗室。先上去一間白色大房間，一排排電腦擺在白色長椅上。古利茲曼說：「我們認為將來大家會偷竊的就是這個東西，德國人已經有百分之三在使用網路了，你們國家更超過百分之十五。我們相信人數還會再增加。」

三人繼續往前走，經過了乾淨的房間，有氣閘門，像醫院的手術室。化學分析，槍枝，血液，組織，DNA。實驗室長椅，數百根玻璃試管，各種奇怪的機器。預算一定很大。古利茲曼說：「大學提供了部分基金，他們的科學家在這裡研究，對我們雙方都有好處。而且我們也得到了很多聯邦的錢，這是個分享的機構，也供德軍使用，在某些條件下。」

李奇點頭。就跟華特曼在合作學校裡說的一樣。

他們走樓梯到一樓，空氣比較新鮮，好像有對外的通道。他們穿過一扇門到了車輛停放處，很像維修站或輪胎行，但是一塵不染，幾乎像消過毒了。地板是光滑的白漆，牆壁貼著白色壁磚，燈光也是明亮的白色，看不見油漬灰塵，看不見雜物。裡頭停著兩輛汽車，一輛是大轎車，車頭一角損壞，比擦撞嚴重，但不算重大車禍，不到報廢的程度。古利茲曼說：「發生了一件肇事逃逸的車禍。一名兒童傷勢嚴重，駕駛沒有停車。我們認為是這輛車，車主否認。我們希望能採集血液和纖維，可是不容易。」

另一輛車是部漂亮的小跑車，車門都開著。一個穿白袍的人俯在車裡。古利茲曼說：「我們在採集車內的指紋，是一樁命案。我們認為犯人可能是被害人最後的乘客，她是個妓女，幹這一行是滿危險的。」

李奇晃過去看。車子很時尚，尤其是跟他的回收凱普瑞斯相比。而且完美無瑕，在燈光下熠熠生輝，跟無菌的環境極其搭配。他說：「這輛車子非常乾淨。」

古利茲曼說：「她的公寓也是。」

「她有管家嗎？」

「有清潔工吧。」

「那她可能連車子都洗過了。說不定是經常洗，打過蠟，吸過塵，裡裡外外。很好，不會有很多舊的指紋。」

古利茲曼對著白袍男說德語，可能是要求進度報告吧。那人回答了，指著這裡那裡，古利茲曼把頭伸進去好看得清楚一些，隨即退出來，若有所思，說：「我們認為安全帶脫放鈕上有部分的左手拇指指紋，可是太小了，因為按鈕是隆起的。而且也糊掉了。安全帶鎖舌上可能也有，不過帶子沒法採集，硬塑膠，還有細小的顆粒，為了加強抓力。一定是因應法規。我們應該跟相關單位反應一下，他們這是在幫倒忙。」

李奇說：「這是哪一款車？」

古利茲曼說：「奧迪。」

「那麼奧迪已經幫了你的忙了。我有個朋友有相同的問題。大概一年前。胡德堡，跟漢堡市差不多大，基地外已婚宿舍。一輛積架，不是奧迪，但都是超值的品牌。他們在門把釋放桿上貼了裝飾條，樣子很昂貴，摸起來舒服，黑暗中還會反光，方便你找到。總總加起來都可以提升他們所說的使用者體驗。乘客伸進了中指，往外拉，不是他的小指，因為他覺得小指不夠有力，也不是他的無名指，因為他的手腕就會需要額外轉動百分之二十五，正好會不舒服。總是用中指。所以你需要的是把車門拆下來，採集釋放桿後面的指紋，我的朋友就會這麼說。」

白袍人說了句德語，聽不懂，但語調忿忿，顯然他聽得懂英語。古利茲曼說：「你說的就是我們的下一步，你朋友讓犯人定罪了嗎？」

「沒有。」李奇說。「證據鍊斷了，他能證明那人的指紋在釋放桿上，卻不能證明釋放桿來自前妻的汽車，辯方律師說來源不明。」

「那他是哪一步做錯了？」

「他在開始之前應該要在釋放桿刻上他的姓名縮寫，在釋放桿還留在原位的時候，用牙醫的電鑽。當時還要有人拍照存證，寬鏡頭，把整輛車拍進去，再拍特寫。」

古利茲曼以德語下達了一長串指令。李奇聽見了Zahnarzt，他在法蘭克福看牙醫時學到這個字，意思是「牙醫」，白袍人仔細諦聽，點點頭。

他們回到偵訊室，克拉博正好要離開，素描畫家讓他們看一幅彩色鉛筆畫的肖像。古利茲曼說他會傳真到維吉尼亞州麥克連恩市，原件會歸入檔案。

李奇和尼利帶著肖像影本走到門口，烙網玻璃窗透進來自然光線。美國人的樣子跟克拉博描述的一模一樣，素描家把他的話原封不動搬上了畫紙。金色的波浪頭髮，臉上皮膚緊實，高額頭，顴骨平行，靠得很近，像是舊式橄欖球盔上的兩條護欄，眼眶深陷。嘴唇像條很深的裂縫，外加兩條直紋，鼻子如刀刃，右頰上一道摺子，彷彿他的嘴巴動最多就是拉出一個偏向一側的譏誚冷笑。他的穿著和李奇一樣，淡色牛仔衣，每一處都非常逼真。牛仔外套下是一件白T恤。他的鎖骨突出，跟顴骨一樣，他的頸子青筋暴突，是個辛苦勞動才能餬口的人，不年輕了。

尼利說：「軍人？」

李奇說：「看不出來。」

「那我們留下來幹嘛？」

「不知道，瑞特克里夫說我們想留下就能留下。我大概只是不想困在別人的錯誤裡。」

「第二次會面甚至可能不會在漢堡。」

「同意。大概是十分之一的可能，也就是說要是我們留下，就有十分之一的機會在適當的時機出現在適當的地點。而要是我們回維吉尼亞，機會就是零。他們可不會在華盛頓紀念碑下見面，那是一定的。」

翻譯走過來，說：「克拉博先生問你們幾時要再聽取報告？」

李奇說：「告訴克拉博先生不需要再麻煩他了，跟他說再讓我見到他，我會用我的大拇指把他的眼珠子一次挖一顆出來。」

接著古利茲曼走過來說：「午餐肯賞光嗎？」

現在是德國漢堡市的十二點。

也是烏克蘭基輔市的下午一點，信差正在下飛機。他搭車穿過了巴基斯坦的山區到達白沙瓦市，再搭機到喀拉蚩，再飛到基輔。每換一班飛機他就使用一本護照，也把粉紅色襯衫換成黑色的，戴上墨鏡和一頂頓涅茨克足球隊帽子，如此一來就追蹤不了他了。烏克蘭的海關沒有刁難他，他順利提取了行李，離開了航站，到計程車候車處排隊，一面抽菸。

計程車是一輛舊的捷克斯柯達，他給了司機地址，是一處花市，離他真正的目的地還有五條街，那是一間小公寓，住著四名來自土庫曼斯坦和索馬利亞的忠實同志，是一棟安全屋。最後的一段路用走的絕對是上策，計程車司機什麼都記得，跟別人一樣。有些甚至還會寫筆記，里程數，耗油量，地址。他不認識那四個人，可是他們在等他。基輔跟漢堡不一樣，他不能就大剌剌地走進去，事前得先派一名信差去幫他這個信差傳話，這些都是必要的謹慎措施。

他在花市下了車，在擺滿了鮮花的攤販之間行進，進入一處販賣珍稀草木的潮濕過道，從另一端走出來時，他又換回了粉紅色襯衫，帽子和墨鏡也收了起來。

他走完了五條街，找到了正確的公寓，這是一棟低矮的水泥樓房，同排的房子都是比較老舊、比較高雅的建築，而公寓偏離中心位置，就像顆假牙。彷彿在許久之前有炸彈落下，胡亂炸出了一塊空地，說不定實際情況就是這樣。大廳散發著阿摩尼亞的氣味，電梯正常，但是會發出討厭的噪音，樓上的走道狹窄。

他敲了門，等待著，在腦子裡數數。他敲過許多門，深諳此道。一，他們聽見敲門聲。二，他們從沙發上起身。三，他們繞行過雜七雜八的東西。四，他們來到門前。五，他們開門。

門開了。一個傢伙立在門口，就他一個，背後一片寂靜。

信差說：「你們在等我。」

那人說：「我們得出去。」

「幾時？」

「現在。」

那人是索馬利亞人，信差這麼想。二十來歲，卻形銷骨立，全身只剩下土灰色的皮膚和肌腱，很原始，像上古人類。信差說：「我不想出去，我累了，我明天一大早就要出門，我還得趕飛機。」

「沒得挑，我們得出去。」

「安全屋的意思就是我不必出去。」

「基輔足球隊晚上要在莫斯科比賽，酒吧的電視有轉播，馬上就開始了，時區的關係，我們不去的話會很奇怪，會太顯眼。」

「你可以去啊。」

「公寓裡不能有人，今天下午不行，有人會發現。足球賽是大事，是展現愛國精神的盛大活動，我們在這裡就是要融入社會。」

信差聳聳肩，這些都是必要的謹慎措施。再說足球還不賴，他有一次還看過拿人頭當球踢，他說：「好吧。」

兩人走樓梯下樓，很有默契地不搭電梯。他們從花市離開，走另一個方向，經過了宏偉卻褪色的公寓大樓，鐵欄杆生鏽了，灰泥門面也剝落了；接著他們鑽進了兩棟公寓之間的小巷，索馬利亞人說是捷徑，是一條狹長的磚道，走路有迴聲，幾乎給人一種壓迫感，但走過一棟公寓的縱深之後，就進入了一處小庭院，不比房間大多少，四周被四棟樓房的背面圍住，像個小天井，天空在非常高的地方。牆壁不時點綴著百葉窗或是粉刷過的窗戶，還有粗大的排水管和亂七八糟的一圈圈電纜線。

庭院裡有三個人。

信差覺得其中一個人可能是索馬利亞人的親戚，另外兩個也是親戚，無疑就是土庫曼斯坦人，安全屋的人。一時間信差還以為他們是在這裡集合，然後再一塊去酒吧，但他立刻就發現這裡沒有出口。

不是捷徑。

是陷阱。

他一下子全明白了，清楚得就像白晝一樣，完全合情合理。他是安全漏洞，因為他知道價格，一億，整樁交易中就是這個元素最危險，這樣的天價會觸動世界各地的警鈴，誰知道誰就是可能的漏洞，這理論再經典不過了。他們在營地研究過，用的是假設的例子，他們做過沙盤推演。真可惜，他們說。卻是必要的，偉大的奮鬥需要偉大的犧牲，偉大的奮鬥需要冷靜的頭腦以及鐵石心腸。那個打前鋒的信差並不是來要求他們準備好客房的，他帶來的是一個不同的指令。

信差站得筆直，他是不會洩漏機密的，絕不會。他們一定知道，畢竟他沒有功勞也有苦勞。他不一樣，他很安全，不是嗎？

不是，這些人就是拿人頭當球踢的，他們是不講情面的。

索馬利亞人說：「對不起了，兄弟。」

信差閉上了眼睛。不會用槍，他心裡想。不會在基輔市中心，會用刀子。

他錯了，是一把錘子。

賈拉拉巴德現在是下午四點半，白色土屋裡正在喝茶。新的信差被帶進炎熱的小房間，是個女人，二十四歲，黑色長髮，茶色皮膚。她穿著白色探險襯衫，到處都有勾環和口袋，卡其長褲，沙漠靴。她在兩個男人面前立正站好，兩人仍坐在靠枕上。

高個子說：「這件事不怎麼重要，只是速度要快，所以妳從喀拉蚩直飛，不必隱藏行蹤。沒有人見過妳，妳會跟一個美國人見面，告訴他我們接受他的開價。重複一次，我們接受他的開價，了解了嗎？」

女人說：「了解。」

胖子說：「美國人不會提起價格，妳也不許問，這是機密。因為我們殺的價太低，他很沒面子，而在我們這方面，我們可不想讓別人以為我們破產了，出不了高價。」

女人點頭。

她說：「我幾時離開？」

「現在。」高個子說。「整晚開車，搭早上的班機。」

13

午餐後古利茲曼駕車送李奇和尼利到他們之前住過的飯店。他們謝過他，揮手道別，卻沒有入住。李奇不喜歡待在同一個地方，老習慣。有人說沒必要，他卻說他三十五了，還能活到現在，所以一定有它的道理。

兩人查看尼利的地圖。她用手指按著安全屋，說：「當然，可能不只一間。」

「可能。」李奇說。「這件事就是個機率的遊戲。」

兩人徒步出發，找到了之前看過的那條街，之前停過四輛警車的，妓女被殺的地方。他們左轉，朝安全屋前進，靠近卻又不太近，一路還查看了小巷道。不容易，不像世界的別的地方。這裡沒有大招牌，沒有閃爍的霓虹燈，沒有木瓦板隨風搖晃，可能是明文禁止吧。出於審美觀。每一間店舖都必須要能個別看見。他們看見了一家連鎖租車店占了兩間店面，其他的商店也都一目了然。有些卻不是，李奇走入一處大廳，有單人沙發和櫃台，以為是飯店，結果居然是日光浴沙龍，隔間都在後面。櫃台的小姐哈哈笑，又忙著掩飾她的失禮，好心地說出一條街外有一家精品酒店。他們到了之後發現是棟漂亮的建築，有個戴高帽的傢伙，站在門口幫客人開門。

「你有錢嗎？」尼利問。

「瑞特克里夫會付。」李奇說。

「他不知道我們在這裡。」

「我們會打電話給他，反正也應該打。」

「從哪兒打？」

「房間裡，妳的或是我的。」

「我們不會有房間，沒有錢他們是不會讓我們入住的。」

李奇掏出了一捲零花錢，領出的公款，一直沒歸還，數量尚可。尼利也有。

李奇說：「我們開一個房間，暫時的。等國安會打電話給他們。」

尼利愣了一愣，才說：「好。」

兩人進去了。

這時美國人就在三條街外，放緩車速，停在他們剛剛看見的租車店外。他提早在格羅寧根停下來吃午餐，喝了杯紅酒，所以盤桓了一會兒，等酒力消退，只是為防萬一。酒駕法令很嚴苛，所以他去散步，格羅寧根滿漂亮的。接著他繼續上路，通過了名義上的邊界，轉上高速公路，穿過不來梅。每一里路都讓他心曠神怡，像是懷鄉之情提早浮現。再見歐洲得等到很久之後了，或許不會有下次了。

他歸還了鑰匙，徒步離開，出了這一區，朝水邊而行。往他的地方前進。租來的，還剩不到一個月的時間。勤儉節約，吃穿不缺，時機抓得剛剛好。

他們的房間貼著深綠色壁紙，到處都是白鑞裝潢，但是電話管用。李奇找到了值班的國安會職員，由他負責聯絡領事館，支付他們的食宿，接著懷特接電話。「范德比爾特追查了四年前的瑞士紀錄，再交叉比對，總共有一百名在德國的美國人在此之前在那天去了蘇黎世。」

「資料不錯，」李奇說，「可是不夠明確。他可能會利用開曼群島，或是盧森堡，或是摩納哥，他也可能是去蘇黎世度假，我就去過一次，可是我當然不是去銀行。」

懷特說：「了解。」

「還是謝范德比爾特一聲。」

接著是華特曼說：「他們對你很緊張。」

李奇說：「誰？」

「瑞特克里夫和辛克萊。」

「是他說我們應該要賭一把的，沒必要待在同一個地方。」

「有線索了嗎？」

「你們呢？」

「毫無頭緒。」

「我們也一樣，而且也沒必要待在同一個地方漫無頭緒。」

「辛克萊想跟你講話。」

「跟她說我等會兒再報告。等領事館傳消息來以後，那應該會給他們一點刺激。」

「陸軍部有郵件要給尼利上士。」

「緊急嗎？」

「應該不是。」

「那就等到我跟辛克萊談過以後再說。」

「可以敲定一個時間嗎？」

「跟她說兩個小時之後。」李奇說。

他們去找黑摩．克拉博說看見第一次會面的酒吧。只二十分鐘的路程，從安全屋走來也是，只是不同向量，就如輪子上的兩根輪軸。兩人走過去，腳步不快不慢，筆直看著前方，悄悄審視酒吧。酒吧在一棟較舊的石屋一樓，之前可能是廉價公寓或工廠，可能是在戰時的暴火中焚毀，後經過修復。酒吧的門面是木板，中央設門，卻不是鄉村風味。側壁不像偏遠鄉下的穀倉，木板接得很緊密，而且表面平滑，暗金色的，塗了厚厚的漆，閃閃發光，有如公園湖中的划艇。

酒吧有小窗戶，上半部掛著奶白色蕾絲窗帘。紙旗串上全都是德國國旗，室內的燈光昏暗琥珀。

尼利說：「有兩個人在跟蹤我們。」

李奇說：「哪裡？」

「五十碼後的角落。」

他沒回頭。

他說：「誰？」

「兩個男的，三十到四十歲，比我大，比你小。可能不是德國人，走路像美國人。」

「美國人怎麼走路？」

「跟我們一樣。」

「跟多久了？」

「不確定。」

「顴骨？」

「不對，也太高。」

「好，」李奇說，「我們去喝咖啡。」

兩人漫步前行，仍是那種懶洋洋的步調，進了一家糕餅點，食品櫃裡擺滿了甜點，還有一台義式咖啡機，四張小桌子，每桌有兩張椅子，都是漆成銀色的金屬桌椅。兩人選了靠窗的位置，可以飽覽街景。尼利坐下來，李奇走向櫃台，點了兩杯雙份濃縮咖啡，高聲說：「要蛋糕嗎？」

「好啊。」尼利說。「蘋果捲。」

「兩份。」李奇對收銀台的女店員說。軍隊的老規矩，能吃的時候就盡量吃，下一次可能是在幾天之後。女人示意李奇回桌位，她會把餐點送過去，李奇卻示意他想立刻買單，是他自己的規矩，他可能需要一聲不響就離開，而他可不願害一般的勞工大眾吃虧。他找回了零錢，走到窗前坐下，尼利伸長了頸子，但非常謹慎，說：「他們看到我們進來了，加快了速度，馬上就會看到他們。」

李奇檢查了左右兩邊，對街還有一家咖啡店，二十碼外。窗邊有餐桌，視野很好，有腦筋的人都會進去那裡，需要的話可以慢慢等，不會引起懷疑，而等獵物移動，他們又可以繼續尾隨。

「來了。」尼利說。

李奇看見兩個傢伙，就跟尼利說的一樣，三十來歲，比尼利高大，比他矮小，可能六呎高、兩百磅重。短頭髮。走路像美國人，穿著像美國人。他老練的眼睛一看就知道尤其是像下班後的美國軍人。叫個老百姓換上軍服一個小時，去拍電影，或參加化裝舞會，就是看起來不對勁，好像很不舒服，或不習慣。同樣地，叫穿了十年軍服的人去穿牛仔褲和外套，他也一樣不對勁，一樣不習慣。姿態不對，太精神了，衣褶太銳利，不彎腰駝背，也不拖著腳步。

他們繼續前進，跟李奇和尼利經過酒吧的情況一樣，腳步既不慢也不快，筆直看著前方，以眼角打量。嚴謹的大臉，風霜的手。可能是士官。看樣子像職業軍人。兩人緩緩前進，一個對另一個低語，另一個點頭，隨後躲進了二十碼外對街的那家咖啡店裡。汽車駛過，雙向都有，逛街的人和上班的人行色匆匆。那兩人選了靠窗的桌子，坐下來，假裝不看李奇和尼利，就跟李奇和尼利假裝不看他們一樣。

「他們是誰？」李奇問。

「看不出來。」尼利說。

「猜猜看。」

「顯然是軍人，最多是士官，可能不是戰鬥部隊。戰鬥區的老士官樣子不一樣，這兩個傢伙不是這一類的。」

「他們也不是坐辦公桌的。」

「對，是用肌肉的。」

「同意。他們是某種的後勤部隊，可能是運輸，可能是給卡車上下貨的。」

「你怎麼看？」

「我很好奇他們為什麼在這裡。」李奇說。「他們是怎麼知道的？」

「古利茲曼？說不定他打了電話，把我們在飯店放下之後。」

「可是我們沒住那家飯店，他們不是從那兒跟蹤我們的，因為我們並不是從那裡出發的。」

「也就是說是國安會有漏洞，只有他們知道我們住哪家飯店，太扯了。」

「同意。所以他們不是從飯店開始跟蹤的，是我們自己送上門來的，他們是在這裡等。」

「為什麼？」

「可能酒吧不只是一個物以類聚的地方，可能是三教九流的人會面的地方，可能錢是在那邊賺的。所以兩個神秘的憲兵冒了出來，會發生什麼事？他們就設下了哨兵，以防萬一。結果我們就跑來了，踩到了他們的警戒線。」

「他們不知道我們是憲兵，他們不知道我們的名字，甚至沒有人知道我們在德國。」

「我們是怎麼找出黑摩．克拉博的？」

「古利茲曼傳送了一份警方報告，給領事館。」

「因為他是奉公守法的公民？」

「不，因為他想保住他的大屁股。」

「這樣的人也會傳送一份警方報告說有兩個軍方人員出現在命案調查現場，自稱是觀光客，我們的名字就白紙黑字寫在上面，所以他不得不送上去。可能直接送到了斯圖加特美軍指揮部。有人會調查我們，看到最近的紀錄是一一〇特調小組，就偷偷按下什麼秘密警鈴，跟銀行裡的一樣，沒人聽見警報聲，可是城市就會有人動起來。我們來這裡是為了誰？誰都有可能，我們會驚動各式各樣的人物。」

「如果這兩個就是我們要的人？」

「妳對付左邊的，還會領到軍功動章。」

「軍功動章是不會頒給士官的。」

「他們不是我們要的人，我雖然運氣很好，可還沒那麼好。」

「那他們是誰？」

「看不出來。」李奇說。

兩人把盤子裡最後的一些糕點吃完，喝完咖啡，只剩下杯底的咖啡泥，然後一下子站起來，衝出了門口。

14

李奇和尼利閃避人行道上的行人和街上的汽車，對角線朝對街的咖啡店過去，透過玻璃窗看見那兩人嚇了一跳，坐直了身體。來不及了。他們坐在角落的四人座上，角度很好，正好空出兩張椅子和大半個咖啡店。尼利先進去，坐了下來；李奇也占了另一張，也就是說把這兩個人困住了。一切都非常安靜溫和文明，可是他們無路可逃。除非李奇和尼利站起來讓他們走，但是還不到時候。

李奇說：「仔細聽好，兩位，因為我只會說一次。我們有個僅此一次的大方送，我們會盡可能幫你們，問答都用最精簡的句子，然後就既往不咎，除非是我們有興趣的話題。不過我覺得不是，我覺得你們不是那種人。」

左邊的人說：「走開。」

他年近四十，黑色短髮染上了灰絲，一張大餅臉，好像還沒烤的麵包。他的眸色深，雙手有老繭，聽口音像是阿肯色或田納西，或是密西西比人。

李奇說：「你們知道我們的名字，因為有人調查過我們，拉了警報。所以你們知道我們是憲兵，你們現在被逮捕了。」

「你沒權這麼做。」

「我還滿確定我可以的，軍事法典說的，我們連參謀長都能逮捕。我們會需要一個好藉口，可是理論上我們就是可以，你就更加不在話下了。」

「你沒有管轄權。」

「哇，好大一頂帽子。」

「我們不是軍事人員。」

「我認為是。」

「你錯了。」

「那就證明啊，證件拿出來。」

「走開。」那人又說。

「德國的法律要求你應警察的要求證明你的身分。」

「德國警察，不是你。」

「你錯了，這下你開始長篇大論了。」

那人不吭聲。另一個傢伙盯著兩人對談，眼珠子來來回回，活像網球。

李奇說：「拿出證件來。」

左邊的人說：「我們現在要走了，請讓開。」

「沒門。」

「那我們就自己開門。」

「你可以試試看。」李奇說。「可是你會受傷。你挑錯對手了，你捅了馬蜂窩了。」

「你對自己的評價還挺高的嘛。」

李奇朝尼利點頭。「我說的是她，我只是來善後的。」

他們看著尼利。黑髮，黑眸，古銅色肌膚，模樣標致。她露出微笑，兩臂擱在桌上。李奇注意到她的指甲，搽著無色指甲油，打理得很整齊，即使是右手，她一定是用左手剪指甲的。她不會去美甲沙龍，她受不了別人碰她的手。她看著一個傢伙，再看看另一個。

左邊那人聳聳肩，屁股抬高了一吋，一手插入了長褲的後口袋。另一個也一樣。李奇冷眼旁觀。夠安全。誰也沒在口袋裡藏武器，不舒服，而且在必要時也不容易取得。

兩個傢伙各掏出了兩張證件。塑膠的，跟信用卡一般大小，但不是信用卡，而是身分證和駕照。兩張的頂端都有Bundesrepublik Deutschland的字樣，意思是德意志聯邦共和國。照片正確，左邊的叫本恩．鄧伯格，右邊的叫克勞斯．奧根查勒。

李奇說：「你們是德國公民？」

左邊的人收回證件，點了點頭。

「歸化的？」

那人又點頭。

「需要考試嗎？」

「當然。」

「難嗎？」

「不算難。」

「我們是在哪裡？」

「德國。」

「那是國家名。這裡是聯邦制，上頭不是寫Bundesrepublik嗎，意思就是有很多州，跟美國一樣。只不過他們是十六州，不是五十州，可是道理是一樣的。」

「我大概忘記了。」

「漢堡。」李奇說。

「那是城市。」

「也是州名，跟紐約一樣。接壤的州是石勒蘇益格─荷爾斯泰因和不來梅，再來是下薩克森州，你們改名了嗎？」

「當然。」

「為什麼選鄧伯格？」

「念起來好聽。」

「你們還保留美國籍嗎？」

「沒有，放棄了。我們不是雙重國籍，所以你管不著我們。」

「我們可以很沒禮貌。」

「嗄？」

「美國人常常這樣，在國外。你們歐洲人不老是抱怨，我們可以就坐在這裡擋路。」

「不，我們要走了。」

「為什麼？」

「因為我們想走。」

「你想上廁所？」

「不想。」

「有急事？」

「我們有行動的自由。」

「當然，就跟在時報廣場的人趕著要準時上班一樣。不可能，除非他從面前的觀光客身上踩過去。」

那人不作聲。

李奇看著另一個人，說：「你是怎麼選名字的？」

「一樣。」那人說。「念起來好聽。」

「真的？念念看。」

那人不回答。

「念念看嘛。」李奇又說。「我聽聽是有多好聽。」

沒有回應。

「念嘛。」

沒有回應。

李奇兩隻大拇指勾住了桌子邊緣，手指用力往下按，身體前傾，說：「把你的名字念給我聽。」

那人念不出來。

李奇說：「嗯，這裡的一個傢伙不記得德國有很多州，另一個不記得自己的名字，你們還真是很難讓我信服呢。」

他緊按著桌子，身體前傾不是為了威嚇效果，而是為下一步做好準備，而下一步立刻就來了。右邊的傢伙用力推桌子，想要衝撞李奇的肚子，把他連人帶椅撞翻，至不濟也要讓他像挨了一拳，可是李奇蓄勢以待，以十倍的力量回敬，桌子直接撞上那人的腹部。這一招效果不錯，可是桌子一移動，卻給了左邊的傢伙能夠起立的空間。他一站起來，就繞到李奇的椅子後面，準備要奪門而出。但是尼利早已經站起來了，向左跨步，肩膀在前，飄向那人，再猛一旋轉，一個橫踢，正中他的腹腔，他嚇得上氣不接下氣，好像剛吞了一支趕牛的電刺棒。正好給了尼利充裕的時間，左膝一抬，頂向他的鼠蹊，右膝再往他的臉上招呼，他就軟趴趴地倒在她的腳下了。

李奇把另一個傢伙釘死在桌後，說：「懂我的意思了嗎？現在換我收拾了。」

他轉過頭，看見櫃台後一位老太太正打算尖叫或暈倒或是打電話。他大喊：「Sexueller Angriff。」他之前在法蘭克福送一名囚犯上民事法庭，知道這是性侵犯的意思。他指著自己，又加上一句「Militärpolizei」，他知道意思是憲兵。老婦人平靜了一些。司法單位的人控制住了場面，而且並沒有打壞什麼東西。那個倒下的人什麼也沒撞到。尼利是非常精準的。地板上有血，幸好不多，沒什麼是一支拖把解決不了的。整體而言，還可以接受。

李奇對尼利說：「跟她借電話，打給斯圖加特，查出我們認識的人有誰能今天趕過來。」

「為了他們？」

「背景的噪音開始響了，我們會需要丟垃圾。」

「不透過辛克萊？」

「這是軍隊的事情，細節就不用麻煩她了。」

尼利跟李奇一樣都不會多少德語，所以挑高眉毛，豎起右手拇指和小指，國際通用的打電話手勢，老婦人急忙走向櫃台的一端，拿著一個連著電線的黑色舊電話回來。尼利撥了號，等待著，隨即說起話來。

李奇回頭看被桌子頂住的人。他臉色蒼白。他的小平頭在額頭那邊的頭髮長得很慢，臉頰上有以前的青春痘疤。他的視線在李奇以及地上的同夥間來回游移，活像節拍器。他的眼裡寫滿驚慌。

李奇說：「我來猜上一猜，你不是這次行動的主腦，這下子你可就慘了。不過算你運氣好，我是個講理的人，我的僅此一次的大方送還沒有收回，只為你一個。問答都用最簡單的句子，然後就既往不咎。我要數到三，過了可就沒了。」

那人眼裡的驚慌更盛。他張開嘴，卻說不出話，不是很聰明，不是很健談。

李奇說：「誰叫你們今天到這裡來的？」

那傢伙指著地板上的同夥。

他說：「是他。」

李奇說：「為什麼？」

「我們賣東西。」

「在哪裡賣？」

「酒吧裡。」

「什麼東西？」

沒出聲。

李奇說：「大的小的？」

「小的。」

「手槍？」

那人點頭。

「貝瑞塔M9？」

那人點頭。

李奇說：「還有嗎？」

「沒了。」

「好，你們賣配槍給光頭黨。恭喜啊，新的舊的？」

「只有舊的。」

「哪弄來的？」

「廢料運輸車上拿的。」

李奇點頭。除役的美軍庫存，清單上標明老舊或瑕疵或報銷，卻沒有真的送進冶煉廠，並非不尋常。他說：「子彈也賣？」

那傢伙說：「對。」

「同一間酒吧？」

那傢伙說：「對。」

「假證件哪兒弄來的？」

「一樣，酒吧，有個德國人。」

「酒吧裡還有什麼事？」

「什麼都有。」

「你們經常去？」

那人看著地板上的同夥，點了點頭，說：「我們都去那裡賣東西。」

李奇從口袋裡掏出了警方的畫像。那名美國人。高額頭、高顴骨、深陷的眼睛。邋遢的頭髮。他把畫像攤開，在桌上鋪平，轉個方向，說：「在那裡看過這個人嗎？」

那人看了一眼。

他說：「有，我看過他。」

15

尼利放下了電話，向老太太做了個謝謝的手勢，回到這邊。李奇說：「這傢伙在酒吧裡看過我們要找的人。」

尼利說：「幾次？」

那人說：「三次。」

「間隔多長？」

「大概是前兩個月，有時候他會戴帽子。」

「哪種帽子？」

「運動的吧，大概是橄欖球聯盟的，有顆紅星的。」

「你知道他叫什麼名字？」

「不知道。」

「他在酒吧裡都做什麼？」

「沒什麼。」

「他是軍人嗎？」

「上次我看到他，他沒戴帽子，頭髮太長了。」

「那是幾時？」

「好像兩個星期前。」

「兩個星期前他在做什麼？」

「他自己坐在窗邊喝啤酒。」

這時候美國人正在等市公車，要進城裡。他有事要做。得辦最後的幾件事，還要購物。漢堡是個客運港，渡輪郵輪進進出出，所以旅行用品不難買到。還有適合的衣服，長途旅行用的。一切現金交易，來自四面八方，時間表訂得很緊，卻是必須的，光陰催人吶。

公車來了，美國人坐了上去。

李奇把咖啡店地上的傢伙拎起來，把他推出店外。尼利負責他的同夥。兩人查看了尼利的地圖，朝一處小公園前進。被尼利打的人走路有點跛，拖曳著行進，他的鼻梁斷了，被她第二次的膝蓋攻擊頂斷的，卻沒有讓他變漂亮，也沒讓他變得更醜。

四人來到公園，占了兩張長椅。尼利跟那個笨傢伙坐一張，李奇跟那個傷兵坐一張，默默等候。笨傢伙動也不敢動，似乎很怕尼利，算他還不笨。受傷的那一個漸漸恢復了一些，李奇覺察到他變得坐立不安，覺察到他到處亂瞄，計算著角度，衡量他的機會。不知何時，一輛市公車緩緩駛過，很近很大很吵，擠滿了進城的乘客，李奇察覺到那傢伙動了，好似噪音和騷動提供了一個機會，所以他就一隻手按住了他的頸子，貌似友善，手下卻一捏，那傢伙小聲慘叫，公車開走了。

他們等待著，時間越來越晚。後來一輛藍色汽車開到人行道邊緣，是歐寶轎車，通用汽車的產品。駕駛是一名身著戰鬥服的軍人，乘客座的人也是，那人的背後是一面塑膠屏風，是輛警車。

乘客下了車，矮寬膚黑。曼威．歐洛茲科，也是一一〇特調小組的成員，「千萬別惹特調小組」是他的口頭禪，他是個好朋友。他說：「你不是被埋在哪間學校裡？」

李奇說：「你是這麼聽說的嗎？」

「大家都這樣說，說得好像你死了一樣。」

「國安會給了我們一件機密任務。我們在搖一棵樹，結果掉下來一大堆狗屎，你得幫我們清理，不能提到我們。你可以說是你自己查出來的，再拿一枚勳章。從這兩個開始，他們盜賣除役的M9給一家酒吧的光頭黨。」

「這種事拿不了勳章。」

「重點是酒吧，可能是冰山一角。」

「他的鼻子怎麼了？」

「尼利。」

「漂亮。」

「我們需要酒吧的資料，顯然裡頭什麼勾當都有。寫在另一份報告上，好嗎？然後隨時可以去釣魚，可是得等我們的信號。我們在找某一個人，不想把他嚇跑了，他應該會回來，也可能不會。」

歐洛茲科說：「沒問題，老大。」

「我不是你的老大了。」

「我確定你還是在當老大。」

歐洛茲科把兩個傢伙關進汽車後座，在塑膠屏風之後，自己也坐進乘客座，李奇和尼利跟他揮手道別。接著兩人步行回精品酒店，櫃台人員確認了領事館照會了他們，所以他們現在房間升級，在頂樓，緊鄰的兩個房間。他們先到尼利的房間，打電話到維吉尼亞州麥克連恩市，向辛克萊彙報。

這時警局採集指紋的鑑識人員正在和古利茲曼隊長通電話，他說他從裝飾條的背面採到了一枚極清晰的指紋，以他見多識廣的眼睛來看，是右手的中指，從尺寸看屬於男性，或是一名胖大的女性。聯邦資料庫中查不出資料，所以犯人有百分之九十不是德國人。

升級的房間有漂亮的控制台電話，尼利把電話轉為擴音，坐在床上。李奇坐椅子，麥克連恩市的電話也轉為擴音。李奇聽見迴聲，然後是辛克萊說哈囉，再依次是華特曼和懷特。他猜他們全在辦公室裡，坐著皮椅，圍著會議桌。

辛克萊說：「有線索了嗎？」

她的語氣疲憊。

李奇說：「德國證人是男性，姓克拉博，描述得很詳細，也畫出了肖像。已經傳真過去了，克拉博說他看過那人兩次，後來我們又找到了一個證人，看過他三次，都在同一家酒吧。那裡似乎一半是右翼政治團體出沒的地方，一半是黑市，顯然什麼樣的勾當都有。」

「第二次會面的地點會是這裡嗎？」

「機率說不，他們可以選擇的地方從斯堪的那維亞到北非都有。」

懷特說：「我們交叉比對了各種側面的名單，國務院弄了一些大電腦，我們在查大約四百個美國人，數量實在太多了，他們最近的旅行地涵蓋了四十個國家，也一樣太大量了。」

李奇說：「說來說去還是老問題，那傢伙在賣什麼？」

無人回答。

「我們得到了一件奇怪的消息。」辛克萊說。「是我們在烏克蘭的人傳來的。只是一般的警方紀錄。基輔警局在市中心的小巷中發現一名死亡的阿拉伯人，頭部遭重擊，可能是木匠的錘子。二十幾歲，穿著粉紅色馬球衫，前襟有鱷魚圖案，所以引起了我們的注意。可能沒什麼。基輔警察說電視轉播球賽，本地球隊輸給了莫斯科，酒吧裡有很多鬱悶的年輕人。一個落單的阿拉伯人又穿粉紅色馬球衫可能太刺激他們了。」

「不過呢？」

「單憑衣服就這麼認定可能太愚蠢，可是他可能就是成員之一，說不定是發生了內鬨。」

「我們的計畫有改變嗎？」

「沒有，我們應該要假設信差仍在路上，我們應該要認為第二次會面仍然就在不久的將來，我們需要釐清的是你和尼利上士是應該留在漢堡或是回來這裡。」

「他們不會在維吉尼亞州麥克連恩市會面，這點絕對肯定，但是他們可能會再在漢堡會面，這一點至少有可能。也許機會渺茫，但渺茫也總比零要好。」

辛克萊默然了許久，除了迴音和靜電之外什麼聲音也沒有。最後她說：「好吧，不過別去動安全屋。」

「即使要錯過第二次會面？」

「不到最後關頭絕不過橋，這點必須說清楚，由不得你決定。」

賈拉拉巴德這邊已用過晚餐，盤子都收走了。白袍人回到又小又熱的房間。一半的對話涉及謹慎的固定提醒，任務仍未完成。還沒有十拿九穩，還不到百分之百。很接近了，卻仍不夠篤定。引述了古老的諺語，古老的部落咒語，類似別在雞蛋孵出來之前數小雞。但是另一半的交談卻在數小雞，而且一數再數。光輝的、夢幻的臆測。他們列了清單，一再修訂，面露微笑，在靠枕上前後搖晃，幾乎就像是肉慾了。

他們必須挑選十個城市。他們同意了華盛頓特區、紐約、倫敦必須入列，這點沒得商量，所以只剩下七個。巴黎可以是第四個，然後是布魯塞爾，因為那裡是北約的總部以及歐洲議會的所在地。還有柏林，原因是何樂不為？所以只剩下四個，莫斯科對於他們在東歐的兄弟可能很重要。當然還有特拉維夫，雖然這裡應該是另當別論，那就剩下兩個了。阿姆斯特丹？芝加哥？洛杉磯？馬德里？

接著他們又提醒自己別數小雞，這份決心維持了不到一分鐘。兩人默默搖晃，隨即又討論起第四個城市來，舊金山應該在巴黎之前嗎？金門大橋？

美國人在市中心的購物區下車，臉上掛著淡淡的笑容。公車在小公園的附近放慢車速，他越過走道看著窗外，瞧見了兩個他在酒吧裡交易過的傢伙。他們坐在長椅上，世界還真小。跟朋友一起，一男一女。男的穿的外套跟他的一模一樣。世界還真是小，這樣的機率有多大？

他穿過了鵝卵石廣場，停在買賣外幣的小亭前，把一把德國馬克和美金換成了阿根廷披索，然後走了一條街再換，再走一條街再換。總是縐巴巴的混合貨幣，總是用現金換現金。量不大，不會引人側目，不會留下紀錄。

他在火車站換掉了最後一筆現金。現在火車站淪落為一個淒涼的地方了。遊民和精神不正常的人轉來轉去，鬼鬼祟祟的人眼珠子滴溜溜地轉，雙手深深插進大口袋裡。牆上覆滿了噴漆塗鴉。完全無法與南布朗克斯或是底特律內城或洛杉磯中南區相提並論，但在德國卻屬司空見慣。統一是一根拉得很緊的弦，無論是經濟上或社會上，心理上也是，他見過。就像是跟家人住在一棟漂亮小屋裡，過得舒舒服服的，忽然一票親戚搬了進來，他們連刀叉都不太會用，無知又發育不良，卻跟你一樣是德國人，如同襁褓中的兄弟被帶走，鎖在衣櫃裡，到了四十幾歲才跌跌撞撞出來，皮膚蒼白，身形佝僂，眼睛眨個不停。這是很難處理的情況。

他以食指和拇指數披索，數量讓他很滿意。這不過是供偶然的支出，如此而已。照約定，重活會由銀行家去做，用電報或是電傳，或是他們習慣的秘密手法。現金是付小費和計程車以及機場的腳夫的，就這樣。

接著是衣著，然後是藥局。再跑趟五金店、露營用品店、玩具店。

李奇和尼利提早出去吃晚餐，他們在附近看見了不少餐廳，最後挑了一家簡單的小吃店，在地下三階的房間裡。小吃店以褐色木鑲板裝潢，天花板的喇叭播放著手風琴音樂。

尼利說：「梅麗恩·辛克萊會飛來這裡。」
李奇說：「為什麼？」
「我認為她信了你的渺茫比零要好的說法。」
「這應該是常識。」
「而且她想盯著你。」
「她知道自己接的是什麼燙手山芋，我相信蓋伯跟她說過了。」
「賭十塊，她明天就到。」
「妳的賭運很好？」
「用不著好。別給我公費，我要你自己的錢。」
「她不會來的。」李奇說。「就跟賭馬一樣，那些人是不幹的。」
正說著，古利茲曼隊長走向他們的桌子，燈光好似變暗了。六呎六吋，三百磅重，灰色套裝翻飛，猶如一頂雙人帳篷。地板嘎吱叫。古利茲曼說：「很抱歉打擾了兩位。」
李奇說：「你餓了嗎？」
古利茲曼愣了愣，說：「嗯，還真有點餓。」
矇著了！李奇心想。
他說：「那就一塊吃吧，五角大廈請客。」
「那怎麼行，在我自己的城裡，當然是我請客。」
「好吧。」李奇說。「那就多謝了，美國財政部非常感激。」
古利茲曼坐了下來。服務生匆忙送上另一份餐具，斟了水，端上了麵包。
古利茲曼說：「我想請兩位幫個忙。」

李奇說：「先說說你是怎麼找到我們的。」

「你們的飯店得報告你們的下榻旅店，這是規定。由大使館、領事館、外交使節團訂的飯店都可能會有安全上的考量，所以現在有套制度了。然後我叫人帶著無線電坐在車子裡，他們會把你們的去向一個傳一個，直到你們進來這裡。我不要他們徒步跟蹤你們，我覺得會被你們識破。」

「我們做了什麼不妥的事情嗎？」

「我需要兩位幫個大忙，幫我找個人。」

「什麼樣的大忙？」

「我們找到了一枚指紋，在死掉的妓女的車上。記得嗎？就是你說我們應該找的地方，在裝飾條的背面，右手的中指。」

「恭喜。」

「我們的資料庫裡查不到。」

「這樣正常嗎？」

「如果指紋是外國人的就正常。」

李奇沒吭聲。

古利茲曼說：「可以麻煩你用你們的系統幫我查嗎？」

「這不是小事。」尼利說。

李奇點頭。「也涉及政治。這是一罐蟲子，可能牽涉北約的各種狗屁倒灶，還有第四修正案。我們得忙著應付公關和律師，他們大概得花一年才會排進考慮的清單。」

古利茲曼嘆口氣，說：「我這人就是這樣，不是政治動物。我只是個單純的刑警，希望大家都能水幫魚魚幫水。」

「放屁。」李奇說。「你今天晚餐請客是因為我說了五角大廈，說不定你哪天就去競選市長了，這裡是西歐的自由城市，選民不會喜歡聽見粗野的戰爭販子請你吃飯。所以你明天得為經費傷腦筋，卻不必怕十年後難堪。由一到十計分，這樣還不算政治動物？」

「我只是想讓壞人落網。」

「他為什麼會是美國人？」

「根據統計，犯罪率。」

「而你覺得我們會大聲承認？你們有個妓女死了，所以當然是美國人殺的，我們可不會乖乖接受犯罪假設。在國內這一套轉不開，這種事情不是我這個層級能決定的。」

「我個人同意你的說法，我認為是水手，幾百個國家都有可能，可是你們在德國是一個非常大的外國團體，我可以剔除掉大量的可能人選。」

「那你現在又不認為是美國人了？」

「對，我很想要證明這一點。在這件案子變冷之前，社會大眾會要我做點什麼，坦白說，我也想讓案子盡快變冷。」

「為什麼？」

「唉，不說別的，我們在這件案子上浪費的時間太多了。」

「因為她是妓女？」

「歸根究柢來說，是吧。但我這是從現實的經驗和資料有感而發。大多數的妓女命案是由過客犯下的，這是事實。這個傢伙早就橫越大西洋了，我很肯定。開開心心地逃過法網了。」

政治。李奇覺得被耍了。他說：「我會考慮，把指紋影印一份送到飯店，以防萬一。」

「不需要。」古利茲曼說，從外套內袋掏出一個小信封。「這裡頭有拷貝，還有我的名片。」

李奇接下信封，放進自己口袋裡。

晚餐後兩人走路回飯店，所以古利茲曼就自行駕駛賓士公務車離開了。他們繞經安全屋，只是晚間的散步；經過時只是以眼角餘光一瞥。倒不是說他們知道是哪一間公寓。可疑的該棟建築就有十五扇窗戶，有些漆黑，有的透著電視的藍光。有的燈光溫暖低調。看不見有人。街上有汽車，偶爾有行人。剛剛入夜的城市。兩人繼續走。

他們的飯店前停著一輛藍色汽車，是一輛歐寶。曼威．歐洛茲科的警車。他在大廳等他們。他說：「有件事你們得知道。」

16

他們又走到戶外，倚著歐洛茲科的車。晚上濕涼，他們能察覺到附近的河水。李奇說：「你可以打電話。」

「不行。」歐洛茲科說。「最好是當面說，別在電話上講。」

「為什麼？」

「你跟我說的是小事，大事沒說。」

「他們還賣什麼別的嗎？」

「沒有，六個月來大概賣了四十支M9，就這樣。外加一千發子彈。不是世界末日，我們看過更壞的。」

「那有什麼大事？」

「他們的證件是真的。」

「他們真的是德國公民？」

「不，他們是道地的美國人。阿肯色和肯塔基人。他們連英語都說不好，更別說德語了。他們一個叫比利．巴伯，一個叫吉米，李。大概吧。」

「那他們的證件就是假的。」

「從這個角度來說，對，可是也是真的。從另一個角度來看，證件做得太好了，不可能是假的，好到我們認為是德國政府幫他們做的。在他們法定的工廠裡，跟他們那些一般的德國佬玩意一起做出來的。」

「他們說是從酒吧裡一個傢伙那兒弄來的。」

「他們也是這麼跟我說的。」

「那？」

「我相信他們。」

「那？」

「酒吧的那個傢伙又是從哪兒弄來的呢？」

「你有幾分把握？」

「我到處打聽過，看法不一。有人說很複雜，因為柏林圍牆倒塌之後，一大票偽造文書的共產黨失業了，而且他們真的是內行人。從舊東德流出了各式各樣的惡作劇文件，所以那些傢伙現在有了老闆。往好處想，是有組織的犯罪。往壞處想，是新的德國情報單位。無論如何，最好都別在電話上講，我們不知道誰在竊聽。」

「德國情報單位自己買得起配槍，不需要印假證件給兩個不起眼的小嘍囉。」

「同意。可是假設他們的情報單位有個創造文件部門，跟別的國家一樣。裡頭都是那些怪人，跟別的國家一樣。假設其中一個不老實？在酒吧裡自己做買賣？比利．巴伯跟吉米．李把那個地方說得像什麼證交所。買、賣、交易，你想怎麼樣都行。」

李奇說：「看到我們的人的第一個證人是公務員，我看應該還有。」

歐洛茲科點頭。「你們得小心。你們繼續搖那棵樹，什麼樣的狗屎都可能會掉下來，有的可能會很重。」

歐洛茲科離開了，李奇到尼利的房間去打電話到維吉尼亞找懷特。他說：「我們得到確實的情報，那間酒吧販賣真正的德國證件，目前為止我們看見了身分證和駕照，護照當然也有可能，我們的人很可能會買一本，所以盯著四百個美國人是浪費時間，我敢賭他會用德國護照旅行。」

懷特默然了好一會兒，才說：「你就在那邊，你可以去查是誰賣了什麼給他，你也可以查出護照上頭的名字，出生年月日和護照號碼也不錯。這類的販子通常都會做紀錄，為了保險，還有勒索。」

「這是下策。」李奇說。「如果我們調查酒吧，會驚動他們，消息很快會外洩，我們的人會立刻當縮頭烏龜。而且說不定他的護照不止一本，酒吧不只那一家，我們的證人就光顧兩家酒吧。」

「可是這還是我們最好的機會。」

「去跟瑞特克里夫說，我想知道我能有多自由。」

然後李奇回隔壁他自己的房間，上床睡覺。他累了，他有三十個小時沒睡覺。他把鞋子在窗下擺好，襪子披在鞋上，長褲按縫邊折好，放在床墊下壓平。他脫掉外套，掛在椅背上。一邊口袋喳喳響，是古利茲曼的信封。指紋，他本想交給歐洛茲科，卻忘了。下次吧。

他洗了澡，清掉了床上的十二個綠色織錦枕頭，爬上床去就睡著了。

美國人的上床模式幾天來都沒變。先十分鐘娛樂，再二十分鐘工作。娛樂來自於看阿根廷地圖。大比例的，線條細，很詳盡。他要買的牧場就在正中央，是一大片方形地，一邊有三十哩長。開車要一個小時，不超過市區的時速限制，從這一角到另一角。總共九百平方哩，將近六十萬畝，從外太空都看得到。但，說實話，還沒有羅德島大，羅德島有一千二百平方哩。可是比德州最大的一塊毗鄰土地還要大，那兒只有八百平方哩。可是和澳洲的安娜溪綿羊站一比都不算什麼，那兒有九千多平方哩。將近六百萬畝，差不多和麻薩諸塞州一樣大。他讀過地主的故事，那傢伙的卡車跑了十萬哩都還沒離開自己的土地。不過，阿根廷那塊地方仍排得上世界十大，那裡非常遼闊，無庸置疑。他的房子會在圍牆後十五哩處，正是他想要的隔離，在他幫忙創造的新世界裡。

他把地圖折起來，開始二十分鐘的工作，也就是聽錄音帶磨練他的西班牙語。他會需要工人，不能指望工人學英語，所以他躺在床上，戴著耳機，聆聽，重複，學習，聽到腦子累了，就沉沉睡去。

尼利在隔天早晨八點敲李奇的房門。他醒了，洗過澡也穿好了衣服，準備喝咖啡了。電梯像是掛在鐵鍊上的鍍金鳥籠，電梯井是飾有金銀絲的鍛鐵。他們聽見電梯升上來，兩人走進去，地上掉了張信用卡，也可能是駕照或之類的，正面朝下，大概是不小心弄掉的，不是德意志聯邦共和國的身分證，顏色不對。

尼利彎腰去撿。

看了一眼。

她說：「你欠我十塊。」

是張美國證件，維吉尼亞州的駕照，相片很清楚，是女性，一張坦誠的臉孔。金髮，中等長度，不造作，顯然是以手指梳理的。梅麗恩．辛克萊，她四十四歲，家鄉住址在亞利山卓市。從街道名來看，是棟郊區房屋。

李奇從口袋裡掏出錢來，抽出兩張五元美金，遞了過去。他說：「她一定是剛入住，搭夜班飛機。我越來越鈍了，我不認為她會來，而且我尤其不覺得她是會把駕照掉在電梯裡的那種人。她可是國安會的第二把交椅啊，世界的未來全都押在她身上。」

電梯抵達一樓，兩人出去。早餐在地下室，他們順著蜿蜒的樓梯下去，來到一個漂亮的房間，玻璃門敞開著，後面是一處下凹的庭院。辛克萊就在那裡，坐在露天餐桌後，沐浴在晨光下。喝著咖啡，吃著麵包，穿著黑色連身裙。兩人走過去，說：「早安。」

辛克萊抬起頭。

她說：「兩位也早，歡迎一塊坐。」

兩人坐下，李奇問她：「妳為什麼跑來？」

她筆直看著他，說：「機會渺茫也比零要好。」

「妳把駕照掉在電梯裡了？」

「有嗎？」

他交給她，她接過後就放在咖啡杯旁，說：「謝謝，我真是不小心，幸好是你們找到了。我在這裡用的是化名，如果是他們就不知道該還給誰，你們剛幫我省了一大堆的駕照文書作業。」

「妳為什麼使用化名？」

「飯店必須向警方報告。我的名字會驚動外交部，而我不是以官方身分來的。」

「妳有另一個身分？」

「好幾個。我們有個文件製造部，就跟德國人一樣，我今天早晨跟歐洛茲科少校談過，了解了來龍去脈，我們當然會監視你的朋友。你沒服從命令，我說過只能透過我、瑞特克里夫先生，或是總統。」

「這是私事。」

「沒有什麼私事，在這件事上沒有。可是拜託別怪你的朋友把你出賣了，他別無選擇，還有別覺得窩囊，因為懷特先生和華特曼特別探員已經做過一模一樣的事了，找了他們的朋友。但也是在意料之中，我們都聽說過你們的背景。」

「那件事不相干。」

「錯，因為證件的關係，一切都隨之改變。待售的證件，精良到可以通過多重國界，這是非常稀少的。我們之前沒有算進這個因素，現在得算進來了，因為把我們的機會降低到零以下，我們的美國人會是一千萬無名氏之一，正要去一萬個地點之一。」

「我們的機會比零大。」李奇說。「他會需要一個讓他覺得自在，讓信差覺得彆扭的地方，也就是說是個西方世界的大城市，可以由空運直接連接。他非必要不會想旅行，而且他已經對漢堡很熟了，他可能會回來。我們的機會也許是十分之一。」

「你是在施壓，要我們監視安全屋。」

「我覺得有需要。」

「安全屋可能不只一處。」

李奇點頭。「他們可能在每個城鎮裡都有十個安全屋，這是百分比的遊戲，我們總得從某一點開始。」

辛克萊也點頭。「我們已經列入考慮了。無論如何，信差一回來我們就會得到消息。只要他回來，然後我們就會接手，上一次會面之前等待了四十八小時，我們會有時間作決定的。」

「伊朗人怎麼聯絡我們？」

「可以的話就打電話，只要安全，或是秘密放置點。漢堡的站長會安排最基本的早期警告，我們認為有需要。要是伊朗人找不到電話或無法安排秘密放置點，他就會移動臥室窗台上的檯燈，從邊緣挪到中間，一等信差現身。他的臥室在公寓的後面，窗戶從下一條街就能看得見，站長一天開車經過四次。」

綁著黃色馬尾的女服務生過來為李奇和尼利點餐。辛克萊從皮包裡掏出一個大信封，交給尼利，說：「這是陸軍部給妳的郵件。」

尼利說：「謝謝，長官。」隨即拆開信封，查看內容，放回去，露出軍人獨有的笑容。

李奇問：「怎樣？」

「沒什麼。」

辛克萊說：「在我面前不必顧忌，上士，我通過了安全調查。」

「不是的，長官，真的沒事，完全不相干。只是這一次又證明了軍方最有效率的單位就是新聞室。我查問一個逃兵四個月的案子，完全不相關的調查。跟什麼都沒關係，可是李奇少校要我持續追蹤。」

「為什麼？」

李奇說：「那是我想避免的命令。」

「而新聞室回覆了？」

尼利說：「他們寄了兩份一般的報紙剪報，報導的是那傢伙的單位。他們只能做這麼多，盡量幫忙。其實，其中一份根本就不是剪報，而是廣告。因為他們很顯然對那個傢伙一無所知，因為他們是新聞室，可是他們很樂於助人，而且動作很快。」

「可是那些單位還查不出這個人的消息？」

「還沒有。」

「四個月算正常嗎？」

「在我的單位不正常。」

李奇說：「他們現在登廣告找人了嗎？」

尼利又拿出信封的內容物。是一份舊的《陸軍時報》，還有一份貿易展覽會的傳單。《陸軍時報》是一份平淡的報導，談的是法蘭克福附近的富爾達缺口[4]持續縮編，從前曾假設會在這裡來幾場驚天動地的坦克大戰。現在敵人消失了，邊界也東移了幾百哩，就像潮水消退，而前線的單位就像魚擱淺在海灘上。有些向前推進，只是以防萬一，其他的流回了深不見底的倉庫裡，被封存了。目前現役的單位只有五支欖樹飛彈小隊，包括無假外出的那一個，他的照片正好就登

4. 富爾達缺口位於德國中部黑森州和圖林根州的交界。在冷戰時期為東德與西德的邊界，並且具有重要戰略意義。

在報導的最上頭。

照片中人擺好姿勢，鏡頭設在士兵及車輛後頭，人車都面對著想像中的入侵敵軍。卡車上的飛彈都在發射架上，瞄準了前方低處的地平線，士兵都瞪著天空的同一點，有的拿著望遠鏡，有的手搭涼棚，好似太陽出來了。好似看照片的人躲在他們雄健機警的保護之後二十碼處。從後面看，這群人像是很能幹的一夥，勁瘦，果斷，精神十足。李奇也認識類似單位的人，在他的經驗中，他們半似正規的砲兵，半似航空母艦上的飛行甲板人員，忙忙碌碌，間或夾雜著一個像電影《捍衛戰士》裡的獨行俠。他們把他們的裝甲車看成停著的飛機。士氣和單位的向心力通常都很高。這些特別的傢伙都理著雞冠頭，兩鬢剃光，頭頂到後腦勺豎著兩吋高的頭髮，用肥皂或是髮蠟弄得像倒刺一樣。軍規670-3-2條說頭髮需要整齊保守，所以這種極端的、古怪的，或者說是流行一時的髮型，實在不能說是合法的。但顯然某個聰明的指揮官決定睜一隻眼閉一隻眼。有些仗不值得打，尤其是地平線上還有更重要的戰役的時候。

貿易展覽會傳單印得很像是報上的文章，有一個制服製造商在推銷新的迷彩圖案，針對的可能是國防部，或是警察的霹靂小組。主要的照片看來像是在巨大的室內攝影棚拍的，人物和《陸軍時報》一樣，是同一組欖樹飛彈小隊，以及他們的車輛，無論人車都一模一樣，故意把數位影像弄得不很清晰，由小小的長方形組成各種色調的灰。人的臉部、手部、半光頭都是同一種迷彩，車輛也是，連飛彈都是。人車都立在人造的背景前，很像劇場的布景，畫的是毀掉的城市。這一次鏡頭的位置高，擺在他們前方，有如迎面而來的飛行員所看見的畫面。像攻擊直升機低飛靠近，準備先發制人。而新的迷彩在這時就管用了，人車幾乎看不見，像是融入了背景，成了鬼影，既在現場又不在現場。完全看不清細部。即使飛彈都很難辨識。唯一明顯的是雞冠頭，五個排成直線，因為那是唯一沒有迷彩的部分，非常顯著。只不過製造商能夠花大錢設計攝影棚的地板以及舞台背景，隨他們的意思變化，而在這張照片中跟他們的迷彩完美配合。問題是，真實世界可能會不一樣。

辛克萊一根手指按著半隱半現的飛彈，問：「這樣的東西能夠偷出去賣嗎？」

「賣不到一億。」尼利說。「問題就在這裡。我們討論過一次又一次了。這是個進退維谷的局勢，沒有中間地帶，現在無論什麼都貶值了。俄國和中國有太多便宜的老武器流出，而且便宜的新武器也太多了。軍火商從柏林圍牆倒塌之後就忙著四處活動，他們很擔心，他們感覺到了壓縮。每個月都有軍火展，只要你的口袋夠深，什麼都買得到，只有核武例外。所以證明了我的看法，沒有中間地帶。要拿到一億，你得賣核武。」

「別說得那麼大聲。」

「沒辦法，長官。如果想立刻解決的話，我們國內有攻擊空軍基地的炸彈，荒地有導彈，海底的潛水艇也有飛彈，全都在層層護衛之下，少了一個我們就會知道。目前體積最小、最容易到手的攜帶式武器可能是義勇兵洲際彈道飛彈，可是販賣運送布魯克林大橋反而還輕鬆一千倍。再說，沒有一個人知道完整的密碼，按照規定，武器密碼必須由兩個不同的人員保管，這是基本的核武安全保障。」

「所以妳認為不是軍火？」

「除非是情報。」

「哪種情報能值一億？」

「我們不清楚。」

「我們應該要稽核實際的庫藏嗎？」

「那會花太長的時間，而且我可以告訴妳會發現什麼，我們有一百樣小東西不見，大東西都在。」

「妳怎麼知道？」

「我會聽說。」

「世上最有效率的八卦網。」李奇說。「有人跟我說過。」

三人都沉默不語。

李奇說：「我們應該監視安全屋。」

「我們需要一個秘密小組。」辛克萊說。「可是漢堡沒有，而且現在組織人馬很難自圓其說，十分之一的機率不是政策立場。」

「像頭髮著火一樣到處亂跑也是。」

「古利茲曼可以幫忙。」尼利說。「他的人滿厲害的，他們昨晚跟蹤我們到餐廳。再說是他欠我們的，他跟斯圖加特報告了我們。」

李奇從口袋裡掏出素描。美國人。高額頭，高顴骨，深陷的眼睛，邋遢的頭髮。很容易辨認。古利茲曼的手下可以幫他監視，從戰略布置的車子裡。帶著無線電。日復一日。他們可能會成功。他說：「行動起來可不是小事，得花上許多時間，我們得要禮尚往來。」

辛克萊說：「我們能幫他什麼？」

「有個妓女被勒死了。他採到了指紋，想讓我們用我們的系統跑一下。」

「不行。」

「我也是這麼跟他說的。」

「還有別的嗎？」

「我想不出來。可以用食品吧，他的塊頭可不小。」

一桌人又沉默了。辛克萊彎腰，在皮包裡翻來翻去，最後掏出了錢包。胖胖的皮包，藍色的，以按釦開合。她抄起了桌上的駕照，打開皮包，準備要放回原來的地方。

忽然頓住。

她說：「我的駕照沒有不見，就在這裡。」

她手指一捏，把駕照從塑膠窗後抽了出來。

兩張駕照，擺成一塊。一模一樣。維吉尼亞聯邦，號碼，姓名，住址，出生年月日，簽名。甚至相片都一樣。

兩張駕照。

如出一轍。

17

李奇的腦子後半部在檢查門窗，前半部在查核事實與邏輯，事實與邏輯勝出。可是確實性是一個危險的幻覺，所以他說：「也許我們應該進去。」

尼利第一個行動。辛克萊一手抓皮包，一手抓錢包和兩張駕照，匆忙尾隨，李奇殿後。三人穿過了雙扇門，走過餐室，上樓到大廳，空無一人。辛克萊說：「我們應該檢查我的房間。」

李奇問：「在哪裡？」

「頂樓。」

電梯井是空的，鳥籠在上面的樓層。

李奇說：「等一下。」

他走向櫃台，正好是幫他們辦理入住的那名員工值班。她是個肥碩的婦人，而且顯然極能幹。他問她：「請問，有沒有一位跟我這位朋友神似的太太來找鑰匙？她有沒有出示證件？」

職員說：「神似？」

「長得很像。」

「沒有。」婦人說。「沒有人來找，也沒人進來，沒有女性，只有一個男性，他在電梯旁等，可能是跟客人約好了。可是那時我得到辦公室去，沒再看到他。」

她指著後面的辦公室門。

李奇說：「那人長什麼樣子？」

「矮矮的，穿著風衣。」

「謝謝。」李奇說。

他回去找另外兩人。

他說：「我們走樓梯吧。」

尼利帶路，緊貼著牆，伸長脖子，向上張望。樓梯繞著電梯井，他們可以透過金銀絲鍛鐵看見裡面，一切靜止不動。唯有鐵鍊、纜繩以及一塊鐵板配重，全都靜止不動。他們上到二樓，然後三樓，抬頭看，看到了電梯的底部，鳥籠。在上面的樓層等待，頂樓。

李奇說：「如果它動了，我們就衝回樓下，我們會先到。電梯很慢。」

但是電梯沒有動，只是待在那裡。三人走上去看，鳥籠裡是空的，門也關閉著，等待著。空的。

他們繞到後面，再沿著側邊，一路爬升，最後上到頂樓的走廊。

辛克萊指了指，第三個房間，就在李奇的隔壁，升級的房間，只給美國政府最好的，門關著。

尼利說：「我去。」

她在厚地毯上悄然移動，房門的樞鈕靠她最近，門把最遠。她矮身躲開窺孔的視野，平貼著門旁的牆，伸出手去，反手握住門把。這是長久的訓練成果，比較安全，子彈是可以穿透門板的。

她以嘴型說：「鎖住了。」示意她需要鑰匙。辛克萊把錢包和駕照夾在腋下，在皮包裡翻找，掏出一支拴在白鑞鍊上的青銅鑰匙。李奇接過來，拋給尼利，她單手接住，插進鎖眼，仍立在相同的位置，也是反手，拉開距離，躲在火線之外。

她轉動鑰匙。

門開了一吋。

寂靜。

毫無動靜。

李奇上前，平貼著牆，在門的樞鈕位置，與尼利對稱，一樣安全，然後他手指箕張，把門推開。

毫無動靜。

尼利以門側柱為軸移動，鑽進室內。李奇尾隨。這是長久的訓練。最小的帶頭，最大的押後，如此一來兩造的視線都不會受阻。而且高大的一方不會意外被射擊到背部。

房間裡沒有人。

只有一張大床，床上有十二個綠織錦枕頭。一只有輪子的行李箱，箱上掛著鎖，擺在房間中央。

浴室裡沒有人。

衣櫃裡沒有人。

辛克萊進入房間，把東西丟在床上。她的皮包、錢包、兩張駕照。東西散落在床上，微微顫動。李奇把門鎖上，檢查窗戶。

什麼也沒有。

夠安全了。

辛克萊說她知道哪一張是她真正的駕照，因為有一角沾上了一點原子筆墨水，不知是何年何月沾上的。是在特區的一家銀行簽支票時沾上的，需要證件，而寫字台擁擠又狹窄，都怪櫃員的防彈玻璃太厚了，她簽名底下的那條線畫得太起勁，畫出了支票，碰到了駕照。她以拇指去擦，擦掉了一些，其他地方反而更模糊。

她把真駕照放回錢包裡，再把錢包放回皮包。假駕照放在床上，她坐在旁邊，以指甲尖敲，怕它會飄走似的。她說：「我想這個衍生了一大堆的問題。」

「至少一個。」李奇說。

「只有一個？」

「妳之前有沒有亂丟過駕照？」

「就是這個問題？」

「對。」

「沒有，從來沒有。」

「那瑞特克里夫先生有事情要忙了。」

「為什麼是他？」

「因為他們不會想交給聯邦調查局，鬧出醜聞的風險太高了。」

「誰不想？」

「白宮。」

「忘了白宮。有人在漢堡到處亂跑，假裝是我。」

「或是反過來。」

「什麼意思？」

「妳可能是外國間諜。」李奇說。「說不定是正牌的梅麗恩・辛克萊在漢堡到處亂跑。」

「你在開玩笑？」

「每塊石頭都得翻。」

「太荒唐了。」

「妳看棒球嗎？」

「嗄？」

「棒球。」李奇說。「妳看嗎？」

「為了社交吧。」

「妳到哪兒看？」

「金鶯隊。」

「右外野圍牆外有什麼？」

辛克萊說：「倉庫。」

「好，妳通過測試了。」

「真的？」

「假的，我在開妳玩笑。妳顯然是真的，因為妳帶來了尼利的郵件。」

「凡事得看時間場合，少校。」

「現在的時間場合就不錯啊，不然我們會意志消沉。」

「白宮並沒有偽造我的駕照。」

「同意。」

「我們距離一家販賣這種玩意的酒吧很近。」

「巧合。」李奇說。

「我不相信巧合，你也不該相信。」

「有時不得不信。如果那張駕照是在德國這裡偽造的，那些人無論有多高明，都不能不使用媒體的照片，報紙或是雜誌上的。用一般的底片翻拍，弄得跟真的一樣，而且絕對是妳，可是就不會是妳真正駕照上的相片，因為他們弄不到那張照片，只有維吉尼亞交通管理局有那張照片。妳從來沒有亂放過駕照，所以就不可能是直接複製的。」

「那麼是誰做的？」

「維吉尼亞交通管理局。」

「那個機關管的事情多了，卻不是犯罪組織。」

「妳想歪了，他們是盡他們的責任，是在為大眾服務。為妳弄丟第一張駕照，請求換發的時候預備的。」

「可是我沒丟過駕照，我說過了。」

「他們並不知道不是妳。有人填了表，寫了妳的姓名地址，然後寄過去，再監視妳的信箱，等著新駕照寄達。」

「誰？」

「某個在白宮旅行課工作的人。是個年長的人，擔任公務員很久了。所以才可能會引發難堪的情況，所以瑞特克里夫才不會交給聯邦調查局。」

「為什麼是旅行課？」

「部分是因為交通管理局的文書作業需要的不僅僅是妳的姓名和地址，還有各種的號碼。幫妳訂機票、租車、訂飯店的人最清楚。」

「我的律師也都知道，我的會計師也知道，搞不好連我的管家都知道。」

「妳使用化名在離家幾千哩的地方吃早餐，妳的複製駕照掉在二十呎之外，妳不相信巧合，有誰知道妳在這裡？」

辛克萊頓了頓，說：「白宮的旅行課。」

「還有誰？」

「沒有了。」

「連飯店櫃台都不知道。」李奇說。「妳使用的是化名，可能的解釋只有一個，旅行課裡的某個人打了電話。」

「給誰？某個本地的女人訓練成假扮我？」

「沒有本地的女人。沒有人去找櫃台，沒有人進入大廳，只有一個穿風衣的矮個子男人。」

「那是怎麼回事？」

「穿風衣的矮子知道妳的預計抵達時間。夜班飛機，漢莎航空。旅行課的某人都跟他說了，他從機場跟蹤妳到飯店，在對街等待，看見妳入住，看見妳搭上電梯，他溜進大廳，把電梯弄下來，把駕照丟在電梯裡，然後轉身就離開了。」

「他為什麼要那麼做？」

「這是一個訊息。我想本來是要妳自己發現駕照的，妳上樓去放行李，他以為妳會再下來吃早餐。」

「我走樓梯下去的。」

「顯然是。」

「為什麼是一個在旅行課服務很久的年長公務員？」

「妳自己就想得通。其實，我覺得妳已經想通了，妳並不奇怪那個穿風衣的人是誰，因為妳知道他是誰。」

「我不知道。」

「妳相當肯定。」

「有些事我不能說。」

尼利說：「那就讓我來猜上一猜。妳的人在某個地方暗地行動，給我們這邊德國的文件，為了轉移注意，或是只為了好玩，或是以色列人做的，在你們的許可下。德國政府發現了，很不高興。你們不會承認，也不會討論，所以現在他們的情報機構就施加了非常文明的德國式壓力，他們在說：看，這一招我們也會。他們是在問滋味怎麼樣？這裡頭有一點點炫耀吧，也是難怪。這一切都非常的低調謹慎，而且不會造成什麼傷害，只是讓人惴惴不安吧。」

「為什麼是一個服務很久的年長公務員？」

「他們有領事館的人可以來做，可是否認一向是上策，所以他們就找了當地的人手。那種人沒有新的關係，在新的德國沒有。他們是舊東德的歷史產物，在當年，某個年輕的美國公務員渴望革命，複製了文檔，偷偷放在石頭下或是公園裡。然後他買了一棟房子，需要現金，於是繼續賺外快，最後新德國和它的新情報系統接收了他，他終於有用處了。他知道妳的住家地址，因為他現在就在旅行課裡，所以他進行了駕照詐騙，把補件寄到領事館。瑞特克里夫的可能也是，外加他們想動的人。所有的證件都耐心地在抽屜裡等待，直到你們有誰來到德國。那個人就是妳，今天早晨，漢莎航空會合作，因為這是一家國營的航空公司。妳並不是獨自飛行的，一名德國領事館的職員在最後一分鐘拿到機位，信封裡裝著妳的駕照，所以那個風衣男才必須從機場跟蹤妳，他大可在飯店這裡等待，因為他知道妳要去哪裡，因為旅行課的人幫妳訂的飯店，可是他得先去接機，因為領事館職員得把信封交給他。駕照大約比妳晚了兩分鐘，一路進城來。」

辛克萊靜默了好一會兒，這才說：「這件事我不予置評，但是顯然我們不能承認，假設真發生過這種事，我可並沒有說有沒有發生過。」

李奇問：「妳要回應嗎？」

「那得用上很複雜的虛實並用招數，不是嗎？」

「妳可以去找古利茲曼，讓他出招。他會跟妳客客氣氣的，可是會背著妳把這件事遮蓋掉，好讓他的政府認為他是個可靠的傢伙，這對他很有好處。他可能會把這個看作是一個恩惠，可能會以監視安全屋來回報。」

「他堅持要我們查指紋不是比較簡單。」

「反正我們也是要查的。有個女人被殺了，幫他查才是對的。」

「這是局外人的意見？」

「應該說只要是個人都會這麼覺得。」

辛克萊一言不發。

李奇說：「我們可以私下查指紋，如果沒有結果，可以跟他說。如果有了結果，到時候再看怎麼個用法。」

「機率呢？」

「軍人會召妓，卻不會殺了她們。而且她的價碼很高，從她住的社區來看，所以就更不可能是美軍了。」

「不行，」辛克萊說，「這是一罐蟲子，政治風險太高了。」

這時，新的信差正在漢堡機場排隊通關，有四個檢查站，兩個僅供歐盟護照，兩個是他國護照。她拿的是巴基斯坦護照，排在第五位。她不緊張，沒理由緊張，她乾淨得像張白紙，嶄新的面貌，任何資料庫都沒有她，她哪裡都沒去過，沒被人看見過，沒採過指紋，沒有拍過照，這輩子只有一次，就是為這本護照。而護照也是貨真價實的，只有姓名例外，以及國籍。

現在她排在第四位。她能從玻璃看見她的倒影，她的頭髮亂七八糟，兩眼惺忪。很脆弱。她的探險襯衫仍然白淨整齊，特別處理過，還抗菌。解開了兩顆鈕釦。絕不能三顆，這是她得到的教誨。除非像是不經意的，挑選男性海關人員。

這下她排第三了。

尼利和李奇離開了辛克萊的房間，跳過李奇的房間，進了尼利的，以免隔牆有耳。李奇說：「我不知道她為什麼來，她又不肯監視安全屋。」

「她來是因為機會渺茫也比零要好。」

「可是她卻刻意要讓機會變成零。」

「有嗎？」

「妳說呢？」

「算了。」尼利說。「先休息一下吧。東岸還有一個小時才醒，我們到時再集合。我相信開個會就能讓大家都振作起來。」

李奇出去散步，發現自己來到了一條都是男裝店的街。還有皮帶、手套、手錶、皮夾。衣著及配件。像個非正式的戶外商場。他進了一家樸實的店，買了新內衣和T恤。T恤是黑色的，高質量的棉布，比他習慣的費用要高出四倍。可是很合身。德國人的平均身高高，沒有荷蘭人那麼高，荷蘭人是世界冠軍，但是整體而言比美國人要高。

他在店裡的小隔間換衣服，把舊衣服丟進垃圾桶。如同尼利所說，一百件小東西不見。一件橄欖褐內衣就在垃圾桶裡，原本是發下的，卻沒有歸還，或是報告遺失或報銷，所以現在突然從庫存中刪除，而庫存紀錄也就永遠失衡。

他繼續走，走到一半看見一家理髮店，很像這個非正式商場的中心點。裝潢得像舊時的美國理髮店，兩張乙烯基椅，上頭的鉻比一輛凱迪拉克還多。架上有個舊型的大收音機，不為了促銷，而是收藏。這附近並沒有駐紮大量的美軍，而且消費合作社的理髮師也比較便宜。李奇經驗豐富的眼睛一看，就覺得這地方與其說是理髮店，不如說更像小吃店，不過店主的努力值得嘉獎。有些配件很不錯。鏡子上貼了一張圖表，是美國出品的。李奇在美國見過幾百張，黑白的線條圖案，二十四個頭顱，都是不同的髮型，客人可以用比的，而不是用說的。左上角是標準的小平頭，接著是兩側和後腦勺剃青，平頂，漸變形等等，越到右下方髮型就越長越怪。雞冠頭就在列，另有兩種讓雞冠頭顯得是正人君子的典範。

店裡有個傢伙招手要李奇進去。

李奇以嘴型問：「多少錢？」

那人豎起一隻手，張開五根手指。

李奇以嘴型問：「哪一國的五塊？」

那人走到門口，打開來，說：「美金。」

「我平常去的理髮店比較便宜。」

「可是我的手藝更好。你的制服是訂做的，對吧？」

「我的樣子像是穿制服的嗎？」

「喔，拜託。」

李奇說：「五塊？我記得五塊錢可以買兩個漢堡和電影院的後排座位。再加上女伴的車資，要是你中途下車的話，修面和剪髮才兩角五。」

「那是敬軍價嗎？」

「嗄？」

「你是故意這樣說的？」

「有時我會說溜嘴，可是通常只會說溜嘴一個字。」

「那你就是故意的了，那是敬軍價，你是在製造氣氛。」

「我什麼？」

「你喜歡這個地方。」

「大概吧。」

「那就付五塊錢，支持它。」

「我不需要剪頭髮。」

那人說：「你知道你跟我有什麼不同嗎？」

李奇說：「什麼？」

「我從外面就能看見你的頭髮。」

「那又怎樣？」

「你需要剪頭髮。」

「花五塊？」

「再加送刮鬍子。」

結果是一次很奢侈的體驗。水是溫熱的，泡沫很細，剃刀很鋒利，刮過鬍子嘶嘶響。鏡面是有色玻璃，所以最後的成果本該是粉紅色的地方變成了古銅色，即使如此，看起來仍相當不錯。就算一塊錢吧，李奇想。所以剪髮就值四塊，還是貴得坑人。

那傢伙把剃刀換成了剪刀，在李奇的頭髮上動了起來。李奇不理他，只看著圖表。二十四種髮型。他挨次看完，只有眼睛移動，非常仔細，彷彿在研究，從一開頭的一號一路看到量表另一端的極精心梳理的貓王頭。

他回頭去看雞冠頭。

那人說：「你覺得怎麼樣？」

李奇說：「什麼怎麼樣？」

「你的新髮型啊。」

李奇看著鏡子，說：「你有剪嗎？」

「你還懷疑啊？」

「看起來不像剛剪過。」

「一點也沒錯。」那人說。「最好的髮型就是要看起來像是一個星期前剪的。」

「那我花了五塊錢就為了一個看起來已經長長的髮型嗎？」

「這裡是美髮沙龍，我是藝術家。」

李奇不作聲。

他回頭看著雞冠頭。

然後手伸進口袋裡，掏出五塊美金給他，問他：「你有沒有電話？」

那人指著牆上。一架舊的「貝爾大媽」投幣式電話，完全是金屬的。應該是裝在戶外的加油站的，而不是理髮店裡面，但店主的用心也值得嘉獎。

李奇說：「能用嗎？」

「當然能用。」那人說。「這裡是德國，已經重新接線，跟一般的電話一樣了。」

李奇撥打了古利茲曼名片上的號碼，是連裝著指紋的信封一塊交給他的。鈴聲響了，電話有用，德國，重新接線。

古利茲曼接了。

李奇說：「我們只是單純的刑警，你跟我，希望向彼此討個人情。」

古利茲曼說：「你們要查指紋了。」

「只要你也幫我一件事。」

「什麼事？」

「其實是兩件事，叫幾個人開車監視酒吧，克拉博去的那家。帶著無線電，留意畫像的那個人，可是別引人注意。」

「還有呢？」

「五條街外有間公寓。一樣，汽車，無線電。低調。遲早會有一個沙烏地孩子出現，他會住幾天，然後就會又出去，去見一個人，我需要即時知道他去了哪裡。」

「那得動用很多人、很多車。」

「這裡是歐洲，不然你還想等什麼時候才用？」

「幾時？」

「立刻。」

「不可能，安排需要時間。」

「你要不要我查指紋？」

古利茲曼靜默了一秒，這才說要，而且語氣之熱切微微出乎李奇的預料。這傢伙對他的警局有極強的榮譽感，他想破案。

李奇說：「你盡全力幫我，我也會盡全力幫你。」

古利茲曼說：「好。」

然後李奇打電話到飯店，要櫃台轉接尼利。她在房間裡。他說：「我需要歐洛茲科，現在。五分鐘後妳跟我需要和辛克萊聊一聊。」

「她反正也在等你，她有東西要給你。」

「什麼東西？」

「不知道，是范德比爾特弄的，她很興奮。」

「跟歐洛茲科說我在飯店三條街外的理髮店裡，叫他趕快。」

「你查到了什麼？」

「我知道那個美國人是誰了。」

18

理髮師泡了咖啡，李奇坐在椅子上，他問李奇對美國的兒時記憶。大概是在製造氣氛吧，李奇想。說真的，李奇的童年基本是在美洲之外度過的。他是陸戰隊軍官的兒子，他父親足跡遍布全球。李奇跟著他東奔西跑，還有他的哥哥和母親。遠東，太平洋，歐洲，幾十個基地。某方面來說，倒也不錯。從前的美國對他始終是個謎，所以他重複同樣的虛構情節，說什麼泡泡糖機器，車尾加裝裝飾翼板的凱迪拉克，以及無止無境的晴天，露天電影院和穿滾輪溜冰鞋的女服務生，吉事堡和綠瓶裝可口可樂，收音機轉播棒球，在堪薩斯市外，靜音沙沙響等等。理髮師的笑容越來越大，好似室內的氣氛真的逐漸提升到令人滿意的程度了。

就在這時，歐洛茲科的車子在外面的馬路上停住，李奇立刻出去，坐進乘客座。歐洛茲科說：「剪得不錯。」

李奇以手耙過頭髮，說：「你看得出來？」

「凸顯出你的顴骨，女士們會愛死你。」

李奇拿出古利茲曼的信封。

他說：「我要你查這個指紋。」

「查哪裡？」

「陸軍、海軍、空軍，還有陸戰隊，可是不能聲張。」

「怎麼了？」

「一個妓女被殺了。本地的警察覺得是這個人幹的。」

「有理由相信他是美軍嗎？」

「完全沒有，可是我需要討人情。」

「不行。」

「所以我才說不能聲張。只有你知我知，然後這件事我擔起來。」

「我忍不住想到軍事法庭。」

「還沒到那一步。」

歐洛茲科靜靜地坐了好一會兒，這才接下了信封，但是他沒吭聲，他不做承諾。一開始就否認，這才是上策。李奇下了車，歐洛茲科就離開了，李奇匆忙回飯店。

三人又在辛克萊的房間會合。她的大消息是范德比爾特不知是怎麼突然開竅了，主動跑到梅爾堡去，把傳真的畫像拿去給巴特利看。就是那個不肯交代在那一天的行蹤的中校。那傢伙在跟他毫不起疑的老婆離婚之前，把家裡的資產一點一點掏空。他認出了畫像，說在蘇黎世機場看過他，在倒數第二次。兩人搭同一班飛機回漢堡，就是第一次會面前的兩週。那人帶了一個多層檔案夾，上頭有銀行的商標，開立帳戶時會拿到的東西。中校自己也有一個，一年前得到的，就是他租用保險箱的時候。

「他並不能百分之百肯定。」辛克萊說。

「可是卻可以參考。」李奇說。「克拉博看過那傢伙，巴特利也看過同一個人，我認為素描畫得很像。」他拿出自己的影本，打開來。高額頭，高顴骨，深陷的眼窩，頭髮是夏季乾草或稻草的顏色。兩側滿正常的，克拉博這麼說，可是頭頂長多了。像某種髮型，好像可以往上梳，跟貓王一樣。

李奇說：「要怎麼把頭髮弄成那樣？」

辛克萊說：「首先應該要把頭髮留長，然後跟設計師說你想怎麼剪。」

「或是先留雞冠頭，然後讓它長長。四個月就會兩側正常，頭頂比較長，因為頭頂本來就比較長。早期會戴帽子，戴到髮型沒那麼怪異為止。」

尼利說：「戴一頂前面有紅星的棒球帽。」

「可能是休士頓太空人隊，因為你是德州人。你的名字叫懷利，四個月前你從離這裡東邊幾百哩的防空單位出走。」

辛克萊不作聲。

尼利說：「而且你買了一本新護照，所以你一直沒用自己的護照。也就是說憲兵永遠也抓不到你。」

辛克萊說：「光靠髮型，有些靠不住。」

李奇說：「去調他的服役紀錄，把他的照片拿給克拉博看。」

這時新的信差正在敲公寓的門。這是她敲過的第一間公寓，也是她看過的第一間公寓。可是她知道感覺是什麼，她受過調教，感覺會像很長的時間，但其實只不過是從一數到五，她的訓練非常全面。她搭公車進城，也是第一次。她第一次看見柏油路面，但從別人那裡聽到的意識流簡報，她知道該怎麼做。她一點也不顯眼，她絆到了一兩次，每個長途旅行的旅客都會這樣，十全十美反而會害你露出馬腳。

一、二、三、四、五。

門開了。

年輕的沙烏地人說：「妳是誰？」

新的信差說：「我追尋庇護所與避風港，我們的信仰要求你提供，一如我們的尊長對這趟冒險的希望。」

沙烏地青年說：「進來。」

他關上了門，停下來，說：「等一下。真的嗎？」

新信差受過調教。她說：「是的，是真的，高的制定策略，胖的負責執行。在這件事上包括一個不會有人懷疑她是信差的信差，因為她是女性。」

「胖的？」

「在左邊，許多蒼蠅圍繞他。」

她受過調教。

「好。」青年說。「可是，哇。雖然我們一直都知道這件事很重要。」

「怎麼會？」她說。她是進了生平第一棟公寓，卻不是沒進過險境，像是辦砸了差事的同志，或是徹底的叛徒。她來自部落區。她說：「你們怎麼知道這件事很重要？」

青年不回答。

她說：「是第一個信差說的嗎？」

「他把價錢告訴我們了。」

「他死了，他們殺了他，改派我過來，他們叫我不要問價錢，他們不喜歡讓別人知道價錢，所以你應該趕快忘掉。」

青年說：「妳要住多久？」

「不久。」

「這裡很擠。」

「偉大的奮鬥需要偉大的犧牲，可是野心別太大，我聽說我的前任是被錘子打死的，同樣的事也會發生在你身上。要是我說了，或是我沒回來。」

她受過調教。

辛克萊照李奇的話做，打開了行李箱，拿出模樣比第一具問世的無線電話還要恐怖的東西來，像個磚頭。

「衛星電話。」她說。「加密的。直通辦公室。」

她按鍵，等待回應的嗶嗶聲，然後說：「我要美國陸軍上等兵懷利的服役紀錄，名字不確定，目前在德國的防空單位不假外出四個月，我在漢堡，盡速回覆。」

說完就掛斷了。

國家安全委員會。

開啟王國的鎖鑰。

有人敲門。

電光石火的一瞬間，李奇莫名其妙地想：盡速回覆，還真他媽的快。

結果不是。

門開了，一個傢伙走進來。匆匆忙忙，六十來歲，中等身材，灰色套裝，腰帶很緊，面孔溫暖友善，粉嫩嫩，圓墩墩的。精力充沛，面帶微笑。是個做事情的人，魅力四射，像推銷員。

不，更複雜。像推銷金融商品，或是勞斯萊斯。

「對不起。」那人說，只針對辛克萊。「我不知道妳有客人。」美國腔，從前的洋基腔。

沒人開口。

然後辛克萊說：「抱歉。法蘭西絲．尼利上士，傑克．李奇少校，美國陸軍。這位是羅勃．畢夏，中情局在漢堡領事館的站長。」

「我剛駕車巡視。」畢夏說。「在平行的街道上。那小子的臥室。窗邊的檯燈移動了。」

19

畢夏不肯讓他們親自去看，他說他駕車經過，立刻又再繞回來一次，已經嫌太多了。可是他不得不，因為有點不對勁。但即使如此，他仍不能允許第三次。他知道該看哪扇窗，他們則否。他得龜速通過，再指給他們看。連續經過三次，車速緩慢，車裡擠了四個人，伸長脖子。太明顯了。不行，不能冒這個險。

李奇問：「哪裡不對勁？」

「那小子應該把檯燈從窗台的邊緣挪到中央，可是檯燈只在一半的位置上，離中央遠著呢。跟事先說定的信號不一樣。」

「所以呢？」

「有三個可能。一，也許他的時間不夠。進來出去，時間太短。或是也許他覺得把檯燈挪到中央太顯眼了。也許其他人一直在他的房間進進出出的，他們可能會注意到。誰會在他們的老朋友又出現的那天特意去移動檯燈？這些人又不是室內設計師，心裡還惦著別的事情，這麼做說不定很不智。」

「他沒打電話？」

「目前可能有困難，他們可能都聚在一塊。別忘了，他們對這件事很興奮。」

「那第三個可能呢？」

「有什麼狀況改變了，什麼新的因素。他好像是在說是又不是，比方說信差到漢堡來了，可是會面是在別的地方。也許那傢伙跟他們說他得搭火車去不來梅，或是柏林。他們可以在火車上會面，會是很聰明的做法，他們可以假裝偶爾相遇，聊個一分鐘，也可能是全然不同的情況。」

辛克萊說：「我們有四十八小時可以查出來。」

「那得要他們遵照相同的做法。」尼利說。「也可能不會，這就像大樂透，旅行可能會延遲。我想他們現在正在忙著聯絡，包括第三世界國家。所以我認為他們會擠出額外的時間。如果班機準點，那他們就有兩天的時間，可如果班機誤點，他們多少就得立刻會面，或是再折衷行事，這是我的估計。」

畢夏說：「我們需要有人監視公寓。」

「沒辦法。」辛克萊說。「不能害安全屋曝光。」

「不監視我們就跟瞎子一樣，我們會白白浪費一個大好的機會。」

李奇看著畢夏，一位意想不到的盟軍。

辛克萊說：「得考慮未來。」

「未來是未來，現在是現在。」

「不行。」辛克萊又說。

「我們已經在監視了。」李奇說。

「什麼？」

「古利茲曼隊長同意監視公寓，便衣警察坐在汽車裡，他們滿厲害的。我們見過他們工作，也可以說，沒看到。」

辛克萊臉色蒼白。主要是憤怒吧，李奇想。

她說：「幾時開始的？」

「大概是今天下午。」他說。「要看他的時間。」

「他為什麼這麼做？」

「我請求他的。」

「交換條件呢？」

「我會查指紋。」

辛克萊說：「少校，我需要跟你談一談。」

李奇說：「妳不就正在談？」

「私下談。」

尼利說：「用我的房間，在這裡聽不見。」

她把房間鑰匙輕拋過去，劃出一個小小的弧形，辛克萊單手接住了，一點問題也沒有。

她說：「跟我來。」

李奇乖乖聽命，沿著走廊來到尼利的房間。辛克萊筆直往裡走，走到窗邊，轉過來，燈光在她的後面。

比一般人高，但不會比較胖。

黑色連身裙、珍珠、絲襪、皮鞋。

臉孔和頭髮，以手指梳理的。

很好看。

她說：「你違反了命令。」

李奇說：「我不記得是命令，在國家安全顧問說我們需要什麼只管開口之後，我就都不太記得了。而且我們需要監視，可以幫我們省下一年的時間。不監視我們就只能追著人跑，找一個已經不假外出四個月，還拿著一本全新的外國護照的人。不然的話，我們可以讓一個穿粉紅衣服和尖頭鞋的沙烏地小子直接帶我們去找他，就在此時此刻。這麼划算的買賣誰會不做？要是我們活不到明天，將來就一點意義也沒有。」

「所以你就違法，只因為你認為你的理由很好，你跟別人都一樣。一大堆的好理由，太多好理由了。所以我們才會有個特殊的結構來作決定，在各種好理由互相角力的時候，那個結構就叫做國家安全委員會。我們評估情勢，我們判斷輕重緩急，你剛剛把一年的辛苦都毀了，少校。你應該退出，在行動後報告出爐之前，那樣對你比較有利。」

「好。」李奇說。「我會，如果結果很糟糕。」

「另外你也把四十年的法律前例一把火燒光了，有的資料庫是機密，有的不是，這是累積了四十年的前例，你這樣已經該送軍事法庭了，這是聯邦罪。」

「好，」李奇說，「要是結果很糟，我就認罪。」

「無論結果好壞，你都有罪。」

「不是這樣的。如果結果很好，我就會得到軍功勳章。」

「你是在開玩笑嗎？」

李奇說：「不，我是在賭博。目前為止，我押的是安全屋。信差回漢堡了，最多十分之一的機率，可是剛才證實我押對了。我們應該要趁著浪頭，繼續贏下去。古利茲曼沒問題，他不會害安全屋曝光的。裡頭的小子都非常自滿，根本就不會注意。他們有個室友打秘密電話，為傳遞情報寫機密信息，而且完全沒理由就跑到公園去，而他們卻什麼都沒發覺。所以他們怎麼會去注意有輛汽車停在一百碼之外？」

辛克萊揮揮手，好像他沒抓著重點。然後她說：「查指紋這件事很嚴重，無論是在法律上或是政治上，沒有人能夠一筆抹殺掉。」

「我可以說我的遣詞用字非常謹慎。我說我會查指紋，就這樣。我沒說我會分享成果。當然是騙局，可是嘿，歡迎到現實世界來，我可以說像我這樣的人，總是一樣的賭局。得先打破雞蛋才能做蛋捲，要是成品美味可口，別的都會被遺忘。」

「如果不是呢？」

「我對新經驗總是敞開心胸的。」

辛克萊不作聲。

李奇說：「要是結果不好，妳就把我交上去，妳會在軍事法庭上作證，我了解，而且妳會很樂意，我也了解。妳指揮我們，可是妳不贊成我們的做法。我之前玩過這種遊戲，不會往心裡去。」

「如果是好結果呢？」

「那妳就不會把我交上去，也不會有審判，妳的檔案裡會多出一張光彩的信，我會再得一枚勳章。」

「結果會是哪一種？」

「妳要聽老實話？」

「當然。」

「絕對會成功，就這麼簡單。這是個不假外出的軍人，他跟我在同一個城市裡，根本就是探囊取物。」

「你總是這麼有自信嗎？」

「以前是。」

「現在呢？」

「更自信了。」

「你跟你的士官上床嗎？」

「沒有，那樣很不妥當，而且通常會讓人皺眉，尤其是她。」

「她很迷你。」

「我們合得來，是朋友也是同袍。」

辛克萊沒吭聲。

有人敲門。是尼利，李奇猜，來得正好，來查看辛克萊有沒有宰了他。不然就是畢夏，來看他有沒有宰了辛克萊。他打開門，讓到一旁，離開火線。長久的訓練。

既不是尼利也不是畢夏。

是一名年輕的美國人，穿著百貨公司買的套裝，打了條「布魯克斯兄弟」領帶，拎著一個有拉鍊的橡皮袋，看似裝了半吋的紙，尺寸一樣，硬度也一樣。

那人說：「給辛克萊博士的。領事館送來的，是她要求的檔案。」

盡速。

還真他媽的快。

李奇接過袋子，交給辛克萊。套裝男走樓梯下去。李奇和辛克萊回到她的房間，另外兩人仍在等待。

辛克萊拉開了袋子拉鍊，李奇聞到影印紙的味道，還是新鮮的。有人打了一連串的電話，他猜，然後某單位，不是國內的人事指揮部，就是斯圖加特這邊，用高速數位傳送器直接送達漢堡領事館，然後再由高速機器列印，那個打「布魯克斯兄弟」領帶的隨員接住一張又一張飛出的紙頁，裝釘好，裝袋，跳上計程車。國家安全委員會。比陸軍的新聞室還有效率。

影印檔清清楚楚複印了標準的陸軍人事檔案。上等兵荷瑞斯．（無中間名）懷利，三十五歲，德克薩斯州舒格蘭人。第一次三年役即將期滿，他是一個三十二歲的新兵。五呎八吋高，體格偏瘦。像長跑選手。

第二頁有他的相片，就夾在右上角。不像舊時那種護照縮圖，而是放大版，可能是三乘二吋。影印過程把頭髮漂白了，像液態的霓虹，陰影變得更黑。連影印到的迴紋針都顯得是相機拍出來的，但也一樣具放射性。

是同一個人。

影印的缺點讓照片有種手繪的性質，就像炭筆畫。就像那張用鉛筆繪出的素描。同一張臉，同一個人，毫無懸念，毫無疑問。高額頭，高顴骨，眼眶深陷。鼻子窄得像刀刃。臉頰上的一道紋，完全平行。緊繃的下巴，好像緊咬著牙關。嘴巴，像一條窄窄的裂口，毫無表情。

只有頭髮不一樣。相片是三年前拍的。荷瑞斯·（無中間名）懷利入伍時剪的是一般的平頭。完全遵照軍規670-3-2的要求。那種極端的、古異的、流行一時的髮型還沒有出現。

「我們把相片拿給克拉博先生看。」辛克萊說。「其實已經沒有疑問了。恭喜了，少校，還有上士。表現得很傑出，能從二十萬人中篩揀出嫌犯來。」

李奇說：「幸虧有某個人為了某通電話做了筆記，在輾轉送到美國政府之前大概闖過了七個不同等級的官僚機構。我們一直不遺餘力要減少文書作業，也許我們應該要重新考慮一下。」

「接下來呢？」

「我們等。等某個穿粉紅色衣服和尖頭鞋的沙烏地小子出來散步。」

20

懷利打算要把他的牧場取名為「舒格蘭」，或者叫「甘蔗田」，但他並不種甘蔗。阿根廷是牧牛的國家，他會擁有世界上最大的牛群，而且是最優秀的。但首先他需要一個名字掛在大門上方。漂亮的鍛鐵。也許就只擦紅色的底漆。舒格蘭看起來會很漂亮，全部大寫，或是甘蔗田。而且那會是一種個人的致敬，向從前的野心致敬。很久以前他曾想在舒格蘭出人頭地，可是那裡是個艱辛的老城，而現在他就要買下比整個城還要大四十倍的土地。

太美好了。

就像墜落。起初他還抗拒，然後就隨它去了。所以他墜落得更快，四周的一切都變快了，所以他才太早就準備好了，為會面準備。他覺得他必須要有以待之，尤其是現在。最後一局打得很快，向來如此。

李奇當著辛克萊的面用房間電話打給古利茲曼，改成擴音，把肖像主人的姓名告訴了他，並且跟他說據他們所知信差已抵達，接著他再度確認各步驟，諸如萬一有狀況如何求助，最重要的是在公寓四周活動切記小心謹慎。但也不能太過小心而遺漏了什麼。做起來不容易，可是古利茲曼似乎很有把握，他每一點都同意，語氣很讓人安心。李奇看見辛克萊鬆懈了一點，然後她看著他，直盯著他的眼睛，他不確定是為什麼。不是因為這個瘋狂的計畫可能會成功，因此表示嘉許，就是因為他害她變成共犯而表示不敢苟同。

隨後畢夏回領事館，李奇和尼利離開辛克萊的房間，到他的房間去把懷利的檔案從頭到尾看一遍，他們的第一個問題是為什麼這傢伙要等到三十二歲才從軍。單看這一點，就不正常。可是募兵官沒有註記，所以無從解釋。尼利打電話回麥克連恩市找華特曼的手下藍德利，建議他立刻著手調查背景。三十二歲，從那傢伙出生到他穿上草綠色制服，中間隔了三十二年，一定有什麼原因。

無論是不是老傢伙，懷利早期的軍旅生涯似乎很傳統。他完成了基本訓練，沒惹什麼麻煩，可見得他的能力和體能達標，他升為上等兵，也就是說他有幹勁，而且仍留在軍中。他被派到錫爾堡的砲兵學校，在那裡受訓，再跟著一個防空連派駐到德國。

「我能想像得出來。」尼利說。

李奇點頭，因為他也能。檔案不慍不火的註記不僅是紙上的標記，而是像棒球賽的得分，從中可能組合出一篇完整的故事來。這種事見過，然後是那個。砲兵學校是樞軸，不是白痴待的地方。懷利顯然是個合格的軍人，可能在基本訓練之後還排在班上的頭幾名。不是精英學校那塊料，可是也許他的指揮官看出他的潛能，或是看走了眼。有些指揮官看人完全根據無稽之談，比方說左撇子不能當狙擊手，而短小精幹的人就適合當砲兵等等的。可是無論如何，這次是歪打正著。懷利融入了部隊。不容易啊。欉樹飛彈是很詭異的機器，在發射之前必須停車，多少還得重新裝設，再繼續前進，再停車，再重新裝設，周而復始。組員就跟納斯卡賽車的維修人員一樣，跟芭蕾舞劇一樣複雜，時間要拿捏到十分之一秒，必須團隊合作，幾乎像體操。懷利辛苦爬上了他的位置，也許實際上瘦小結實，卻是個合格的軍人，毫無疑問。但沒有前途，三年了他仍然是上等兵。裝甲部隊不再募兵，前線已經是過去的事了。

所以他覺得意外嗎？

李奇說：「四個月前調查不假外出的憲兵跟他的弟兄談過嗎？」

尼利點頭，說：「我調閱過檔案。」

「他說什麼？」

尼利不作聲。

反而說：「辛克萊有多生氣？」

「沒有她應該氣的那麼氣。」李奇說。「我把安全屋曝光了。」

「怎麼會？古利茲曼不會讓你失望的。」

「我也是這麼跟她說的。可是她不信，後來我懂了。古利茲曼一知道，安全屋就曝光了。就這麼簡單。它不再是我們的秘密了，她就是這個意思，我能理解。古利茲曼遲早會上報給他的情報機構，那是他的標準程序，他也有這個義務，所以到時德國人也會想要分一杯羹，這裡是他們的地盤，人多手雜就難辦事了。不用多久監視車輛就會在安全屋外面雙排停車了，都是我的錯。」

「除非我們逮到那傢伙。」

「我也這麼說了，可是這解決不了她的問題。不管贏或輸，德國佬都會知道有安全屋。」

「反正我們也會跟他們說，遲早而已。明年，或是後年。這種事會上國際頭條，相信我。到時大家都得要通力合作，你只是提早開始了而已。」

「她說指紋的事更糟，是聯邦罪。」

「一樣。只要我們逮到那傢伙。」

「或是我黑吃黑古利茲曼。要是我偷了他的功勞，不給他回報。」

「她要求你那麼做嗎？」

「我自己提議的，我跟他說我會查指紋，就這樣。我幹嘛要特意那麼說？」

「下意識的選擇。」

「感覺不舒服。」

「坐牢會不會比較舒服？」

「他是個刑警，手上有指紋，我還能怎麼做？」

「那你當時是以為在做什麼？」

「我大概是覺得我可以跟他說查不到，如果是查到了，我大概會拖住不告訴他。我以為我可以直接處理，這麼一來皆大歡喜，我也不會犯法。這樣我會開心，因為我喜歡法律，我喜歡控制我們的人會不會在外國的司法系統接受審判，所以我犯了兩個判斷上的錯誤。」

「為什麼？」

「價格。」李奇說。「一億，我一直在腦子裡看見一億。那是很大一筆錢，絕對是讓人瞠目結舌的一筆錢，可是我把它放大到不成比例了，我滿腦子只想到這筆錢。」

「那還用說。」

「這是什麼意思？」

「你覺得辛克萊為什麼不像她應該的那樣生氣？」

「可能她私底下也跟我的看法一致。」

「不是。」尼利說。「她是喜歡你。」

「幹嘛，我們還是高中生嗎？」

「差不多。」

「好吧。」李奇說。

「相信我。」尼利說。「她在那邊，你在這邊，現在她也跑來了。又不是發射火箭那麼高深的學問，機會渺茫也比零要好，無論目標是什麼。她很寂寞，她一個人住在郊區的一棟空蕩蕩的大房子裡。」

「妳知道？」

「我猜的。」

「我覺得她根本就不喜歡我。」李奇說。

「那你喜歡她嗎？」

「怎麼，妳是我媽嗎？」

「你真該多聽她的話。」

「誰？」

「你媽。她是法國人，法國女士最懂這些事了。」

「我們現在到底是在說什麼？」

尼利不回答，因為房間電話響了。古利茲曼。李奇轉擴音。古利茲曼說他的人就位了，目前監視行動可以視為正式展開。公寓大廳有六個獨立的小組，一組在樓梯井左邊，一組在右邊，二、三、四樓各一組。紀錄上說住戶還包括一家土耳其人和義大利人，都是外交人員眷屬，外加三戶德國家庭，都是富裕的中產階級。公寓後方有送貨口，增派一輛車監視，只為了以防萬一，不過行人可能不會由這裡出入，本地的習慣，那些暗樁一定會知道。如果他們特意要融入社區，不引人注目的話。

「謝謝。」李奇說。「祝你出獵順利。」

古利茲曼說：「你預計需要我們多久？」

「最多四十八小時。」

「指紋有消息了嗎？」

李奇頓了一下。

他說：「還沒有。」

古利茲曼說：「為什麼這麼久？」

「很快就會有消息了。」

「我知道。」古利茲曼說。「我信任你。」

21

在維吉尼亞州麥克連恩市「教育解答」大樓裡，仍然是早晨，比德國早了六小時，華特曼和藍德利一起調查懷利的背景，他們有了懷利的軍籍號碼，在現代就跟他的社會安全碼一樣，打開了許多的資料庫之門。首先出現而且也最值得注意的是他在一九八〇年代犯過四次重罪，在德州的舒格蘭以及休士頓的西部與南部。顯然每一次逮捕都沒能定罪，如果第一次就坐牢就沒辦法趴趴走又犯下以後的三件案子，可是無風不起浪，藍德利繼續往下挖。四次都因為銷贓而被捕，據說，而四次都因證據不足而獲釋。檢方撤銷了控訴，目擊證人的說法模糊不清，可能是真的。也沒有恐嚇或賄賂的證據，懷利很走運，要不就是夠狡猾。最後一次被捕後長達五年沒有犯罪紀錄，之後他就從軍了。

「我們應該告訴辛克萊。」藍德利說。「我們有了確證，這個傢伙偷東西又銷贓，這是他的標準程序。」

華特曼說：「可是李奇說那裡沒有價值一億的東西。」

「一定有。」

「也不是一個人就偷得了的。無法攜帶，住在洞穴的人也無法操作。」

「那就是情報。」

「能讓大兵知道的情報？」

「那他是因為愛國才從軍的嘍？」

「可能是法官建議他離開，為國服務，做為交換條件。」

「交換什麼？」

「跟檢方第五度交手，說不定懷利想通了，他的運氣不可能永遠都那麼好。」

藍德利說：「三年前沒有逮捕紀錄。」

「不會有。只會是私下裡警告，那種事總是這樣處理的。」

「現在是一九九〇年代。」

「在舒格蘭可能還不是。」

「那傢伙跟沙烏地人見面。現在又要跟他見面，一定有個原因。」

尼利離開了。李奇單獨留在房間裡，因為古利茲曼第一個就會找他。毫無疑問。純粹是禮貌。只是單純的刑警，希望向彼此討個人情。第二個會打給辛克萊。可是電話沒響。李奇的脖子癢，每次剪頭髮都這樣。他脫掉新T恤，抖一抖，接著脫光衣服，再去沖個澡，門開著，一隻耳朵在水流之外。電話沒響，他擦乾身體，穿好衣服，看著窗外，然後在綠色天鵝絨椅子坐下來，電話沒響。

反倒是有人敲門。

辛克萊。

比一般人高，但不會比較胖。

連身裙、珍珠、絲襪、皮鞋。

臉孔與頭髮。

「我想在這裡等最好。」她說。「我猜古利茲曼會頭一個打給你。」也不笨。

「我應該道歉。」李奇說。「我犯了兩個判斷上的錯誤，不是故意要跟妳唱反調。」

她說：「我能進來嗎？」

「當然。」

他退到一邊，她走過他面前。他聞到了她的香水。她看著電話，也在他剛才坐的那張椅子上坐下。

她說：「我沒生氣。我們徵召你就是來辦事的，後悔也不能退貨。不過我最擔心的還是你。」

「為什麼？」

「你是對的。我們請你來做事，假如結果圓滿，我們會搶走你的功勞，可如果砸了鍋，你就自生自滅了。壓力一定很大，就跟你在波士尼亞的行動一樣，不可能會愉快。」

「其實還滿愉快的。」李奇說。

「那是一宗雙重命案。」

「第一個傢伙是某支垃圾種族軍隊的指揮官，第二個傢伙是他的副手。為了殺一儆百，他們逮捕了一個其他族群的著名足球員，他是當地球團的明星。他們把他銬在暖氣爐上，拿大榔頭打斷了他的兩條腿，還特別照顧他的膝蓋和腳踝，把他丟在那兒一個小時，讓他思索他的未來，然後他們把兩張床墊拖進了房間，再把他的老婆女兒拖進了房間。他們讓整支部隊在門口排隊，當著他的面把他老婆女兒輪姦至死。他一直用頭去撞暖氣爐，想要自殺，沒成功。他老婆撐了差不多二十四小時，他女兒六個小時就死了，失血過多。她才八歲。我花了兩個星期確認事實，我看見了床墊。所以整體而言，我覺得扣扳機感覺滿爽的。就好像把垃圾拿到馬路邊去，可能清理過程不是多好玩，可是清理之後你就會有個乾淨整齊的車庫。感覺很爽，一定的。」

「我很遺憾。」

「為什麼？」

「世界上居然會發生那種事。」

「快點習慣吧。」李奇說。「事情只會越來越糟。」

「華特曼傳來了消息。懷利因為販賣贓物被逮捕四次，沒有一次定罪，可是你也知道是怎麼回事。」

「了不起。」李奇說。「而現在他進了陸軍。」

「各式各樣的東西流回倉庫，因為前線突然消失了。因此安全警戒也鬆懈了。說不定是舊習難改。」

「可是是什麼呢？他究竟偷了什麼，又要賣什麼？」

辛克萊沒回答。

電話沒響。

有人敲門。

是飯店的小弟。

更精確一點，該說是小妹。一身筆挺的制服，戴一頂小帽。由大廳來的，送一件包裹，是白色信封。很大，沒有標記，看似裝了半吋厚的紙。同樣大小，同樣的硬度。

小妹說：「給你的，先生。」

李奇說：「誰送來的？」

「那位先生沒有透露姓名。」

「他長什麼樣子？」

「我沒看清楚，一般的美國人吧，相當普通。」

歐洛茲科的人，李奇想。不是歐洛茲科本人，他太顯眼了。可能是他的士官，第一次出來時開車的那個。

撇清關係。

他接過信封，說：「謝謝。」

小妹走樓梯下去。李奇打開信封，看著裡頭。辛克萊立在他的手肘邊，他能聞到她的香水。他以拇指去翻紙張的頂端，看見了第一條線，非常眼熟，是懷利的檔案影印本。每個地方都一樣，只是這一次影印機的墨水不足，所以顏色很淡。

荷瑞斯・（無中間名）懷利，越變越淡。

辛克萊說：「是誰送來的？」

「歐洛茲科。」李奇說。「別人都不知道我住這裡。」

「他幹嘛要送你第二份影印檔？」

「妳是透過聯席會議要的嗎？」

「對。」

「可能歐洛茲科也要了，可能他覺得是大事。對一個上等兵大驚小怪可能引起了他的注意。妳要檔案送到漢堡，他可能是提前知會我，或是領先了你們一步。他知道我在漢堡，不知道我已經看到檔案了。」

「聯席會議是不會洩密的。」

「那就是斯圖加特，或是人事指揮部。歐洛茲科到處都有朋友，他是個人緣很好的傢伙，有一種陽光的氣質。」

他把信封丟在床上。辛克萊仍站在他的手肘邊，靠他很近，他能聞到她的香水。連身裙、珍珠、皮鞋、那張臉和頭髮。

電話沒響。

她說：「等待讓我緊張。」

他沒吭聲。

「我放鬆不下來。」

他沒吭聲。

「你會緊張嗎？」

會，他心裡想。我現在就很緊張。

「不會。」他說。「緊張無濟於事。」

「你剪頭髮了。」

「所以我才想到是懷利，理髮師有一張圖。」

「理髮師的手藝不錯。」

「最好是，他開口要五塊。」

「很便宜啊。」

「妳覺得嗎？」

「你應該試試我在華府的那家。」

他說：「我覺得妳的比較複雜。」

她不說話。

只是看著他。

他說：「可以嗎？」

她不說話。他抬起一隻手，以指尖拂過她的額頭，手指滑入她的髮叢，穿過，波浪似的頭髮一會兒濃密一會兒柔軟。他把她的頭髮全部往後攏，一部分別在她的耳後，一部分垂掛著。

很好看。

他拿開了手。

他說：「妳就是這樣梳的，對不對？」

她說：「再換一邊。」

他用另一隻手，同樣的方式，輕點她的額頭，五指深埋，推過她的頭髮。這次他梳完後沒有抽回手，反而捧住了她的後頸。很纖細。而且溫暖。她一手按住他的胸膛。起初他以為是警告，或是禁止，是叫停的信號，但很快變成了探索。她的手移動，從一側到另一側，上上下下，接著滑到他的後頸，剛剪的頭髮發癢的地方。她往下拉，而他往上拉，兩人接吻，一開始小心翼翼，隨後變得激烈。她的舌頭清涼從容，她的眼睛睜開，他找到了連衣裙背後的拉鍊，淚滴似的小金屬。他把拉鍊往下拉，在她的肩胛骨之間，再經過她的腰，拉到她的臀上。

她的唇抵著他的移動，她說：「這樣是好主意嗎？」

「我覺得滿好的。」他說。「到目前為止。」

「你確定嗎？」

「我的經驗法則是這類問題最好是等事後再來回答，每一次經驗都打敗了推測。」

她微笑，向前聳肩，連身裙就滑下肩膀，落在腳邊。她穿著黑色蕾絲胸罩，黑色褲襪。還有她的皮鞋。她雙手拉住他的新T恤，踮著腳尖拉過他的頭。衣服落在他的背後。她解開了他的皮帶，他踢掉了皮鞋，她也一樣。她脫掉褲襪，底下是黑色蕾絲內褲。薄如蟬翼。她把他的長褲往下拉，他踢開了褲管。兩人又接吻，踉蹌走向床舖，有如一隻四腳獸。她用力一推，他就倒在歐洛茲科的信封上。她爬到他身上，他伸手到她身下去解開她的胸罩。她一個翻身，仰躺著，脫掉了內褲。他也一樣，拱起身體，曲起膝蓋。她又爬回來，像女牛仔一樣騎著他，大腿在前，肩膀在後，仰著臉，閉著眼睛。他一直睜著眼。她實在是秀色可餐。皮膚白皙，到處都有痣和雀斑，小小的乳房，腹部平坦又結實，夾緊的大腿肌肉精壯。她仍戴著珍珠首飾，珍珠搖擺彈跳。她的喉管布滿了汗水。她背著兩條胳臂，伸得很長，遠離身體，手腕彎曲，十指箕張，掌心距離床舖很近，懸在空中，像在輕擦空氣墊，彷彿在平衡身體，而且也的確是。她以某個點平衡，全身重量都壓了上去，前後擺動，左右游移，彷彿在追逐完全的感覺，而且找到了，又失去了，再次找到，緊抓不放，直到氣喘吁吁的終點。而他也朝同一個終點奔馳，那是絕對肯定的，現在沒有打住那回事。他用力回推，抬起大腿，抬升了她，她的雙腳騰空，膝蓋夾緊，衝刺，反衝刺同時發生。

事後他仰天而躺，她依偎著他，他以手指在她的臀上描畫。她說：「好了，回答問題吧。」

他說：「是，我覺得是個好主意，還有是，我很肯定。」

「沒有指揮控制的問題？」

「我覺得我的控制還滿好的。」

「我是說，我實在不應該。從技術面看，你是我的屬下。」

「應該說是在妳的底下。」

「大概吧。」

「謝天謝地。」

他在她的臀上畫了一個圖。

以他的手指。

她說：「跟我說說尼利上士。」

他說：「說什麼？」

「她為什麼不是軍官？她的能力遠遠超過了。」

「她不想當軍官。」

「她很迷你，可是她不肯跟你上床。」

「朋友不就是這樣。」

「她還好嗎？」

「她有被觸恐懼症。」

「什麼意思？」

「害怕被人觸碰，軍隊逼她去看醫生。」

「她發生了什麼事？被攻擊過？」

「她說沒有，她說她天生就這樣。」

「可憐。」辛克萊說，依偎得更緊。

「還用說。」李奇說。

他在她的臀上畫了個圖。

以他的手指。

然後他說：「等一下。」

他伸手到她身下摸索，找歐洛茲科的信封。這一次把整個檔案都抽了出來，第一頁貼著一個較小的信封。古利茲曼的信封，裡頭裝著指紋，從死亡妓女汽車中採集到的指紋。

辛克萊說：「我不相信巧合。」

李奇看著信封，掃描檔案。沒有筆記，沒有字跡。歐洛茲科什麼也沒留，只有膠帶，牢牢地黏著，是一個訊息。

斬釘截鐵，卻可以否認。

「有時候還非得相信巧合不可。」李奇說。「尤其是小巧合。這樣的人口並不多。願意為錢背叛國家的人，願意召妓的人，願意殺死妓女的人。像維恩圖[5]。圓圈的交集裡沒有很多人。我猜他是在慶祝，交易已經完成了一半，他在經濟上的前景可期。可是有什麼事變得棘手了，也就鑲了好大的一圈銀邊，多多少少，對我們來說。就是現在，今晚，和明天。現在是一般的命案，古利茲曼可以公然出面。他可以利用聯邦資源，他可以把畫像傳給城裡的每一個警察。」

辛克萊安靜了一下，隨即搖頭，說：「不行。我們絕不能承認我們應他所求查了指紋。況且這樣只會讓情況變得更混亂。一次辦一件事。我們抓他是為了那一億，這件事先發生，也更重要。」

「那個妓女可能不會同意。」

「我們不能吊死他兩次，而且我們不能讓他被德國人逮捕，因為他是我們的。可是正義一定會得到伸張，這一次我是在給你下命令。」

「是，長官。」李奇說。

他把檔案放回信封裡，在腦海中排出時間。五條街外，那女人的公寓裡。懷利曾在那裡，而李奇正在維吉尼亞州麥克連恩市跟尼利吃晚餐。那麼多的城鎮，那麼多的晚餐，偏偏就是那晚。他躺回去，側躺著，把辛克萊翻過去，面朝下，一隻手按著她的大腿後面。

電話響了。

她說：「又要了嗎？」

他說：「我比妳年輕。」

古利茲曼，來查問。李奇轉擴音，古利茲曼問指紋的事，李奇說還沒有消息，辛克萊別開

5.維恩圖（Venn diagram）是數學中用來說明集與集關係的圖，是英國哲學家暨數學家約翰．維恩（John Venn,1834-1923）發明的。

臉。古利茲曼說監視行動沒有什麼可報告的，目前懷利還沒有在酒吧出現，安全屋有郵差送包裹去，放在大廳桌上，無人認領。除此之外，沒有人進出，只有土耳其或義大利外交人員眷屬的女兒出去約會吧，可能是去跳舞。她二十出頭，頭髮烏黑，膚色如橄欖，非常漂亮，古利茲曼說，根據他的人即時報告，看見她是他們這一天的亮點，因為真的一點動靜都沒有，不過他們仍然盡忠職守，目前仍在謹守崗位，但傍晚之前就得減少人手，因為路邊停車位難找，社區的人都下班回家了。

辛克萊說：「上一次的會面就是在下午比較晚的時候，差不多就是現在。」

「等一下。」李奇又說。「窗台上的檯燈呢？跟之前不一樣。是又不是。我們搞錯了。是信差，但不是同一個信差，不是男的，是個女人，我們上當了。我們錯過了會面，他們兩人就在此時此刻見面了。」

22

李奇要古利茲曼叫所有的人手立刻行動，去追那個漂亮的女孩，可是辛克萊說不，稍安勿躁。她對李奇說：「你只是在猜測。她可能是土耳其人或是義大利人。這些人會用女人嗎？」

「我去過以色列。」李奇說。「這些人隨時隨地都會用女人。」

「你是在賭博。」

「而且還沒輸過，像我現在就知道。」

辛克萊頓了一下。

接著她向古利茲曼說：「留一輛車監視安全屋，叫其他人行動。」

新信差向南走出社區，再折向西，繞過了內阿爾斯特湖，從聖喬治到聖保利，前往會面地點，是一家夜店，在一條叫繩索街的路上。她在想像中走過這條路線好幾次，具體的細節由數小時的簡報累積而成，景象、聲音、氣味都描述過無數次，相較之下，現實情況反倒平淡渺小。她受到警告，懷利會選擇一個希望能讓伊斯蘭信仰的人難堪的地方。具體而言，是針對伊斯蘭男性。他不會想到是女性。他有一種卑鄙好勝的特點，酒、色、恨，三樣中他會想拿兩樣。而這一次，會是第一和第二樣，她猜想，據她聽說的繩索街實況，醇酒和美人。不過難不倒她，偉大的奮鬥需要偉大的犧牲。更何況她是部落來的，她確信更不堪的場面她都見過。

李奇回電給古利茲曼，問那個漂亮女孩是否出現在酒吧附近，答案是否。懷利也一樣，毫無動靜。李奇說：「好，他們是在別處會面，把那些車輛也調走吧。」

這一次辛克萊只點了點頭。

古利茲曼說：「可是他們沒看見那個女的。」

「無所謂。」李奇說。「他們有懷利的畫像，找到一個就會找到另一個。」

新信差左轉進入繩索街，預料之中的五光十色與呶呶喧譁迎面而來。燈光閃爍刺眼，樂聲隆隆變調，不再平淡渺小，這一次超乎她的想像。她吸口氣，繼續前進，她知道該找哪一家夜店，她不認得名稱，卻認得字母的形狀。她知道窗上有照片，是個裸女和一隻德國牧羊犬，那是一種狗。夜店裡散發出啤酒味，他們告訴她裡頭會有些她最好不要看的事物。

她聽見了警笛聲，在遠處嘶號咆哮。她放慢了腳步，剎那間心生遲疑。許多地方的名稱都有同樣的字母，同樣的形狀，大多數在西方人會說的字尾。像後綴，一次一次重複。忽然，她懂了。這類地方全都有向下的階梯，到地下室去。跟洞穴一樣。Keller，字詞的一部分，意思是地下洞穴。

她繼續前進，找到了她要找的地方。燈光是紅色的，有道窄門，旁邊有扇窄窗，夾在另外兩個地方之間。大廳就是樓梯口，窗上也是那張相片，被日光曬得褪色了，相片上是個仰躺著的裸女，一隻大狗趴在她身上，後半身懸在她的面前，她把狗的陰莖含在口裡。沒什麼大不了的，對來自部落的人來說。信差見過這種事，大多數是男孩子趴在男人身上，聽命行事，有時則是山羊。

她推開門，走了進去，一股刺鼻的化學味撲面而來。收斂劑，機場的洗手間也有同樣的味道，有個魁梧的男人坐在高腳凳上，男人得付錢，女人不必。他們稱之為服務費。她受過調教，她朝他怯怯地一笑，就朝樓梯走。樓梯迮狹，到了底端燈光變藍，噪音震天。音樂聲，談話聲，玻璃杯重重碰撞木桌的聲音。

她踏入地下室，房間另一頭有高起的舞台。一名裸女向前屈身，跟一頭驢性交，驢子以吊床撐住，以免重量壓壞了女人的背。房間裡擠滿了男人，全都踮著腳，伸長脖子，隨著迷惘的驢子的每一次戳刺而吼叫呻吟。她看見懷利獨坐一張桌子，在三分之二的深處，她背下了他的臉。他面前有一杯金色飲料，喝了一半。啤酒吧，她猜。

她靜立不動。男人在看她。她穿黑長褲，她的旅行襯衫，打開了兩顆鈕釦。她不理會眾人的目光，在桌子間穿梭。驢子完事了，蹄聲達達，掙扎著想脫離吊床。她四周的男人鼓掌歡呼，裸女挺直腰，優雅地向他們揮手。

在李奇的房間，他們聽見電話鈴聲穿透了牆壁，是隔壁辛克萊的房間。接著鈴聲停止，李奇自己的電話響了起來。是畢夏，從領事館打來的。中情局的站長。他要找辛克萊。她轉擴音，聽他說：「伊朗人打電話來了，說明窗台上的燈。信差是女的，目前外出中。」

「我們已經著手了。」辛克萊說。

「不算是。」李奇說。「這是大海撈針，不會成功的。古利茲曼的人最多只有一個小時。十二輛車要找遍一座大城市，太碰運氣了，我建議立刻採用B計畫。」

「請問是？」畢夏說。

「把古利茲曼的人都調回安全屋，等信差回來就逮捕她。快、準、狠。她可能會供出去了哪裡。懷利可能會在那裡逗留，上次他就逗留了，大約三十分鐘，根據克拉博的說法，也許他認為那是一種安全的做法。」

「她不會說的。」

「我們客氣地拜託她嘛。」

「可是伊朗人不就曝光了？」

「你能把他弄走嗎？」

「今晚？」

「現在，你們一定排練過了。」

「我得先問問國安會的瑞特克里夫先生。」

辛克萊說：「一點也沒錯，我們都需要。」

李奇說：「我們需要速戰速決。」

辛克萊說：「我們沒辦法在半個小時內弄個人進去，可是我們還有車子在監視安全屋，我們會知道她幾時回去，這樣幫我們爭取了幾個小時。」

「那是聊勝於無，我們沒抓到懷利。」

「這次沒有，可是他們一定會敲定下一次會面。這是個你來我往的談判，她可能會供出時間地點。」

「最好現在就出擊，她認為她的工作完成了，會比較鬆懈，腎上腺素較低。到了明天早晨她就會比較兇悍。」

畢夏說：「我來打電話給瑞特克里夫。」說完就喀一聲掛斷了。

新信差被一個男人摸大腿，被另一個男人摸了屁股，可是她都不予理會，逕自從人叢中殺出一條路。她猜想他們是不是把她當成了夜店的員工。他們向她解釋過西方人的行為。她能看見懷利在前頭，盯著她，饒富興味的直接眼神。說不定他也覺得她是這裡的員工。她走向前，靠近他的耳朵，讓他能聽得一清二楚，然後以仔細練習過的英語說：「我為你的東方朋友捎來問候，舒格蘭地方機場的高度是海拔八十二呎。」

懷利說：「哇，這一招可真猛。」

她懷疑地說：「有嗎？」

「他們派了個女的來？」

「是的，先生。」

「妳會說英語？」

「是的，先生，我會。」

懷利突然說：「為什麼？為什麼派女的來？他們是要拒絕嗎？」

「不是的，先生，信息不是那樣的。」

「那是怎樣？」

「信息是好，我們接受你的開價。」

「再說一次。」

「我們接受你的開價。」

「全部嗎？」

「先生，我獲得的指示是我們接受你的開價。」

懷利閉上了眼睛。比羅德島大，從外太空都看得見。他的新瑞士朋友們也會很開心。他多開了一倍的價錢，沒想到會拿到全額，他還會剩下很多，一大筆的橫財。他可以搞個投資組合，一堆穿套裝的傢伙會打電話找他。

他睜開眼睛。

他說：「幾時？」

信差說：「我相信你們已經說定了交貨的日期。你的東方朋友希望你能夠遵守。」

「沒問題。」懷利說。「就照之前說的。」

「那麼我就把這個答覆帶回去。」

「跟他們說跟他們做生意很愉快，也謝謝這份額外的禮物，無盡感激。」

她又遲疑了，說：「先生，我沒帶禮物來。」

「妳帶了妳自己啊。」懷利說。「妳就是禮物。對吧？我是說，接受新的思想。不然的話幹嘛要派個女的帶好消息來？妳就是蛋糕上的糖霜。就跟買車附贈一瓶威士忌一樣。」

「我不懂。」

「妳喜歡這個地方嗎？」

舞台上一名裸女躺在塑膠蓆上，三個男人在她的臉上小便。

信差說：「好像很受歡迎。」

「我們可以去飯店。」

她受過調教。

她說：「先生，這是一樁交易，如果我不能安全回家，這筆交易就一筆勾銷了。」

「好吧。」懷利說。「我懂了，可是妳一定得給我一點小甜頭，我們是朋友，我們在這裡慶祝。我是讓你們這些人開開眼界，看看你們這輩子都看不到的東西。再一顆鈕釦。」

「什麼？」

「妳的襯衫鈕釦。像個表記，表示成交。」

偉大的奮鬥需要偉大的犧牲。再說這個代價算小的了，她心裡想。房間昏暗，沒有人在看，大家都盯著舞台。她解開了第三顆鈕釦，拉開襯衫。懷利看後，露出微笑。

他說：「我就知道我能讓妳聽話。」

她走開了，穿過人群，不理會那些祿山之爪，走上樓梯，經過了板凳上的門房，走到街上，走了二十步，招呼計程車，坐進後座，以仔細練習過的德語說：「機場，國際航線。」

23

在兩哩外的另一家酒吧裡兩個男人在用晚餐。酒吧不大，以橡木板裝潢，餐桌很擁擠，但桌布和餐巾都是亞麻的，喝葡萄酒的比喝啤酒的多，菜單上有羊排。一個男的是巴西皮鞋進口商，體格結實，約莫四十五歲，金髮摻雜了灰絲，臉孔紅潤，也漸漸變得灰白。他叫德瑞姆勒，一身套裝，高翻領。

另一個人的外貌類似。四十幾歲，體型龐大，臉上紅潤的地方多，灰白的地方少。他也穿套裝，連鎖店買的，卻不便宜。他叫穆勒，是警察。

德瑞姆勒說：「我們的一個會員叫黑摩．克拉博的。他看見一個阿拉伯人跟一個美國人說話，報告了上來，你猜是什麼事？」

穆勒說：「八成什麼事也沒有。」

「兩個美國來的秘密調查員來了，匆匆忙忙的，你的隊長在拍他們的馬屁。」

「古利茲曼？」

「原來是克拉博碰巧撞見了一次重要的會面。他們詢問了他好幾個小時，還讓他看了兩百張照片，可是一個都沒有，所以他們就根據他的描述，畫了肖像。」

「他們還挺忙的嘛。」

「一點也沒錯。」德瑞姆勒說。「所以說有蹊蹺，對美國人非常重要。他們自己人在跟阿拉伯人會面，我們想知道是怎麼回事，是一個要買一個要賣嗎？我們需要你去查古利茲曼有沒有什麼紀錄。」

「幹嘛？」穆勒說。「幹嘛幫古利茲曼或是美國人？」

「我們是在幫我們自己。」德瑞姆勒說。「你不明白嗎？我們可以插一腳。這邊會有錢進來，那邊會有東西出去，我們可以利用某一邊，或是兩邊都利用。而且我們的用途比他們的更好，只要弄到一點就能幫我們。他們有他們的理由，我們有我們的，強者出線。」

「我們是要打劫？」

「至少應該考慮一下。」

「好吧。」穆勒說。「我會去查查看。」

一名穿短外套的侍者收走了盤子。

德瑞姆勒說：「還有一件事。」

「嗄？」穆勒說。

「我們有四個年輕會員在酒吧外被打了一頓，傷得滿嚴重的。他們說攻擊者是條大漢，美國人，是個什麼專業級的職位，還有一個黑髮女人。」

「所以呢？」

「根據黑摩．克拉博的說法，那兩個就是美國來的秘密調查員，兩造的描述吻合。」

「好。」

「這種事我不能裝作沒看見，克拉博說男的叫李奇，女的叫尼利。我要揪出他們來。我相信你的隊長知道他們住在哪裡，我需要你去查他有沒有紀錄。」

「好。」穆勒又說。「我會去查查看。」

漢堡時間晚上十點，瑞特克里夫批准了B計畫。十一點，李奇放棄了B計畫。信差沒有回來，她原本就不打算回來。這一點已經擺在眼前了。古利茲曼說在這一兩個小時內她可以搭乘二十幾條國際線航班，或是飛國內線到柏林，從那裡可以銜接世界各地。或是駕車到阿姆斯特丹，或是搭火車到巴黎，或是到城裡的另一處安全屋，那就又要讓人頭痛了。

李奇和辛克萊在辛克萊的房間，早就洗好澡穿好衣服了。尼利回來了。他們叫她上來，為這一團混亂腦力激盪。漏失的線索，錯誤的假設，過遲的聯繫，無可避免地牽引出對下面步驟的爭辯，又無可避免地牽引出對指紋的爭辯。辛克萊說：「懷利有第六修正案的權利，不接受匆促的命案審判。他也不會，因為我們會讓他因為別的罪坐好幾年的牢。而且我們不能讓德國人先抓住他，因為我們可能沒辦法把他要回來。」

尼利說：「我們可以事先協商。」

「我們絕不能淪落到自己的國家安全問題還得獲得德國人的許可，才能照著我們的方式來辦理。」

「那我們就是在自廢武功。」

辛克萊說：「李奇？」

他說：「我覺得是五五波，搜查漢堡市只是浪費時間。即使他們能一天目擊一千張臉孔，也得花上個五年才查得完全部人口，可是他們的紀錄可以派得上用場。懷利是四個月前才來的，這點我們很肯定。所以我們有個扎扎實實的起點，他顯然租房子住，因為他是在妓女的公寓裡殺人的，而不是飯店。所以他在某處簽了租約，用的是新名字，可能是德國姓名，配合他的護照，護照可能也是德國的。他有水電帳單，可能還有電話，這些資料庫我們都進不去，古利茲曼可以在這一點上幫我們。」

「是或否？」

「我有成見。」李奇說。「我欠那個傢伙的。」

「他什麼也沒為你做。他沒找到懷利，也沒找到信差。」

「他盡力了。」

「你覺得領事館的畢夏先生呢？」

「站長？」

「中情局老手。」

「以老傢伙來說，他還不賴。」

「顯然我們年長的德語人馬都是在之前的系統訓練出來的。為了在東德的任務，而不是文明的西方，他們喜歡把每一個人都摸個底朝天，那時是為了徵召，為了勒索，為了更了解當地的內部消息。他們有廣博的檔案，不是全都在辦公室的櫃子裡。」

「所以呢？」

「古利茲曼隊長在一年前是死掉妓女的恩客，四次，我們很肯定。他花的是孩子的大學基金，所以我猜他想結案是怕有人會去刺探，揭開舊瘡疤，我認為他一心想要伸張正義，但動機未必有多高貴。」

李奇愣了愣。

「好。」他說。

「那麼是或否？」

「懷利殺了人仍然逍遙法外。」

「我們不能吊死他兩次。」

李奇又頓了一下。

接著他說：「古利茲曼很笨。」

「被情慾沖昏了頭。」辛克萊說。「這種事也是難免。」

「他很笨是因為五秒鐘之後妳就會知道為什麼，因為妳比我心腸要好。」

辛克萊不作聲。

然後才說：「喔。」

李奇點頭。「我們可以完全迴避指紋的事，我們不需要交易。只要勒索那個傢伙，我們就可以為所欲為。」

「但願如此。」辛克萊說。

「可是我不想這麼做，還不想，好嗎？懷利是個不假外出的軍人，跟我在同一個城市裡，抓他就像探囊取物。」

「古利茲曼會給你多少時間？」

「無論如何他都是最後的王牌，我不想被資料庫拖住，還有別的法子。我也是在之前的系統受訓的，所以古利茲曼的褲襠拉鍊現在還不成問題，目前他也沒有幫得上我們的地方。」

「你這麼說是因為你虧欠他嗎？」

「我這麼說是因為這是事實。」

「那別的法子呢？」

「我們得了解那個傢伙，我們要從內部把他揪出來。」

這時尼利已經拿到了原始的不假外出調查檔案了，所以她和李奇離開了辛克萊的房間，朝她的房間而去，去讀檔案，具體的時間紀錄相當直白，懷利在例行的九十六小時假期之後就沒有回部隊，就這麼簡單，從此他就如人間蒸發了。放假前他並未向同袍提起打算去哪裡。最有可能的地方是法蘭克福，那裡的妓女又多又有創意，因為這一行的歷史悠久。懷利喜歡妓女嗎？答案是沒比一般人更喜歡。

然後是背景問題，逐漸鏤刻出這個人的骨肉。嗜好，興趣，熱中的事物，他常掛在嘴邊的。他是德州人，有時會提到肉牛。他很以家鄉為榮。有時他會莫名興奮，說出稍後後悔的話。有時他很安靜。有一次他說他會從軍是因為有位伯伯跟他說了大衛．克拉克[6]的故事。他喜歡啤酒，比較不喜歡烈酒，而且不抽菸。他未婚，從來沒說過在國內有伴侶。他在軍隊裡如魚得水，喜歡他的單位，也讓人覺得這就是他的目標。

「怪了。」尼利說。「大多數不假外出的都非常不滿意他們的單位，所以才會不假外出。」

李奇說：「而且誰會把廢棄前線的欖樹飛彈單位當成目標？這傢伙仍然是大兵，以後也升不上去，他一定知道。」

「大衛‧克拉克當過兵嗎？」

「沒當過陸軍，是羅倫斯郡民兵，在田納西。當然，後來參加了阿拉莫戰役，表現得非常英勇，可是被敵人包圍，又寡不敵眾，可不是我們想讓新兵牢記不忘的光榮形象。」

「我們應該去找那個伯伯，說不定他們很親近。」

「妳覺得懷利還會寄明信片給他嗎？」

「他可能跟他說了什麼。他不是會說溜嘴，事後又後悔嗎？說不定他就是因為這樣才把那個妓女殺死的，我聽說過那種事。有人大吹牛皮，因為他們在當下覺得自己很厲害。」

「好吧。」李奇說。「找到那個伯伯，再去問問他這三年來的指揮官。基本訓練的，然後是錫爾堡。他真是以德國為目標嗎？像鎖定靶子一樣？是的話，會改變我的思維方式，那這件事就是早已規劃好了的，而不是投機的行為。」

「三年的蟄伏時間可不短啊。」

「為了一億值得。」

「我們沒有值得一億的東西。」

「去打電話。」李奇說。「我等一下再來。」

「你要去哪裡？」

「散步。」

「我發現辛克萊博士今天晚上比較放鬆。」

「有嗎？」

「她的臉上發光。」

「說不定是她做瑜伽。」

「或是深呼吸。」

李奇沒答腔。

那個叫穆勒的人進了中央警察局，他在這裡工作，是交通科的第二把交椅。不夠格堂而皇之地進入古利茲曼的辦公室，不過晚上警局很安靜。古利茲曼的樓層有寬敞的套房，外面都有秘書站。一個人也沒有。當上司的大概都是推拖文書作業的人。他們寫好東西，交給秘書歸檔，一次在午餐時間，然後是隔天一大早。

古利茲曼的秘書的文件籃裡堆得很高。

穆勒不是個勇敢的人，卻是一個忠實的戰友。他跟自己約定好了，他會翻文件籃裡的東西，不會去搜索古利茲曼的辦公桌，這是很合理的折衷之道，他認為講理的人都會贊成他的做法。情報很重要，可是讓高層的人，或是接近高層的人，繼續潛伏下去也很重要。

他把那堆文件以雙手夾住，帶了出去，順著走廊，來到逃生門，走樓梯到他自己的樓層，

6. 大衛．克拉克（David Crockett, 1786-1836）是美國政治家和戰鬥英雄，參與德克薩斯獨立運動，在阿拉莫戰役中戰死。

從他自己的走廊走進他自己的辦公室。

尼利致電維吉尼亞州麥克連恩市的藍德利，跟他打聽懷利的親屬，尤其是他的伯伯。可能是特定的某一個，也許住得很近，在他成長過程中有什麼影響。

藍德利說：「懷利沒有叔伯。」

「你確定？」

「他的雙親都是獨生子女。」

「叔公呢？」

「我會查一查。」

「他父母的婚姻狀況呢？」

「父親很早就離家出走了，從此了無音訊。母親一個人把懷利扶養長大。沒有兄弟姐妹，只有母子二人。」

「他母親後來有男朋友嗎？孩子可能會叫他伯伯。」

「可能是一個接一個，可能有一大堆的伯伯。」

「你能查一下嗎？」

「我們得先找到他母親，叫探員去登門拜訪，那種事得要當面查詢，很花時間。從前的男朋友不會在資料庫裡，而且有的還不是愉快的回憶。」

「可能值得一試。如果查不出什麼叔公的話。」

「可能得好幾天。你們差一點就逮到他了。」

「他仍然在漢堡。」

尼利掛了電話，核對不假外出檔案，找那個提到伯伯的隊員，再撥給法蘭克福的憲兵隊，叫他們把那個人找來詢問。之後她又查對了懷利的人事檔案，找幫他寫頭幾份素質報告的指揮官，班寧堡，再來是錫爾堡。她打電話給人事指揮部的朋友，班寧堡的那個調派到布拉格堡了，錫爾堡的那個仍然在奧克拉荷馬，三年了，她查到了電話號碼，撥了起來。

穆勒掃描了一張又一張的紙條。古利茲曼的產量驚人，大多數是一般的自保的狗屁，底下丟過來的芝麻小事，等著再塞給上面的人，標準作業，人人都這樣，誰也不想接下燙手山芋，誰也不想被正式詢問，說：「對，是我判斷不值得上報的，所以都是我的錯。」

每種案件都有例行報告，沒有值得注意的。忽然他翻到了有關黑摩．克拉博的五頁報告，釘在一起，是偵訊，還有相片，通譯的問題。酒吧裡的談話內容不詳，並沒有聽見實際的對話。美國調查員一個叫李奇，一個叫尼利。就這樣，沒提到他們的下榻地點。穆勒覺得可能是領事館，也可能不是。他們是美國陸軍，不是中情局。飯店？隻字未提。

他繼續挖。只要他的燈光暗一點，緊閉著門，就夠安全，不速之客應該會敲門，至少也會喊一聲。其實不會有不速之客。時間很晚了，整棟大樓安安靜靜的，最後他翻到了一份暫時的跟監行動，最近的，其實就是那個晚上。他把整堆檔案上下顛倒，按時間順序翻找。跟監沒有結果，而且通知了在飯店的李奇，也就是說漢堡警察為美國陸軍跑腿。

有意思。

李奇的飯店名稱沒有紀錄，但是古利茲曼打的總機號碼登錄了，交通科有使用反向查詢電話的權限，所以穆勒打開了電腦，搜尋號碼。

飯店名稱就跳了出來。

他對那個地方很熟。是個小巧美觀的地方，坐落在小街裡，是風華已老的高級社區。有時經理會打電話來抱怨有人把車子堵在飯店門口，這樣會毀了他們的形象。他們有個戴高禮帽的人，要叫他站在哪裡？穆勒本人就去過兩次。但他無能為力，你得花兩年的時間才能改變路緣石，可是本市的律師是絕對不會允許的。萬一每一家小飯店都要求同樣的待遇呢？不就天下大亂了，那些大品牌的飯店已經就問題多多了。

穆勒拿起了桌上的電話，撥到德瑞姆勒家。

24

李奇繞過戴高帽的人，邁步向前。現在是當地時間的午夜，街燈亮了，商店也都把店面的燈光調低，公寓沒窗帘的窗戶透出藍色的電視光芒，所以馬路一點也不暗，他繞著隨便兩條街走了個八字形，沒看到有人跟蹤。或在他前方，或躲在暗處。這只是例行的預防措施，老習慣了。他三十五歲還能活到現在，一定有它的道理。

他找到了酒吧所在的那條街。克拉博第一次看見懷利的地方。比利·巴伯和吉米·李盜賣貝瑞塔手槍的地方，販賣德國身分證的地方。他停在四十碼外，從某個角度打量酒吧。一樓是石造建築，門在中間，門面是木板，打磨得很光亮。小小的窗戶，掛著蕾絲窗帘，還有一串串的紙旗。燈光亮著，晚上看來溫煦宜人。

李奇過街，走進了門。裡頭氤氳嘈雜。時間很晚了，可是可能還有六十個客人，大多是男人，三、四個人一群。有的坐，有的站，跟別的小團體摩肩接踵。窗下有軟墊長椅，都坐滿了，很像尖峰時段的地鐵。李奇穿過人群，態度溫和卻篤定，像暴動中的警用馬，客人大多立刻讓路，他們像是生意人，或是職員。有些是職場老鳥，有些混得不錯。李奇沒看見懷利，他也沒指望會碰上他。他的運氣向來很好，可也沒那麼好。他察覺到後面有人盯著他。遲來的反應。不是有人警告過我們要注意這樣的人嗎？

他繞了一圈之後走到了吧台，硬插了進去，等酒保來招呼。兩個酒保都是男性，兩個腰上都繫著沉重的帆布圍裙。有個瞥了他一眼，李奇要了杯黑咖啡，那傢伙啟動一台濃縮咖啡機，再回頭來收錢，李奇沒問他問題，人生可不像連續劇。酒保可不是抓耙仔，他們又不傻。誰比較重要，是每個晚上都得應付的六十個客人，還是那個壓根就沒見過的獨行俠？

所以他端著咖啡走入人叢裡，選了一張被三個人占住的四人桌坐了下來。他們看著他，好像他是個不懂規矩的冒失鬼，然後三人別開臉，有的咳嗽，有的發話，表示改變話題了。而且也在品頭論足。李奇聽見了Arschloch，他聽過許多次吵架，知道意思是**混蛋**。可是他沒反應。只是喝光了咖啡，朝對面牆上的公用電話走去，投了硬幣，撥給歐洛茲科。

歐洛茲科說：「我們有麻煩了嗎？」

李奇說：「沒有，只要我逮到那傢伙。」

「你不是差點就逮到他了？」

「我搞砸了，我沒料到信差是女的，活到老學到老。」

「那現在呢？」

「比利．巴伯跟吉米．李跟你說是誰賣給他們證件了嗎？」

「他們不肯說，他們很害怕。背後是一個很大的犯罪集團，不是義大利人，是懷舊的德國人。他們有會員、有規章等等的。比起我來，比利．巴伯跟吉米．李更怕他們。」

「酒吧就是那些傢伙會面的地方？」

「是他們非正式的總部。」

「他們到底是誰？」

「最大的極右派，到目前為止只是紙上談兵，不過不可能一直持續下去。」

「好，跟比利．巴伯和吉米．李說我們不在乎他們是跟誰買的證件，跟他們說我們不問了，但是要他們回答一個簡單的問題。他們給我的印象是新姓名是他們自己挑的，其中一個說念起來好聽。問他們是不是真的。他們真的可以想挑哪個名字就挑哪個名字？」

「好。」歐洛茲科說。「我會問他們，還有別的事嗎？」

「目前沒有。」

「我們有麻煩了嗎？」

「放心吧，我們還是金童。」

「只要你逮住那傢伙。」

「能有多難呢？」

李奇掛上了電話，轉身看著酒吧，這時已經有很多人盯著他了，話已經傳開了。臨街的門聚了一群人，後門也一樣，兩幫人都盯著他，等著他。也就是說打鬥會在戶外，他會離開，而他們會尾隨，如果開打的話，但不是百分之百肯定。這些人的地位大多高於一般人，比平均年紀大一點，比平均體重多一點，心臟病隨時都會找上他們。對他們多數來說，謹慎比蠻勇理智，而那些例外就不值得擔心了。他們較年輕，體能稍好，可也是坐辦公桌的，不值得擔心。李奇可是街頭鬥毆的好手，主要是因為他喜歡打架。

他從牆邊移開，分開人群，抬頭挺胸，像送葬隊伍一樣走得又直又慢，沒有人擋住他的去路，他一直走到了前門，門前堵著六個人，連條縫都不留。大概都三十幾歲，而且沒有一個是苗條的，但還是坐辦公桌的，他們的套裝在臀部和肘部都磨得發亮。他能看穿他們的肢體語言，他們決定要放他通過，然後他們會快速轉身，在他的背後散開，在潮濕閃亮的鵝卵石地面上。

李奇說：「會說英語嗎？」

一個人說：「會。」

「你有沒有想過為什麼？為什麼你會說我的語言，我卻不會說你們的？」

「嗄？」

「算了。你們的命令是什麼？」

「命令？」

「我要是想要鸚鵡，我會去寵物店。有人吩咐了你們，告訴我是什麼。」

「不。」

「那我就得評估一大堆理論上的可能性了，其中之一就是你們想在人行道上鬧事，也可能根本就不是，可能我錯估你們了。可是為了謹慎，我也只好犯錯了，這你懂吧？這是我唯一合理的行動，所以別跟著我出去，也許你們只是想呼吸一口新鮮的空氣，可是為了謹慎而犯錯的意思是，我會把它當成是不懷好意的舉動。目前的北約教條是以強勢武力立即反應。我知道你們是個福利國家，可是醫院就是醫院，無論醫藥費是誰出的，這一點也不好玩。所以我的建議是坐下來，忘了這回事。」

「你怕我們。」

「可惜你猜錯了，我只是想盡量公平，沒道理讓你們受傷，要是你們的頭兒對我有意見，叫他自己出面。我會陪他出去走一走，我們會交換各自的觀點，這樣每個人都是贏家。」

沒有回答。

李奇硬是插入第一個跟第二個傢伙之間，拉開了門，放開手，在門向後旋時兩大步就走了出去，立刻轉身。

沒有人跟出來。

他在排水溝上等了整整一分鐘，還是沒人出來。他豎起衣領抵擋夜晚的霧氣，邁步回飯店。他在轉角就看見戴高帽的人不見了。夜班結束了，大夜班開始了。他放慢腳步，掃描前方，老習慣。

對街的門口有個人，幾乎看不見。但是隔了兩家店面有藥局的綠色招牌，柔柔地照亮了他的側面。他穿著黑色連帽大衣，戴著頂巴伐利亞帽，帽帶上可能還插了根羽毛。他正在監視飯店，無庸置疑。他面對著飯店，躲在門口一角。白人，略顯壯碩，可能六呎高，兩百一十磅。看不出年紀。

李奇繼續走。可能是什麼外交保護小組，德國政府的好意。也許是他們發現辛克萊來了，也可能是畢夏的人馬，領事館的人，某個文化事務的三等次官，口袋裡還有指節銅套，從前的系統訓練出來的。

李奇繼續走，並沒有特別盯著哪裡，但眼角一直留意那人。忽然前方的四線道馬路上有輛車開過來，明亮的車頭燈筆直照著他，既迅捷又炫目，一輛大型汽車急駛過鵝卵石地面。汽車在他身旁停住，是輛賓士，賓士公務車，古利茲曼。他把乘客座的窗按下去，說：「上車，我一直在找你，我猜你一定是在睡覺，把電話線拔掉了，我正要來把你叫醒。」

李奇說：「怎麼了？」

「我們看見懷利了。」

李奇抬頭一看。

門口的那人消失了。

「上車。」古利茲曼說。

李奇照辦。

25

古利茲曼瞬間加速，座位向後仰，吱嘎亂叫。他說稍早停在酒吧門外的一名警員是值夜班的，提早上班，領加班費，所以現在仍在值勤，仍在監視中，身邊仍放著懷利的素描。他在聖保利的西緣巡邏，看見一個傢伙，他發誓跟素描吻合。他從一家二十四小時酒店拎了一個酒瓶形狀的提袋，朝南往水邊走。

李奇問：「幾時？」

「二十分鐘前。」

「他有多少把握？」

「我相信他，他是個好警察。」

交通量稀少，可是路面濕滑，大多數的駕駛都是從酒吧回家，所以古利茲曼並沒有高速疾馳。但即使如此，他們也在十分鐘之內趕到了，賓士停在兩棟高聳的建築物之間，距離十字路口二十碼。古利茲曼說疑似懷利的人穿過了馬路，就在前方，就在警察的眼前從右邊走到左邊，總共是三十分鐘前了。那個方向是大型的公寓區，新開發的住宅區，建在填海為陸的土地上，原先的碼頭向河的下游遷移，尋找更大的空間，這裡的住家有上萬戶。

李奇說：「出租公寓嗎？」

古利茲曼說：「你覺得他住在這裡？」

「他拿著一瓶酒，可以假設是去參加派對，但更可能是帶回家。因為時間太晚了。」李奇看著他的右邊，說：「我敢打賭我知道他買的是什麼酒。我們去找那家店吧。」

酒店乾淨，燈光明亮，陳列的葡萄酒種類繁多，紅酒、白酒、玫瑰紅、氣泡酒，還有一架價格較便宜的商品，給那些不是住在嶄新開發區的人。店員是個六十多歲的老人，滿親切的，李奇從口袋掏出了懷利的素描，老人家立刻確認，素描上的人大約四十分鐘前來過，買了一瓶冰涼的香檳。

「他在慶祝。」李奇說。

「信用卡？」古利茲曼問。

「他付現金。」店員說。

李奇看了店員頭上的一個塑膠泡，說：「那是監視器嗎？」

店員說是，在裡間，是錄影帶。古利茲曼知道如何操作。畫面是黑白的，但倒也清晰，從店員的肩膀俯瞰。角度很廣，設置的目標有兩個：顧客無所遁形，收銀機也一樣，以防店員偷錢。古利茲曼把帶子倒回四十分鐘前，懷利立刻出現。毫無疑問是他。髮型，額頭，顴骨，深陷的眼眶。他的確是中等高度，骨瘦如柴，像是日子過得很辛苦。他的行動很有活力、果斷，而且自信。幾乎可以說是大搖大擺。他的體格很像運動員，不像年輕人那麼有彈性，卻訓練有素，熟極而流。他三十五歲，跟李奇一樣，已經全部長開了。

錄影帶上的懷利走向冷藏櫃，打開玻璃門，拿出一瓶長頸暗色瓶子。

「香檳王。」古利茲曼說。「可不是便宜的牌子。」

懷利把酒帶到收銀台，從口袋裡掏出縐巴巴的鈔票。數出幾張，店員找他零錢。然後店員把酒放進了酒瓶形狀的袋子裡，懷利就拎走了。三十七秒，從頭至尾。

他們又看了一次。

同樣的情況。

「帶我去社區逛逛吧。」李奇說。

兩人回到車上，古利茲曼向南駛，緩緩輾過鵝卵石地面，順著懷利稍早必然走過的路線，經過了看見他的警察，在傷痕累累的磚造倉庫之間，最後來到了全新的圓環，向右向左直走都能通向新開發區的支線路。

古利茲曼停下了車，引擎怠速，雨刷一分鐘就動一次。李奇看著前方，有十萬個窗戶，大多是黑的，有些亮著燈。

他說：「這些地方很貴嗎？」

古利茲曼說：「漢堡哪裡不貴。」

「我在猜懷利是怎麼付房租的。」

「他沒付，沒有一個叫懷利的人住在這裡，我們查過了。」

「我們認為他用的是德國姓名。」

「那就難怪了。」

「可能是他自己選的。」

「他得罪你了嗎？」

「他背叛了祖國，而那也是我的祖國。」

「你愛你的國家嗎，李奇先生？」

「李奇少校。」

「也許你已經回答我的問題了。」

「我比較喜歡把它當作是健康但帶著懷疑的尊敬。」

「不是非常愛國。」

「百分之百愛國，我的國家，無論對錯。也就是廢話，除非你承認你的國家有時會犯錯，愛一個永遠不會犯錯的國家是常識，不叫愛國。」

古利茲曼說：「很遺憾你的國家有這些麻煩。」

李奇說：「你愛你的國家嗎？」

「現在說還太早，它才五十歲，我們比別的國家的變動都還要厲害，我覺得我們做得還不壞，可是東邊的人想要讓我們倒退，當然是在經濟上，還有政治上，我們正在見識之前沒見過的情況。」

「就跟黑摩．克拉博從那兒打電話給你的酒吧一樣。」

「我們得耐住性子，不能因為思想犯罪就逮捕他，我們需要確實的罪行。」

李奇說：「有個人在監視我的飯店，你一出現他就消失了。」

「不是我的人。」古利茲曼說。

「聯邦的？」

「沒道理。我還沒有把辛克萊博士來訪的消息報告上去，暫時還沒有。沒有人知道她在這裡，她也是以化名登記的。」

李奇不作聲。

古利茲曼說：「你查過指紋了嗎？」

李奇說：「查了。」
「然後呢？」
「你可以叫它是冷案了，永遠不會破案的。」
「這是什麼意思？」
「意思是我知道是誰，可是我不能說。」
「可是我幫了你啊。」
「我知道，而且我很感激。」
「那我就沒有什麼回報嗎？」
「她是個價碼非常高的妓女，她的恩客名單也就很有意思，不過我也不會說出去。」
古利茲曼安靜了一會兒。
接著他說：「中情局嗎？對我有興趣？」
李奇點頭。「之前的系統訓練出來的那部分。」
「你打算勒索我。」
「不是我的作風。我已經說不會說出去了，沒有附帶條件。你要不要繼續幫我完全由你自己決定，如果你還要幫忙，我會當是兩個刑警很合得來，就這樣。」
古利茲曼又頓了頓。
「我想道歉。」他說。「我不是你認為的那種人。」
「我無所謂。」李奇說。
「我不知道為什麼會那麼做。」
「我不是你的心理醫生。」

「可是我想知道原因。」

「她很可愛嗎？」

「可愛得不得了。」

「這不就結了。」

「你以為就那麼簡單？」

「我是憲兵。」

古利茲曼說：「我會盡可能幫忙。」

「謝謝。」

「你需要什麼？」

「你可以叫你的夜班警員剩下的時間都在這裡監視，這裡是瓶頸，懷利可能會再出現。如果他出現了，就以他是外國人的罪名逮捕他，把他關在車裡，直到我趕來。」

「這裡的出口有很多，後面有自行車道和天橋，還有一條大橋連接大馬路的公車站。」

「我們也許會走運，他可能會需要更多香檳。」

「告訴我一件事，跟那個你們在隱藏身分的人有關的，他會被懲處嗎？」

「會。」李奇說。「他會。」

「很好。」

「你喜歡她，對嗎？」

古利茲曼說：「我開車送你回飯店。」

懷利把香檳放到冰箱再冰鎮個三十分鐘，這才拿到餐桌上，桌上攤著阿根廷地圖。他的牧場的輪廓被他的指尖弄得油膩膩的了，現在真的是他的牧場了，不然也快是就是了，等錢匯進蘇黎世再匯走。說得更精確一點，是部分的錢再匯走，不是全部。他喜歡那個他們派來送信的女孩。先生，我獲得的指示是我們接受你的開價。她有禮貌，帶著一絲的敬意，跟她解開第三顆鈕釦時一樣。阿根廷會有像那樣的女孩，跟她一樣黑膚色、害羞，卻別無選擇。

他起身，再斟一杯，高高舉起，彷彿在向幾千個歡呼的民眾敬酒。荷瑞斯．懷利，來自德州舒格蘭，世界之王。

李奇在辛克萊的房門口諦聽，聽見說話聲，就敲門，她說：「進來。」是尼利，還有領事館的畢夏，中情局的站長。辛克萊坐在床上，畢夏和尼利坐在綠色天鵝絨單人沙發上。尼利的大腿上擺著筆記。

李奇說：「有進展嗎？」

「你呢？」

「我認為他住在河濱的公寓區，古利茲曼的手下看到他了，他出外買香檳。」

「在慶祝。」畢夏說。

李奇點頭。「我們應該假設談判完成了。我們應該假設兩方敲定了價格，轉輪動起來了。」

「公寓區有多大？」

「很大。」

「追查書面文檔了嗎？」

「沒有姓懷利的。」

「他現在在嗎？」

「幾乎可以肯定。」

「我們應該封鎖那個地方。」

「主出口有輛便衣警車在監視，古利茲曼只能幫到這裡，今天稍早他已經支用加班費了。」

尼利說：「懷利沒有伯伯。提到伯伯的那名證人被召來這裡詢問。藍德利在追查是否有叔公以及母親的男友之類的人，後者可能得花點時間。」

「好。」李奇說。

「我跟他在班寧堡和錫爾堡的指揮官談過了。班寧堡的壓根就不記得他，錫爾堡的記得，他說懷利顯然很想派駐到德國，他像著了魔，鎖定了德國，他參加的每一個資格考核都讓他的選擇變得更少。」

「都三年了，那傢伙還記得這麼清楚？」

「因為他們那時有一番長談，指揮官指出縮編的後果是死胡同，黑洞，諸如此類的。懷利說他還是想去，他想在德國服役。」

「所以是長遠的計畫。」辛克萊坐在床上說。「現在我們在推測是什麼計畫。」

李奇說：「有個人在監視這家飯店，一個小時前，古利茲曼一出現他就消失了。」

「不是我的人。」畢夏說。

穆勒又撥電話到德瑞姆勒家去，把他吵醒了。時間很晚了，或者該說是很早了，端視這個人面對的方向而定。德瑞姆勒鎮定下來，聽穆勒說：「李奇在半夜一點前回飯店了，可是還沒進去，古利茲曼就過來把他載走了。我馬上抽身，怕古利茲曼會認出我來。」

「古利茲曼要幹什麼？」

「我的一輛交警車聽見無線電。他們要找的美國人出現在聖保利，名字是懷利，古利茲曼的人車裡都帶著克拉博的肖像畫。」

「還有別的嗎？」

「我的一個手下剛查了一輛停在河邊禁止停車區的一輛車子，在某些新公寓的附近，是古利茲曼的手下，車子沒有標記，在監視懷利。我的人問為什麼，兩人聊了一會兒，只是警察間的閒聊。古利茲曼的人也不清楚細節，可是他說顯然是什麼重案。他得到的命令是紅色標記。」

「什麼意思？」

「以前是指組織犯罪，現在是恐怖主義。那傢伙不確定是舊的紅色還是新的紅色，目前還有些混亂。不過我認為是新的紅色，因為他們也在監視李奇飯店附近的一間公寓。今天稍早。據說有個沙烏地人會出來，卻沒看到人。我查過了紀錄，那棟公寓住了三個沙烏地人和一個伊朗人，都是年輕人。我認為是牽扯到中東的事情。」

「懷利也在紀錄裡嗎？」

「完全沒有。」

「克拉博說他在酒吧裡見過他不只一次，裡頭可能會有認識他的人。」

「可能。」穆勒說。

德瑞姆勒說：「我們需要你弄一份克拉博的素描影本來。」

尼利離開了，接著是畢夏。李奇坐了一張單人沙發。辛克萊仍坐在床上，說：「華特曼和懷特明天早晨會到，還有藍德利和范德比爾特，我把整個行動的地點換了。這裡是事件發生的地方，我們再跟領事館交涉。」

「好。」李奇說。

「你在想什麼？」

「現在嗎？」

「對。」

「工作還是私生活？」

「你可以同時想兩件事？」

「大多數的時候。」

「好吧，工作先。」

「懷利的頭髮。」

「怎麼樣？」

「那是個切入點，可能。他沒剪掉，反而讓它長長。」

「也許他是擔心理髮師可能會記得他。」

「他大可自己剪，他每天都會剃兩鬢的頭髮。他大可剃光頭，再把頭髮留長，可是他沒有。」

「為什麼？」

「我覺得是他的虛榮。多少想吸引注意。他喜歡大衛．克拉克。也許他把頭髮留長是想買一件有流蘇的麂皮外套，當個蠻荒邊境的霸王。他在錄影帶裡的動作很有意思。他是個瘦小的人，卻大搖大擺的。好像還不夠顯擺似的，他還買很貴的香檳。我認為他喜歡裝腔作勢，加上一億元，我有點擔心，我覺得有什麼大事要發生了。」

辛克萊沉默了一會兒。

這才說：「那麼私生活呢？」

李奇微笑。

他說：「妳這下子可自己碰上來了。」

「碰上來什麼？」

「一模一樣的回答。」他說。「我覺得有什麼大事要發生了。」

「我等的就是這個。」她說。

26

醒來後李奇回自己房間沐浴更衣。他獨自走樓梯下去吃早餐。麥克連恩來的四個人已經在座了，搭乘夜班飛機來的。華特曼、懷特、藍德利、范德比爾特。尼利也跟他們同桌。四人一臉疲憊，她則否。藍德利說他追蹤到懷利的長輩了，卻不是好消息，大多已經作古了，而且沒有一個在他小時候住得很近的。雙方也沒有聯絡，連偶爾的噓寒問暖也沒有，他們也不見得是會去看晚輩的人。有兩個坐過牢，要說對他有什麼影響，只怕是不可能。

不過華特曼倒是有好消息。他說懷利的母親找到了，也同意回答一些前男友的問題。她現在住在紐奧良，領福利金。已經通知當地機關，會派遣探員過去。第一梯次的結果會在七、八個小時內送到，因為時差的關係。

懷特這個中情局的對於飛來這裡不怎麼高興的樣子。他的頭髮比以前長，人也瘦了。他扭來扭去，一直絞手，瞇眼。

李奇說：「怎麼了？」

懷特說：「他們真的需要把伊朗人弄出來。」

「目前的線索都不是從信差那兒問出來的，我們完全漏掉了她。」

「瑞特克里夫的想法太褊狹了，要是他們在漢堡市發生了什麼事，他們的審查範圍會又深又遠，人人都會是嫌犯。他們又不笨，自然能歸納出事實來。變數有多少？兩個不同的信差，卻只有一棟屋子，伊朗人連五分鐘都撐不住。」

「你應該跟畢夏說。」

「畢夏負責接頭，可是他沒有權限把他抽出來。」

「他一定有。」

「如果是為長遠的布局就沒有，只限立即的危險。」

「而你覺得就是現在。」

「你一逮住懷利，他們的交易一破局，他就穿幫了，那會是幾時？」

「很快吧。」

「就是。」

「你應該跟畢夏說。」李奇又說一次。

這時辛克萊進來了。黑色連身裙、珍珠首飾、絲襪、皮鞋，她的頭髮濕的，藍德利和范德比爾特挪位子給她。她說：「我跟瑞特克里夫先生談過，我們假定談判階段已經結束，交貨階段即將開始，所以我們需要知道貨品內容、時間、地點。」

「信差可能已經到家了。」尼利說。「她很可能直飛回去，不然也只是換了一班飛機。然後他們會派信差到瑞士，因為他們不相信電話。帶著各種瑣碎的資料和通關密碼，交易可能在一、兩個小時內完成，很可能就在明天。」

「或是一年之後。」范德比爾特說。「他們準備好要行動了嗎？他們有錢嗎？」

「懷利等不了一年。」華特曼說。「他已經逃兵四個月了，不容易，壓力大，風險也大，他需要安頓下來，我認為事情會來得很快。明天，或是後天，或是大後天。我確定錢都就緒了，隨時可以動用。可能是同一家銀行，同一台電腦上的兩個光點。」

「好，」辛克萊說，「那就是貨品內容，地點，以及快了。」

「地點要看是什麼貨。」李奇說。「如果是情報或文件，可以在銀行裡直接交貨。如果是大玩意，現在一定是存放或隱藏在德國的某處，所以他們得派一組人馬過來搬運。」

「我們應該監視銀行。」華特曼說。

「誰知道是哪一家，銀行有上百家呢。」

「那就監視機場。這裡的，和蘇黎世的。」

藍德利說：「最簡單的辦法是弄清楚他要賣什麼。」

「廢話。」尼利說。

「一定是什麼東西。」

「是什麼呢？他不能現在去提貨，他會立刻被逮捕，所以就是四個月前偷的或是得到的。可是紀錄上並沒有缺少什麼。」

懷特說：「我們需要把伊朗人撤出來。」

「還不行。」辛克萊說。

「那是幾時？」

「去找畢夏先生談，我們現在要去領事館，他幫我們準備了辦公室，十分鐘後大廳集合。」

穆勒走逃生梯到古利茲曼的樓層。時間還早，不到八點，還沒有人來上班。秘書站仍空無一人。古利茲曼的秘書桌上的公文籃和昨晚一樣，穆勒小心翼翼把檔案都放回去。沒有讓人起疑的地方。可是畫像呢？可能美國調查員帶走了他們需要的影本，古利茲曼本人也可能留了兩、三份，以便建立他自己的自保檔案。他會把原稿存放在某個安全的地方，可能是某個特殊的抽屜。他可能有幾十張的影本，歸成一個檔。這裡畢竟是偵緝隊。

可在哪兒呢？秘書符合人體工學的打字椅後面有一整排的抽屜，排滿了一面牆的下半部，上面是架子。穆勒溜到椅子後，彎腰看個仔細。沒貼標籤。他退出來，透過古利茲曼的門張望。裡面的密室，也有一模一樣的抽屜，但上面沒有架子，很像餐具櫃，上頭擺著裝框的相片，是個女人和兩個小孩，顯然是古利茲曼的妻兒。還有個獎杯，應該不是運動的，看他那個體型就知道了。對面的牆上還有一排檔案櫃，所以房間裡總共有二十個抽屜，四個在外面。

實在是個麻煩的比例。

穆勒跟自己盤算。成功機率五分之一，丟掉飯碗的機率五分之四。長遠來看，他現在的職位很管用。放眼大局的話。得把這一點考慮進去。所以他會搜查秘書站，不會闖進古利茲曼的辦公室。這是合理的折衷之道。於是他又溜到秘書辦公桌後面。他決定從左到右搜查，動作快速。畫像應該不難找，也許紙張較厚，從美術品專賣店買來的。可能不是標準的尺寸，可能夾在講義夾裡。

他彎下腰。

有個女人在他後面說：「哈囉？」

驚訝中帶著點調侃。

穆勒挺直腰，向後轉。

古利茲曼的秘書。

他一言不發。

女秘書把皮包丟在桌上，脫掉大衣，掛在鉤子上，再匆匆回來。她說：「有什麼要我幫忙的地方嗎，穆勒副隊長？」

穆勒副隊長默不作聲。

女秘書問：「你在找東西嗎？」

「找畫像。」穆勒說。

「什麼畫像？」

穆勒頓了頓。

隨即說：「昨天深夜發生了一起車禍，當然是我們交通科在處理。有名自行車騎士被撞了，肇事逃逸，騎士的同伴跟我們描述了肇事者的長相，五官很特別，頭髮也很不一樣。」

「我們能幫上什麼忙？」

「我的一名員警碰巧在一個小時前見過古利茲曼隊長的手下，我的人以為是違規停車，其實他是在跟監。古利茲曼隊長的人車裡放了一張畫像，是個叫懷利的美國人，後來我的人想起來了，才發現就是自行車騎士的同伴描述的那個人。」

古利茲曼的秘書說：「原來如此。」

「所以我需要把你們的畫像拿給我們的證人看，以便確認。」

「我很樂意給你一張影本。」

穆勒說：「如果不太麻煩的話。」

「哪裡。」

「非常感謝。」

秘書進入裡頭的密室，穆勒聽見有個抽屜打開了。然後她又出來，拿著一張裝在講義夾裡的厚紙，啟動影印機。穆勒聽見機器的聲響，聞到了熱熱的墨水味。他聽見電梯門打開，看見又兩名秘書走出來。皮包，大衣，輕快的早晨動作。兩人都走過去，禮貌地露出微笑，準備上班。

古利茲曼的秘書掀起了影印機的蓋子，放上了畫像，按鍵。機器運轉，影本出現。

電梯門又開了，不是古利茲曼，是個穿套裝的男人，穆勒隱隱約約認得。那人點頭道早安，走了過去。

古利茲曼的秘書把影本交給穆勒。肖像是用彩色鉛筆畫的。是個瘦皮猴，額頭突出，顴骨突出，眼眶深陷，黃色長髮。

穆勒說：「謝謝。」就走了，沿著走廊，打開逃生門，走逃生梯，回到他自己的樓層，他自己的走廊，他自己的辦公室，他立刻就著手捏造假肇逃案，自行車騎士受傷，駕駛逃逸，以防古利茲曼查對。

李奇和尼利直接到大廳。尼利說：「我們需要拿到懷利的調派令，全部的。這是問題的關鍵。他在德國兩年多一點，不假外出四個月，所以服役期不到兩年。在這段關鍵時間他看見了什麼，做了計畫，把東西偷到手。所以我們需要知道他究竟是看到了什麼。每一天，從頭到尾，因為至少有一天他就在東西的旁邊，無論是什麼。說不定還能摸到，真正能接觸到。」

「最少有一天。」李奇說。「他偷走的那天。」

「我覺得至少兩天。」尼利說。「第一次是看見，然後搞懂了是什麼東西，再回來偷走。」

「只不過他不是看見的，不算是，他是找到的，他查出了它的定位，這是計畫了很久的行動。他到德國來取得那樣東西，他事前就知道了。」

「兩者都有可能，甚至還有別的可能，他親自接觸過。」

「我想知道他是如何付房租的。」李奇說。「他是一個大兵，沒有存款。查一查調派令跟什麼冷掉的偷竊財物案有沒有重疊，他的種子基金一定是從哪兒弄來的。」

這時櫃台接起了電話，把聽筒放在胸前，高聲說：「李奇少校，你的電話。」

是歐洛茲科，聽聲音是從某個地窖打來的。

歐洛茲科說：「我們有麻煩了嗎？」

「沒事。」李奇說。「正在拯救世界。」

「救不了就完了。」

「救不了也就都無所謂了。」

「我剛跟比利．巴伯和吉米．李談過。他們證實了假證件的姓名隨他們挑選，可是只限德國姓名，以防部門內部抽樣核查。感覺上外國名字太顯眼了，可是德國姓名就沒事，隨他們挑選，只要好聽或是對他們有特殊意義。」

「好，謝了。」李奇說。「我得走了。」

他背抵著櫃台，可以看穿大門的玻璃。

門洞裡有個人。

對街。

李奇掛上電話，吸引了尼利的注意，拿手一比。尼利站到了視覺角度，說：「我看見了，很難沒看見。」

「我們出去透透氣吧。」

尼利先出去，然後是李奇，門洞裡的那傢伙嚇了一跳，隨即刻意打哈欠，伸懶腰，慢吞吞走上了人行道，彷彿悠閒得很。

尼利說：「要不要看他去哪裡？」

兩人保持速度，落後十呎，隔著雙線道馬路，跟著那人。他穿羊毛大衣、沒戴帽子，體格健壯，比尼利大比李奇小。他在四線道馬路右轉。李奇和尼利在紅綠燈過街，再次跟上，拉開十呎的距離。

那傢伙又右轉。

進了巷子，兩旁是建築物。

「顯然是陷阱。」尼利說。「可能是個封閉的院子，難怪那傢伙不掩飾行蹤，他的任務就是把你帶來這裡。」

「我？」

「他不是古利茲曼的人，也不是畢夏的人，那他是誰呢？歐洛茲科才剛跟你說這地方山頭林立。我確定黑摩．克拉博就是開幫元老，他知道我們的長相，也知道我們的姓名。你把他們的四個小兵弄哭了，我們第一次來的時候，現在他們想重來一次。」

「妳覺得他們還在為那件事情生氣？」

「大概吧。」

「妳覺得院子有多大？」

「我又不是建築師，不過可能是三十乘三十，像個大房間。」

「妳覺得他們帶了多少人？」

「最少六、七個，加上引你來這裡的人。」

「引我們來這裡。」

「所以我要叫停，士官的第一要務就是保證軍官的人身安全。」

「他們是這樣教妳的嗎？」

「沒有明說。」

「有道理。」李奇說。

「我們應該折返。」

「搞不好妳猜錯了呢。」

「我不覺得我猜錯了。」

「說不定那裡是個大雜院，住的是低收入戶。藏在城市深處的住宅，一堆看不見風景的房間，失業的人會住的地方，所以起碼可以讓你一個早晨站在門口，看著對街的飯店。」

「你覺得他是要回家？」

「我覺得我應該去調查。」

「那是陷阱，李奇。」

「我知道，可是我們需要讓他們擔心我們，我們需要繼續施加壓力。我們可能會需要讓他們放棄護照的買賣，我確定他是其中之一，我們需要懷利的新化名，好像只有這個辦法能問出來，給我兩分鐘，兩分鐘後我如果還沒出來，歡迎妳進來幫忙。」

27

李奇繼續走，轉進巷子。巷子大約三呎寬，很像廉價公寓裡的骯髒走道。前頭有塊三角形的光區，是早晨的色調，砂岩色，沒有人。他們會平貼在牆上，埋伏在巷子口兩側。

李奇走進陰影裡，手指摸著兩側的石牆，讓自己走在中間。他的足聲很響，奇怪的吱嘎迴聲先是彈在牆壁間，然後是屋頂上。前頭仍舊一樣，晨光，上漆的水泥。肉色、明亮乾淨，腳下是磚塊，像人行道，沒有阻礙，沒有水井或是幫浦，完全是一九五〇年代的現代化。

李奇繼續走。

然後在距巷尾三步處拔腿奔跑衝進院子，速度很快，一路衝到中央，再來個急停後轉。

八個人。

都還是緊貼著牆壁，顯然都以為來人會更謹慎些。其中四個就是第一次在酒吧外面的那些人，德國是德國人的。他們的傷勢好了一大半，另外三個跟他們長得差不多，只是還完好無缺，而且平均來說年紀稍大，可能是本領較高強。一個空著兩手，一個拿支球棒，一個拿個破酒瓶，褐色玻璃，參差不平，像一頂迷你王冠，這個傢伙會第一個倒下，李奇決定了。拿球棒的可以等，混戰的時候球棒沒什麼作用，頭四個人不會先上，挨過一次打就會學一次乖，鬥洞的那個誘餌壓根就不會動手，那不是他的活，所以一開始會是三個一起上。不是什麼大問題，之後呢，誰知道。

拿球棒的人先動了，很笨，但也在預計之中。球棒是最大的武器，可以為這次的鬥毆定調，可是倉卒之間卻是廢物，因為誰也無法在衝刺過來時揮擊，貝比．魯斯不行，喬．狄馬喬不行，米奇．曼托不行，就算是顛峰時期的泰德．威廉斯[7]也不行。浪費力氣，但起碼是在執行某種戰術，大概是想用球棒把李奇擊倒，接著是破酒瓶跟上，俯身用力戳，再一扭。也就是說拿酒瓶的傢伙動作會非常快，距離拿球棒的肩膀只有兩步，立刻就可以光榮地痛宰敵人，發揮他所有的動能。

可是動能也是雙向的。

李奇側身閃開了球棒男，正面直擊拿酒瓶的，兩個大塊頭以高速碰撞，就像高速公路上的車禍。李奇眼中只有酒瓶，酒瓶向外，握在那人的右手上，朝他的臉慌慌張張地刺過來，所以只需要抓準時間，比打棒球還輕鬆。李奇左前臂向上橫掃，看似慌亂地趕走一隻黃蜂，卻命中那傢伙的右臂，酒瓶的軌線向上翹，越過了李奇的左肩，沒傷著他半根寒毛，卻給了李奇時間與空間曲起右肘，砸中那人的臉，這一擊的動能多少像是讓那傢伙的口腔裡像有炸藥爆炸，他飛快倒地。李奇一個轉身，踩住酒瓶，不讓任何人再利用，接著他倒退逼向持球棒的人，那人在李奇後面亂轉。

李奇決定要奪下球棒。

那人兩腳穩穩踩地，重心放低，球棒向後，位置很低，比較像是揮擊網球而不是棒球，像是預備要來個雙手握拍反手接球，或是打高爾夫來個深遠的開球。他整個動量向後仰，再後，再後，等李奇進入射程之後再扣扳機，所以又是抓準時間的問題。要躲開球棒唯一的辦法就是提前進入揮舞範圍，最理想的時間點是在揮棒動作開始之前，也就是大約在一呎之內，那時力道仍又弱又慢，打中也只是像輕輕撞到側面，像是半夜走路撞上欄杆。提早進入需要瞬間加速，對一個

7. 這四人都是美國職棒大聯盟的打擊好手。

像李奇這麼魁梧的人來說並不容易，卻是在這種情況下最自然的反應。因為動機，因為差別在於輕輕的一撞和大腿骨或胳臂或肋骨斷掉，李奇瞬間爆發，向那傢伙衝過去，進入了球棒揮出的三吋範圍之內，讓他有時間抓住棒身，用力一抽，就奪下了球棒，同時用上另一手，把棒端當來福槍托，往那傢伙的頭上招呼，猛然的一戳就等於是一記重拳。

那傢伙應聲側倒，李奇猛一踅身，尋找下一個目標，而他也沒失望，第三個人立刻衝了過來，高舉著雙手，彷彿是想要擒抱住他。李奇反方向揮舞球棒，像是打擊很差的人手忙腳亂想揮中快速球，絕對是揮棒落空，只不過第三個傢伙比棒球要大多了，所以瞄得準不準並不是必要的條件。只要是頭和胸膛之間的區塊都是靶心。手肘、上臂、脖子、腦袋瓜，或是四個地方全包了，而結果還真是全壘打。那人舉起一臂保護頭部，球棒就擊中了他的手肘，以及他的三頭肌，衝擊力道帶動他的上臂骨頭砸向他的下巴，就是頸子連接頭顱的地方。他跪倒在地，卻仍然挺著，所以李奇再次揮棒，這次用的是右手，可能最多也就是像在七月四日的野餐上擊出一支高飛球，但是用來對付人體卻是遠遠足夠了。那傢伙側身搖晃，隨即面朝下摔了下去。

這時，李奇腦子裡的時鐘告訴他戰鬥花費了四秒多一點的時間，門洞那個誘餌仍然緊貼著牆，打架不是他的活。第一間酒吧外的那塊牛肉，四個面笨重地行動了起來，四人從隱藏的位置散開，胡亂占了位置，沒有規律，也沒有原因，就只是隨機亂站。這倒成了問題，頭兩個會很容易，第三個也不難，可是第四個就麻煩了，李奇看得出來，時間、空間、動作，就像天文學。像星球在碰撞的路徑上。軌道、角度、相對速度。第四個人會在第三個倒下之前欺進，沒有別的可能，就在他們移動的動力中心上。除了一、二、三之外沒有合理的順序，無論是從哪裡著手。

所以李奇後悔跟尼利約了整整兩分鐘，他仍然有一分五十五秒，沒有合邏輯的存活辦法，面對的是一心想復仇的敵人。他應該要聽她的，這麼一來她就會在確定他的注意力集中在前方時立刻進入巷子，也就是說她會在巷口的陰影中埋伏監視，跟他一樣立刻評估情況，隨時可以插手，給第四個傢伙好看。

士官的第一要務就是保證軍官的人身安全。

說不定她沒聽他的命令。

那還用說，他撲向了頭兩個人，球棒像拳頭一樣，一、二，額頭，反手再來，事前想好，對準第三個人，動作快速、省力、優雅，但是第四個傢伙太早欺近，果然不出他所料，就差個半步，瞎貓碰上死耗子，在球棒能再次揮舞之前衝了上來。

可是第四個傢伙不見了，好像全速衝進了一條晾衣繩裡，好像電影的特效。上一格他還在，下一格就消失了。第三個人趴下了，李奇看到尼利站在他後面，回手一拳，打中了第四人的喉嚨。

門洞誘餌舉高了兩隻手。

李奇說：「多謝了，上士。」

尼利說：「你應該把瓶子撿起來的，比球棒好用。」

李奇走向誘餌，說：「去跟你的頭兒說不要再浪費我的時間了，叫他自己出來見我，一對一。我會陪他出去走一走，我們會交換個人觀點。」

說完兩人就離開了，沿著巷子走到馬路上，尼利在前，李奇殿後。兩人站在陽光下，聳聳肩，挺直腰，匆匆回到飯店。

28

他們遲到了，其他人都在等，畢夏派了一輛小巴士來，很像機場的接駁車。大家都坐好了，都看著車窗外。華特曼、藍德利、懷特、范德比爾特，還有辛克萊。李奇和尼利上了車，門在他們背後關上，巴士開動。路不遠，繞過內阿爾斯特湖，來到一幢壯麗卻略顯古怪的大建築外，建築師大概小時候參觀過白宮，長大後靠記憶複製。畢夏在裡頭迎接他們，帶他們去辦公室。大多是辦公桌、電話、傳真機、影印機、電傳機、印表機，龐大的電腦終端機加上骯髒的米色鍵盤。畢夏說電話裝設得像是麥克連恩的交換機。本地的機構只有古利茲曼有他們的號碼，但是並沒有告訴他他們的位置。

第一個打來的就是古利茲曼。

他有個問題。

李奇一接電話，古利茲曼就說：「別用擴音的。」

「為什麼？」

「我搞砸了。或者說是我的部門搞砸了，反正都一樣。」

「怎麼回事？」

「我們大概把懷利跟丟了，在你跟我離開兩小時之後，他不知怎地居然開車肇事逃逸，他撞了一輛自行車，當然他喝了一肚子的香檳。有個女性目擊證人準確地描述了他的長相，她看了黑摩．克拉博的肖像，確認是他。交通科的紀錄上寫得一清二楚。」

「是你的人沒看見他出門。」

「他在某個時間點跟一名交警說話，可能就是在那個時候。」

「也就是說你不知道懷利現在的下落。」

「沒有十足的把握。」

「這種說法是他們教你說的嗎？」

「這個說法合理又成熟，還充滿了技術性。」

李奇說：「遇到鳥事誰也難免，忘了吧。」

古利茲曼說：「很抱歉跟丟了。」

「不用擔心。」

「我還是會盡量讓跟監行動持續下去。」

「謝謝。」

李奇掛上電話，把事情告訴了大家，辛克萊為大家問了第一個問題：「他是在送貨嗎？我們是不是錯過了？他的壓力大到撞倒自行車？」

「太快了。」范德比爾特說。「現在才是第一晚的半夜，他都還沒拿到錢呢。所以他還不會送貨，除非他真的很笨。」

「最糟的情況是他是要去機場。」藍德利說。「搭早班飛機到蘇黎世去。說不定他寧可到那邊去等上一兩天，這樣的話他會隨身帶著貨，如果是小東西。像李奇說的，在銀行的辦公室交貨。」

「我們應該監視機場。」華特曼說。

「已經監視了。」辛克萊說。「兩處機場都有閉路電視。中情局安排了暫時的情報站，非正式的，所以不會持久，不過到目前為止懷利都還沒有經過。」

「而且他也沒有回家。」李奇說。「除非古利茲曼的人漏掉他兩次，那他現在在哪裡？」

「在外面趴趴走。」尼利說。「德國的某處，現在是送貨前的階段，就跟買車之前先檢查一樣，是揭幕的前一刻。」

懷利醒過來，在臥室裡，三個月來都是在這裡睡醒的。在他位於河濱的出租公寓裡，新開發區。城市中的村落，嚴格來說是一處龐大的宿舍，住滿了一點也不好奇的人，總在黑暗中行色匆匆，抓緊短短的一兩個小時睡覺。他從沒見過鄰居，據他所知，他們也從沒見過他。再理想不過了。

他下床，啟動咖啡機，把香檳王酒瓶刷乾淨，放進資源回收桶，再把酒杯放進洗碗機。

他拿起電話打給之前來往過的租車連鎖店，立刻就有人接聽，說話的人年輕有效率。

懷利說：「你會說英語嗎？」

「會，先生。」年輕人說。

「我需要租一輛廂型貨車。」

「要多大呢，先生？」

「軸距要長，車頂要高，我需要空間大的。」

「我們有賓士和福斯兩種，賓士的比較長，車內空間超過四米。」

懷利心算了一下。四米就是十三呎，他需要十二呎。他說：「貨廂地板距地面多少？」

「和一般一樣吧，我不是很確定。」

「後門是鐵捲門嗎？」

「不是的，是對開式的。這樣可以嗎？」

「我需要倒車接上另一輛卡車，把東西搬過來。如果是對開式的門就不夠近了。」

「我們唯一的鐵捲門車輛是完全不同等級的，從技術面來說得考慮車輛的總重量。在德國較重的車輛需要職業駕照，請問您有嗎？」

「我相信你不管給我什麼車我都有適合的駕照，這個你放心好了，我的證照齊全得很。」

「好極了，先生。」年輕人說。「您幾時需要用車？」

「現在。」懷利說。

領事館房間裡的電話又響了，藍德利接了之後就交給李奇。是畢夏，從附近的辦公室打的。他說：「前廳有位美國陸軍說奉命來向你報告。」

「好，」李奇說，「讓他上來，還是要我下去？」

「我會派人送他上來。」畢夏說。

帶路的人是個年約二十三的女性，可能是剛從學校畢業，剛踏入社會，但一步就進入駐外事務的核心了。而那位陸軍則是現役軍人，頂著個雞冠頭，來自懷利的防空單位，是他的隊友，也是四個月前不假外出檔案中的證人，他是個E-4，但只是技術士，不是領導職的中士。比一等兵大，但還不是士官。他穿著林地迷彩裝，中規中矩的，年約二十，像個好軍人，衣服上的名牌上繡著「柯曼」。

尼利在安靜的角落擺了三張椅子，大家都坐下來。李奇說：「謝謝你跑這一趟，大兵，我們很感激。他們跟你說是什麼事情了嗎？」

柯曼說：「少校，他們說你會問我懷利大兵的事。」

他是南方口音，可能是喬治亞州的山區。他只坐椅子的邊緣，等於是坐姿的標準立正版。

李奇說：「四個月前的報告說懷利在你的單位服務很愉快，報告正確嗎？」

柯曼說：「是的，少校，我相信是。」

「愉快又滿意？」

「是的，少校，我相信是。」

「沒有在什麼地方受到壓迫或是欺凌？」

「沒有，少校，據我所知沒有。」

「那他不假外出就很奇怪了，也就怎麼也怪不到你或是你的單位頭上了。這不是你的錯，也沒有什麼辦法會讓你背黑鍋，就算一百個官僚用一百台打字機打上一百年，也不能把這頂大帽子扣在你頭上。了解嗎？我們知道懷利逃兵是為了外部的原因。」

柯曼說：「是，少校，我們的結論也是一樣。」

「那就放輕鬆，好嗎？你沒有被指控，所以你不會答錯話，也不會有愚蠢的回答，我們需要你把你所知道的事情都告訴我們，隨便什麼小事情。我不在乎有多可笑，所以別保留，全部說出來。然後你就可以在漢堡放個半天假，可以到夜店去玩一玩。」

柯曼點頭。

「你認識懷利多久了？」

「他在單位將近兩年了。」

「老鳥了？」

「比我大哥還老。」

「你覺得奇怪嗎？」

「有一點。」

「你對他等這麼久才從軍有什麼看法？」

「我覺得他是先做過別的行業。」

「他談過嗎？」

「沒有，少校，從來沒有。」柯曼說。「他的口風很緊，什麼事都放在心裡。我們都知道他有什麼事瞞著我們，他總是自顧自地笑，卻什麼也不說。可是他的資歷老，我們就覺得沒關係，我們覺得他這樣也是應該的，而且大家也並不會就不喜歡他，他是個人緣很好的人。」

「他常開小差嗎？」

柯曼開口要回答，又閉上了嘴。

李奇說：「怎麼？」

「少校，你剛才說可笑的事情。」

「我喜歡可笑。」李奇說。「有時候我們大家都很可笑。」

「那，少校，我覺得他隱瞞的不只是秘密，我覺得好像是一個神秘的計畫。是他這一生的大事。是，他很勤奮，他什麼都做，從不抱怨，就連最狗屁倒灶的事也一樣，現在大部分都是狗屁倒灶的事，他的臉上會有一種表情，他很開心，因為每過一天就更近了一天。」

「跟什麼更近？」

「我不知道。」

「四個月前你提到懷利的伯伯。」

「他們問我們懷利是不是個健談的人，他們想知道他都說些什麼。其實並不多，他跟我說他的家鄉是德州舒格蘭，他很懂肉牛。有一次他說他想開牧場，就這樣，他從來不多話。後來有天晚上我們去打靶訓練回來，我們打下了不少直升機，所以我們大家都躺下來，喝啤酒，都喝得醉茫茫的，大家都開始說為什麼會從軍，可是要講得很難懂。隊上有一些伶牙俐齒的傢伙，你得組合成一個句子，我對那種事很不在行。輪到我的時候，我說我從軍是為了要學一門手藝，我覺得這麼說可以有雙重的意義，手藝，像是汽車修護，或是殺人。如果以後找不到修車的工作，就可以改行當殺手。」

「答得好。」李奇說。

「他們沒聽懂。」

「懷利說了什麼？」

「他說他從軍是因為他的伯伯跟他說了大衛·克拉克的故事，也是又短又難懂的一句，符合遊戲規則，像填字謎一樣，然後他就露出神秘的笑容。他要搞神秘很容易，他總是神神秘秘的。」

「你覺得他是什麼意思？」

「我記得電視上看過大衛·克拉克的故事，我每個星期都看。他戴了頂沅熊做的帽子，根本不會讓我想要從軍。所以我不知道他是什麼意思，我猜那時候聽不懂的是我。」

「只有伯伯，沒提到名字？」

「那時沒有。可是後來他們鬧他，說他那麼愛講開牧場的事，可是他的家鄉除了一家舊的糖廠以外什麼也沒有，他就說他的阿諾伯伯在他從軍以前就在牧場工作。」

「聽起來是同一個伯伯嗎？還是另一個？」

柯曼不說話，彷彿在回憶他自己的親戚，在腦子裡想他們是如何稱呼他們的。這個伯伯，那個伯伯，有差嗎？

最後他說：「我不知道。懷利是那種可以的話就會叫名字的人，標準的德州人，老派的禮貌。可是在字謎一樣的句子裡就不行了，因為句子必須很短，所以也許兩次都是阿諾伯伯，也可能不是。」

「再跟我說說他為什麼每過一天就更近一天。那個神秘的計畫。他的心情怎麼樣？感覺上是按部就班的計畫，不慌不忙呢，還是起伏很大？」

「好像兩個都不是。」柯曼說。「也像兩種都是。他總是很開心，可是後來變得更開心。一共只有兩個階段，他在上面，然後又更上一層樓。」

「幾時起了變化的？」

「大概是中途的時候，一年前。」

「發生了什麼事？」

「沒什麼值得說的。」

「有沒有印象？」

「可能很好笑。」

「我喜歡好笑。」

「我覺得他像是個在等消息的人，總是在期待會是好消息，後來終於等到了，而且果然就是好消息。」

「就像是在找一樣他知道在哪裡的東西，最後找到了？」

「就是這樣。」

在賈拉拉巴德已經快近午了，早餐早已收拾停當，午餐快上桌了。信差被叫回了又小又熱的房間，是這天的第二次。她已經送達了懷利的回覆，在黎明時分。胖子笑了，前後搖晃，高個子握緊了拳頭，像狼一般嚎叫。現在房間裡只有胖子，高個子的靠枕下凹，卻不見人影，他到別處了，非常忙碌，非常興奮。不應該這麼忙碌興奮的，她覺得，他不是說這件事不怎麼重要嗎。

安靜的蒼蠅飛過來，盤旋，分開。

胖子說：「坐下。」

信差看著高個子的靠枕。

她說：「我可以站著嗎？」

「隨便。我對妳的表現非常滿意，十全十美，不過妳受的訓練那麼優異，這也是理所當然的事。」

「謝謝。」她說。「我覺得我準備得很充分。」

「妳的德語夠用嗎？」

「我說得很少，只跟計程車司機說。」

「如果需要說得更多，夠用嗎？」

「我想是，因為我的訓練非常扎實。」

「妳願意再回漢堡嗎？」

她想到了照片和指紋和電腦紀錄。

她說：「你的智慧要我去哪裡我就去哪裡。」

「送貨方式已經計畫好了，可是我們一定得有個人去監督收貨。」

「我很榮幸。」

胖子說：「妳的強項是語言嗎？」

她說：「這該問我的師長。」

「訓練妳的人說妳有絕佳的記憶力，而且妳在數字方面很強。」

她不作聲。

她不想談數字。

還不想。

胖子說：「難道訓練妳的人說的不是實話？」

「他們很客氣，可是太誇獎我了，我根本就不懂什麼數字。」

「妳為什麼這麼說？」

她不回答。

「告訴我。」

「去漢堡之前你要我去蘇黎世，也是說德語的地方。去銀行，去匯錢給懷利。帶著數字，帳號和密碼，這樣我才能夠監督收貨。」

「妳是想拒絕？」

「我需要知道價格。」

「妳當然會知道，那是四個重要元素之一，我們的帳號，我們的密碼，金額，匯入帳號。有許多要記，我知道，可是交易其實是非常簡單直接的。」

「你們並不喜歡有人知道價格。」

胖子沒說話。

信差說：「我會被犧牲。」

「只要我們得到了我們要的東西就不會，這一次不一樣，如果交易成功了，妳永遠會是一部分，我們都是。我們會變成神話和傳奇，故事會一代又一代傳下去，價格就會變得非常划算，會得到大家的敬重擁戴，小女孩會扮成妳，她們會玩匯錢的遊戲，女孩子會知道她們也辦得到。」

信差不吭聲。

胖子說：「可如果交易失敗了，那麼，對，妳會被殺，無論妳去不去蘇黎世。妳已經摻和進來了，妳就是證人，所有的證人都得殺掉，否則的話我們的臉面就都丟光了，一億打了水漂？很明顯我們得要把它從記憶中抹乾淨，否則我們這個領袖就當不下去了，我們的骨頭會被吃乾抹淨。」

信差說：「一億？就是價格嗎？」

「背數字去。」胖子說。「今晚動身，祈禱妳會成功。」

在漢堡的懷利搭電梯下樓，走出了大廳，徒步走過圓環，經過了一棟大樓，再從兩棟樓之間的小巷走到住宅區的後面去，那邊不再是柏油路，而是舊的花崗岩，鵝卵石，以及保存下來的碼頭起重機。暗黑的水面上有新的天橋，柚木與鋼結構，優美地跨接兩岸的空地。懷利走上一條天橋，再接另一條，這條較寬也更長，一直通到大馬路，然後是公車站。懷利坐在公車亭裡等。來的第一輛不是他要的路線，第二輛才是。它會停在連鎖租車店的兩條街外，懷利上車；他很平靜，不再墜落了。現在是一連串簡單的機械式工作，送貨、收錢、飛行。到時九百平方哩就會等著他了，從外太空都看得見。

他露出微笑，在公車中的芸芸眾生中踽踽獨行。

小荷瑞斯．懷利。

想不到吧。

公車行駛路線的一哩外，穆勒和德瑞姆勒在糕餅店裡見面，裡頭有四張桌子，全都被一對一對的男人占滿了，就跟他們一樣，說是朋友也不算朋友，而是為了同一種主張而集結的，也許是買賣，也許是對沖，也許是保險，也許是投資，也許是租賃房屋，也許是翻修再賣。也許是為分崩離析的國家認同表態。

德瑞姆勒說：「這一次也要感謝你找出了李奇的下落。現在計畫已經成形了。」

穆勒說：「應該的。」

「他不可能整天待在飯店裡，一定會有出來的時候。隨時都會有肯定的報告進來。」

「好。」穆勒說。

「另一件事也成功了嗎？」

穆勒拿出懷利的畫像，攤在桌上。

德瑞姆勒說：「很難弄到嗎？」

「只需要一點文書作業，不過查不出頭緒的。」

「我沒見過這個人，他不是活動成員。」

「可是克拉博見過他不只一次。」

「那他就是去酒吧做買賣的。我會把畫像拿給我認識的人看，我們也許能查出姓名和地址來。」

「我們知道他的名字，他叫懷利。而且他沒有地址。我查過了，記得嗎？」

「我確定他買了新的身分，甚至還買了好幾個。這些傢伙一般做的第一件事就是這個。放心吧，我知道該問誰。」

尼利要藍德利打電話給紐奧良的辦公室，擬出要詢問懷利母親的問題，追查是否有前男友叫阿諾的，是否有前男友開牧場後來又從軍了，是否有前男友說過大衛．克拉克的故事。然後范德比爾特把她叫到一台喀喀響的電傳機前，她撕下了好長的一條紙，是她透過辛克萊和聯席會議調來的德國竊盜財物罪的冷案。在軍事設施或活動領域附近，在懷利服役期間。

案子可不少。

李奇說：「我們幾時會拿到懷利的調派令？」

「很快。」尼利說。「他們正在處理。」

案子有很多，形態各異，都沒有破案。有半夜三更的竊盜案，有持械闖入民宅搶劫，有打悶棍的，攔路行搶的，全都鎖定了現金流量大的當地店家，像是酒吧、賭場、脫衣舞夜店。地點都和軍事地圖吻合，因為錢就在那些地方，現金流量大的店家也在那裡。這類罪犯會從幾哩外趕來，不辭辛勞，就像海鷗尋找垃圾掩埋場。只有極少數是軍人，但仍會有害群之馬。

尼利說：「你看損失的金額。」

「全是狗屁，」李奇說，「是給保險公司看的。我們應該要減半。」

「即使如此，其中一兩項就能讓懷利有他需要的種子基金了。三、四項就能讓他提升到另一級了，我們的假設需要更新，他可能會有多個地點和主要的資源。」

「他要賣的東西是幾時偷的？」

「介於他找出地點和他最後一次九十六小時休假結束之前，介於那個十個月的期間。」

「為什麼沒有單位報告失竊？」

「那得看是什麼東西，得看檢查存貨數量的週期吧。說不定他們現在就在清點，說不定晚上就會有消息。」

「這種檢查有多徹底？」

「平均來說不是很徹底。」尼利說。「大多數只是清點人數，如果清單上有三個貨櫃，就數一、二、三，打個勾。」

「可是貨櫃可能是空的。」

「反正不是這樣就是那樣。不是沒清點，就是他瞞過了他們，只有這兩種可能。」

「不，我覺得還有第三種。」李奇說。「說不定他偷的東西根本不在清單上，說不定誰也不知道有這東西，所以不見了也不會有人發現。」

「比方說是什麼？」

「比方說我的褲子。」

「你的褲子怎樣？」

「妳喜歡嗎？」

「不就是褲子？」

「這是美國陸戰隊的卡其褲，一九六二年製造，一九六五年出貨，不知怎麼回事送到了馬里蘭的一間陸軍倉庫了，一放就放了三十年。沒有人清點，沒有人審核，壓根就沒登錄過。」

「你覺得有人剛花了一億買長褲？」

「未必是長褲。」

「襯衫？」

「是某個淹沒在倉庫後面的東西，所以是第三種可能。」

「像什麼？」尼利又問一次。

「我們在這裡的敵人是紅軍，我們有各式各樣的東西。而且會有人犯錯，要是有人會亂寄一捆鍋蓋頭長褲去給陸軍基地，就會有人亂寄別的東西到別的地方去。」

「好。」尼利說。「這是第三種可能。」

接著電話響了。

古利茲曼。

他說：「發生了一件怪事。」

29

李奇把電話轉擴音，七個人全都圍攏過來，古利茲曼說：「有個分局剛才接到一家連鎖租車站經理的電話，就在你們的飯店附近。有個說英語、口音像美國人的傢伙剛才租了一輛大貨車。雖然他只會說英語，身分證卻是德國的。接電話的是櫃台員工，可是經理坐在裡間，聽到了對話。他認出了客人的聲音，那人之前也租過車，就在不久前。後來經理查了電腦上的紀錄，看到那傢伙上次使用的是不同的姓名，他的身分證號完全不一樣。」

「這是幾時的事？」李奇問。

「二十分鐘前。」

「相貌呢？」

「不清楚，但可能是懷利。所以我才打電話來，我已經派了一輛車帶著畫像過去了，一兩分鐘後就會知道結果。」

「上一次也是德國姓名嗎？」

「對，不過跟這次不一樣。上次叫恩斯特，這次叫格伯哈特。」

「好，謝謝。」李奇說。「等租車公司的人看過了畫像，再打過來。」

他掛斷了電話。

辛克萊說：「這是最後階段了。從現在開始。貨車是要送貨的。」

「然後他就要兔脫了。」華特曼說。「他把備用證件都用上了，最後一張會用在機場。」

「二十分鐘。」藍德利說。「現在他可能已經離城十哩了，古利茲曼也不會有管轄權了，我們需要找聯邦幫忙。」

電話響了。

古利茲曼。

他說：「畫像確認了，租車的人是懷利。百分之百的把握。我已經發出全境通告，交通科會追蹤車牌，他們可以在城外向我們通報，這是很平常的業務。我們現在畫出了一個十五公里的半徑，幾乎可以肯定他是向南或東移動。除非他是要到丹麥或荷蘭去。主要的道路和高速公路都有我們的車，監視的人手絕對足夠。那是一輛很大的車輛，而且速度慢。」

「他使用的是哪裡的地址？」李奇問。

「是假地址。只是地上的一個洞，在城另一邊的新公寓。」

「還有嗎？」李奇說。

「租車公司的職員說懷利很在意裝貨地板的高度，而且他需要後車門是捲門式的，不是對開的，因為他說他打算要倒車，跟另一輛車接得越近越好，方便上貨。」

「謝了。」李奇說。

他掛斷了電話。

辛克萊說：「至少現在我們知道是什麼東西了，不是文件，不是情報。它需要一輛有捲門的大貨車。」

「方便倒車銜接另一輛類似的車輛。」尼利說。「為什麼？如果貨已經在卡車上了，為什麼還需要另一輛貨車？」

「說不定第一輛貨車是偷來的。」李奇說。「說不定他是擔心臨檢。」

尼利轉身翻閱電傳紙。德國發生的財物竊盜冷案，在懷利服役期間靠近軍事設施的。她以手指拂過淡灰色清單。

她的手指停住。

她說：「七個月前法蘭克福外圍一家小型家具店失竊了一輛有捲門的貨車，車牌號碼通知了當地警局，後來又通知了全國警察，可是車輛始終未尋獲。」

她的手指又動了起來。她舔了舔拇指，翻頁。

她說：「沒有了。很多車輛，但都不是捲門。」

李奇說：「他不假外出之前三個月的事。」

「他計畫很久了。」

「他是在偷貨車的同一晚去偷他要賣的東西嗎？」

「機率幾乎是百分之百。這麼一來地點就清楚了。要是他會擔心臨檢，他就會在附近偷車，開最短的距離，再去偷東西，再開最短的距離，盡快把貨車藏起來。可能是藏在穀倉裡。東西仍然在貨車裡。路線會是個三角形，既快速又集中。最少的里程數，最少的風險。我們可以鎖定一塊小區域，就在法蘭克福附近。」

「可後來他回單位了，待了三個月。為什麼？」

「他是在避風頭，等著看有什麼情況。就躲在別人的眼前，很聰明。我們會鎖定逃兵和外面的壞蛋，而不是在崗位上的大兵。可是失竊的東西沒有人注意到，也沒有引起騷動，什麼情況也沒有。所以他一確定，逮著下一個機會就離開了。他躲在漢堡，花了四個月才把東西賣掉，現在他要去拿貨了。」

「這樣的結論很籠統，」辛克萊說，「不是嗎？誰都有可能去偷送家具的貨車。」李奇說：「我們需要知道七個月前懷利在哪裡，我們需要他的調派令。」

「就快送來了。」尼利說。

說時遲那時快，電傳機響了起來。

懷利把新貨車駛回城中，車速緩慢，小心謹慎，在車流中一寸寸往前挪，不闖紅綠燈，隨時檢查後視鏡。他繞過內阿爾斯特湖，龜速穿過聖喬治，彎向西，朝他住的地方前進，但還沒到就左轉，隆隆駛過一條四四方方的金屬橋，進入舊船塢，這裡的碼頭對現代的貨船來說太小了，也就是說倉庫也太小了，所以租金低廉。

他停在一扇普普通通的綠色對開門前，跳下了駕駛座。對開門的頂端與下端都有掛鎖，中央還有鐵扣，也加了掛鎖。他有三把鑰匙。他把右邊的門打開，頂住，走進去打開了左邊的門，也頂住。

裡頭的空間大約是三十乘四十呎，十五呎高一點，很像是舒格蘭一棟漂亮郊區房屋的雙車庫，但是稍微腫大一點。右邊空著，左邊停著那輛家具卡車。七個月前他從法蘭克福開過來的，就在他偷車的同一晚。那一晚他也裝上了珍貴的貨物。其實他不必那麼急，因為他為了保險起見，換了車牌。他大可慢慢來，可是他想趕回他要去的地方，他想暫避風頭，而他差一點就來不及。卡車很舊，基本上是塊廢鐵。油料燈一路都亮著，引擎吵死人。他把車頭開進倉庫，車子已經奄奄一息，幸好沒在外頭拋錨。幸好不需要找拖吊車來，否則就難自圓其說了。他把引擎關掉，車子就再也沒發動過了。死透了，所以他只好再租輛車。他把貨車停在家具車旁，關上了綠門，再把掛鎖鎖好，然後是中間的鐵扣，再把鑰匙丟進口袋裡。他穿過了舊的鐵天橋到另一個碼頭去，再度過新的柚木與鋼結構天橋，從一處碼頭到另一處碼頭，再到他公寓的後方，走在兩幢建築之間，再經過一棟樓，到他的公寓大廳，搭上他的電梯，走向他的公寓門。

穆勒關上了辦公室門，用桌上電話撥給德瑞姆勒，說：「畫像上的那個人開貨車出城了，我們剛收到古利茲曼那邊的協助要求。我們針對車牌發出了全境通告，十五公里的範圍，必要的話會發布全國通告。」

「他在送貨。」德瑞姆勒說。「我們錯過了。」

「不，貨車是空的，他才剛從租車店開走。」

「那麼他就是到哪裡去載貨。這下可就更有趣了。隨時通知我情況，我一定要第一個知道。」

「好。」

「恐怕另一件事沒成功。」

「李奇？」

「他先算到了。他還帶了人，反倒突襲了我們的伏兵，我的人說一共有十二個人，都帶著軍隊的武器。加上他自己，我的人一點機會也沒有。」

懷利在卡車被偷那晚正好輪到九十六小時的休假，去處不詳。他的調派令上頭一條就這麼寫著。他休假前的駐地就是原先的軍營，就在那間家具店東北邊幾哩。不會太遠，李奇心想。幾十哩，不是幾百哩。他知道那一區，他去過許多次。範圍不是很大，就像舒格蘭到休士頓，坐公車就能抵達。

從調派令可以看出懷利抵達德國後，在交戰區的前進位置和後方的維護基地之間來來回回調動，剛好就在法蘭克福的東北方。另外也參加例行的自願小隊到西邊三十哩的倉庫，之前是補給站，那時變成了堆積廢棄物的垃圾場。懷利單位的人可以自願去拆除除役機器的零件，執行官管這個叫戰場維修的實地訓練，其實就是去搜刮再生輪胎，讓他的單位能夠蹣跚行動，李奇也承認這種說法比較好聽，可是這種任務並不受歡迎，只能強迫士兵自願。有四次機會，誰也不肯多自願一次。

只有懷利例外。

懷利自願了三次。

頭三次。

第四次卻不是。

尼利說：「顯然他就是在那裡看見的，無論是什麼。在倉庫裡。一定是。搞不好是第一次，他東翻西找；第二次就找到了。第三次他做了計畫，然後偷出來，在七個月前。也就是說他不需要再去第四次，那時那玩意已經不在那兒了，早被他弄到手了。」

「根據妳的說法，東西就藏在附近，我們需要確認，我們需要有人監視公路。四個人帶著望遠鏡，組成一視覺陷阱。說不定是在漢諾威南邊的高速公路上，他不可能超過那裡。」

李奇打給古利茲曼，他說會處理。

辛克萊說：「他很幫忙。」

李奇說：「目前是。」

「你勒索他了嗎？」

「我說我不會，可是我不確定他信了沒，所以我猜多少算是吧，反正結果一樣。」

「希望能持續下去。」

「不可能。」李奇說。「古利茲曼只要再遇上一個大麻煩就會丟下我們。」

「還有更大的麻煩嗎？」

「他還不知道情況有多糟。」

「我們應該告訴他嗎？」辛克萊說。「我們應該要正式請求協助嗎？」

懷特說：「那會是政治災難，會反射出我們的弱點。俄羅斯差不多就在隔壁，我們不能讓家醜外揚。」

華特曼說：「再說也太遲了，要等德國人反應至少得半天，要讓他們了解內情得花上一整天，甚至更長的時間，因為他們都還沒熱身，也就是說懷利會領先三十六小時，到那時他早不知道跑到哪裡去了，現在的德國是個很大的國家。」

德瑞姆勒的辦公室在他自己擁有的一棟大樓的四樓。他搭電梯下去，電梯是一九五〇年代的原裝品，可靠，卻遲緩，到大廳要二十秒。而德瑞姆勒利用這二十秒進口並且賣出了三十三雙巴西皮鞋，這數字令人安慰。一週就有一百萬雙，一年就超過五千萬雙。

他離開了大樓，走在微弱的中午陽光下，過了一條街、兩條街、三條街，到有光亮木門面的酒吧。從前這時間就午休大家都認為太早了，可是酒吧總是坐滿了人，因為新的彈性工時讓大家可以隨自己所願選擇午休時間，因此酒吧就像開流水席一樣，總是應接不暇。

德瑞姆勒從人叢中擠過，不時點頭招呼，最後看見沃夫岡．舒洛帕坐在吧台的高凳上，他那副尊榮可真稱不上賞心悅目，黑髮，黑眸，瘦削的黑臉，簡直就像一隻發抖的狗。不過他很管用，而且還會更管用。德瑞姆勒擠到他旁邊，肩膀先插進去，背對著房間，說：「生意如何啊，舒洛帕先生？」

舒洛帕說：「你要什麼？」

「情報。」德瑞姆勒說。「為了理念，新德國就靠它了。」

繫著厚重帆布圍裙的酒保過來，德瑞姆勒點了一公升啤酒。

舒洛帕說：「什麼樣的情報？」

「你幫一個美國人做了張駕照，可能還有護照。」

「慢著，我不做東西。」

「好吧，你把顧客的訂單交給了你的柏林的合夥人，是他們做的。你只不過是留下一半的錢罷了。」

「那又怎樣？」

德瑞姆勒再向裡插，爭取了更多空間，這才拿出畫像，在吧台上撫平。

他說：「這傢伙。」

貓王頭，高額頭，高顴骨，眼窩深陷。

舒洛帕說：「我不記得他。」

「我覺得你記得。」

「幹嘛？」

「對理念很重要。」

「幹嘛？」

「這個人弄了個什麼名字？」

「你幹嘛要知道？」

「我們想找到他。」

舒洛帕說：「你明知道我不能說，我說了以後還怎麼做生意？還會有誰信我？」

「這一次是例外，不會有人知道。這傢伙早就惹上麻煩了，可是我們想先找到他，現在他正開著一輛空貨車到某個地方去，去裝貨，可能是很重的一批貨，從貨車的大小來看，可能是武器，可能是納粹藏在鹽礦裡的黃金。」

「所以你想要。」

「是為了我們，為了理念。拿到手對我們有莫大的好處。」

舒洛帕不吭聲。

德瑞姆勒說：「當然，找到的人會有車馬費，或是諮商協定，或是乾脆就說是佣金。」

舒洛帕說：「我可是在冒險。這一行就跟當神父一樣，大家都了解我不會多嘴多舌。」

「風險的大小當然會反映在車馬費上。」

舒洛帕看著畫像。

他說：「我大概記得他，我接過一大堆美國人的生意，這個人好像選了三組姓名，頭兩組是身分證跟一張駕照，第三組應該是護照。」

「叫什麼名字？」

「都幾個月了，我得查一查。」

「你不記得？」

「我每天要聽幾百個名字。」

「你幾時能查到？」

「等我回家。」

「馬上打電話給我，好嗎？這事非常重要，為了理念。」

「好。」舒洛帕說。

德瑞姆勒滿意地點頭，怎麼來的就怎麼走，只是這一次是用另一邊肩膀頂，穿過人叢，一邊點頭招呼，穿過敞開的大門走入微弱的中午陽光下。

剛才幫他送上一公升啤酒的酒保拿起了電話。

領事館房間裡的電話響了。范德比爾特接起來，交給李奇，是歐洛茲科。他說：「我們有麻煩了嗎？」

「還沒有。」李奇說。「我們認為懷利的目標是法蘭克福，他在七個月前在基地附近的倉庫偷了東西，藏了起來，現在他正要去那裡拿。」

「我們在法蘭克福有很多人手。」

「我知道。」李奇說。「需要的話我會打電話給他們。」

「我剛問完比利．巴伯跟吉米．李，他們兩個還留了一手。原來他們賣了把九釐米手槍給懷利，所以記住了，他有武器。」

懷利的電話響了，他在廚房接。他立刻從背景的噪音知道是哪裡打來的，那個和氣的酒保，而出手大方則讓他更加和氣，數額可以說是小費，也可以說是賄賂。再加上一疊以防萬一的鈔票。請他示警，或是收錢的人覺得付錢的人會感興趣的情報。這道理放諸四海皆準，雖然沒有擺明了講，大家卻心知肚明。

酒保說：「沃夫岡．舒洛帕要把你出賣給德瑞姆勒。」

懷利說：「賣多少？」

「百分之十，德瑞姆勒說你是要去找納粹的黃金。」

「我是要去上廁所。」

「等舒洛帕到家，你就沒時間了。」

領事館的電話又響了，藍德利接起來，交給尼利，她再交給李奇。是古利茲曼。他說：「我們的交通科要在漢諾威那麼遠的地方行動需要極詳盡的資料，要是你直接給他們詳細的說明，可以省大家夥的時間，最好是正確無誤的說明。我已經照會他們的副隊長了，他在等你的電話，我把號碼給你，他姓穆勒。」

「好。」李奇說。「還有嗎？」

「沒了，祝你們好運。」

「謝謝。」

李奇掛斷電話，再拿起來撥打。

穆勒辦公桌上的電話響了。他關上門，坐下來接。是美國人的聲音說：「穆勒副隊長嗎？」

穆勒說：「我就是。」

「我叫李奇，我相信古利茲曼偵緝隊長說過我會打來。」

穆勒挪動了一份檔案，找到了一疊便條紙，拿起了鉛筆，寫下日期、時間、來電者。他說：「你顯然想要監視漢諾威南部的高速公路。」

「你有車牌號碼，我需要知道那輛車是否從本地前往法蘭克福區。」

「你究竟是要我們做什麼？」

「監視路肩的車輛，橋上的車輛。兩個人一組，就像一般的測速車，不過要帶著望遠鏡，而不是雷達測速槍。」

「我們沒有這類的經驗，李奇先生，高速公路沒有速限。」

「不過你已經懂了我的意思。」

「我看過美國電視。」穆勒在便條紙上寫下要旨。

李奇說：「通訊必須即時，我這邊需要時間安排。」

穆勒說：「你知道他要去哪裡嗎？」

「不確定。」

「等你們確定之後請通知我，我可以調派人手。」

「謝謝，我會的。」

穆勒掛上電話，撕下了便條紙，撕成兩片、四片、八片、十六片，好像彩紙，然後丟進了垃圾桶。李奇可以說兩人通過電話，可是穆勒會說對方最後臨時打消念頭，所以取消了剛剛敲定的協議，反正無法證明，道地的各執一詞，而警察總是贏家。

他撥給德瑞姆勒。

他說：「信不信由你，剛才李奇打電話來，古利茲曼把問題丟給了我。李奇認為懷利要去法蘭克福，他答應等他確認之後就會把正確的地點告訴我。」

「太好了。」

「你拿到他的新名字了嗎？」

「馬上就會送過來。」

沃夫岡．舒洛帕吃飽喝足之後就離開了酒吧，走了兩條巷子，坐上公車，在距離他家一條巷子的地方下車，再左轉兩次，就來到了一棟戰前的石屋公寓。他住在頂樓，公寓的年代久遠，沒有電梯，可是房價倒滿高的。長久以來就有謠傳，說是大戰轟炸之後這一整排的房屋都維修不當，可是工程師的報告卻恰恰相反，所以房價在一夕之間翻倍。舒洛帕幸好搬來得早，多虧了他在酒吧裡聽到了一段話，他背後的兩名市府官員在聊小道消息。

他走上樓梯，穿過二樓大廳，再向上爬，再向上。

懷利聽見他過來。他倚著牆，躲在消防栓箱和熱水立管之間的陰影中，手中持槍，他的貝瑞塔M9，陸軍的剩餘物資，跟兩個傻蛋買的，他們也是從供應商那裡偷的，交易就在大嘴巴的舒洛帕先生做買賣的同一家酒吧完成的。

舒洛帕從頂樓樓梯上來，弓著背開鎖。懷利從陰影中現身，把他推進房間，槍藏在背後，踢上了門，推著他走過走廊，進了寬敞的客廳，客廳的裝潢是都會風，灰色磚牆，沒上漆。舒洛帕絆了一跤，跌在黑色皮沙發上，無助地躺在那兒。

懷利矗立在他面前，手槍瞄準了他的臉。

他說：「我聽說你要出賣我，沃夫岡。」

「哪有。」舒洛帕說。「我才不會做那種事，不然我還怎麼做生意？」

「你答應德瑞姆勒了。」

「我是要亂編一個名字，讓他瞎找去。」

「你這裡有紀錄？」

「都是密碼。」

「既然要亂編名字，幹嘛不就在酒吧裡編？何必還回來查紀錄？」

「是德瑞姆勒跟你說的嗎？」

「誰說的不重要。你想出賣我，你回來查紀錄，德瑞姆勒叫你立刻打電話給他，因為對理念很重要。」

「才不是，根本是胡說八道。我怎麼會呢？我要是做了，以後誰會信我？」

「你為什麼沒在酒吧裡編個名字？」

舒洛帕沒吭聲。

懷利說：「把紀錄拿給我。」

舒洛帕掙扎著站起來，兩人又上了走廊，這次比較慢，舒洛帕的背一路被手槍頂著，兩人來到一個充當辦公室的小房間。

舒洛帕指著一個高架子。

他說：「紅色檔案夾。」

跟三環公文夾差不多，只是多了一環。事前打好孔洞的紙張上頭寫滿了一排排的密碼，個別欄位上寫著沒有意義的非文字，可能是舊姓名、新姓名、護照、駕照、身分證。

懷利說：「哪一個是我的？」

「我不會出賣你的。」

「那你為什麼沒在酒吧裡編個名字？」

「德瑞姆勒完全搞錯了，兄弟。他以為你現在開著貨車深入德國，在找納粹的黃金。可是你顯然沒有，所以他猜錯了，也就是說他別的事情也都想錯了。這樣很合理吧？所以幹嘛聽他的？」

「我沒聽他的。」懷利說。「我聽的是酒保的。德瑞姆勒問你，而你回答了。你說要出賣我，如果你不願意，你就會當場捏造一個假名字。好吧，也許你愣了一會兒，可是一分鐘之後你就會想通，說，對，我想起來了，他說他姓舒密德之類的，可是你沒有。」

「他嚇到我了，他是個很麻煩的人。好吧，我是打算告訴他，可後來我又改變主意了。」

「在你看到我的時候？」

「不是，是之前。」

「我不相信。」

「我總不會拿自己的生意開玩笑吧？」

「德瑞姆勒說他會補償你的風險。」

「我發誓，兄弟，你錯了。我改變主意了，我不會說出去的。」

斬草不除根，春風吹又生。

豁出去了。

懷利說：「小心駛得萬年船，老兄。」

他換手持槍，動作快速流暢，反手以槍托狠砸舒洛帕的太陽穴。他不想開槍打他。不能在這裡，聲音太大。他又打他，這次是正手，打他另一邊的太陽穴，那傢伙的腦袋像拼布娃娃一樣搖晃。等他的頭靜止之後，懷利再出手，由上往下重擊他的頭頂，像在揮斧頭或錘子。舒洛帕跪了下來。懷利又打他。舒洛帕向前一撲，面朝下趴地。懷利彎下腰來繼續打，一次、兩次、三次、四次。

骨頭碎裂，血液飛濺。

懷利停下來，吸口氣。

他檢查舒洛帕的頸子脈搏。

沒有動靜。

他等了整整一分鐘，為了確定。仍然沒有跳動。於是他用舒洛帕的襯衫把槍擦乾淨，拿起紅檔案夾，離開了。

30

李奇靜靜坐在領事館房間一角，等著電話響，很好奇會是誰先打來，不是紐奧良就是交通科的穆勒副隊長，就像在等龜速賽跑的贏家。他想像著三角洲上方出現魚肚白，慢條斯理，當地的聯邦調查局探員醒過來，吃早餐，不疾不徐，然後才出門，這時過程可能會稍微加快。假設他們和懷利的母親見面是今天的第一件任務，因為華特曼和藍德利催得太緊。可能是早上八點，因為靠福利金生活的人不會想惹惱政府。那邊廂路易斯安那州的步調悠然，這邊廂五千哩之外的德國，懷利的貨車卻在奔馳，時速說不定是六十哩，逐漸接近漢諾威，再繞過去，再把漢諾威拋在後面，風馳電掣向南邊而去，誰會先到？

電話響了。

既不是紐奧良也不是穆勒副隊長。

是古利茲曼。

他說：「我有個大問題。」

李奇說：「哪一種？」

「舊城發生了命案，一個矮子的頭被打爆了，命案剛發生，有個鄰居聽見了聲音，我覺得必須把所有的人手都派過去，至少是今天。我真的沒辦法，所以非常抱歉，朋友，可是我不得不暫停我們的協助了。」

「而你在想我會有什麼反應。」

古利茲曼頓了頓。

「不是，」他說，「我相信你的話。」

李奇說：「祝你順利破案。」

「謝謝。」

李奇掛上電話。辛克萊以表情詢問，李奇說：「我們現在只能靠自己了。」

「因為你是個紳士。」

「我們還有時間。」

「信差現在可能已經到蘇黎世了。」

「無所謂，這邊的事才重要。貨車裡裝的東西不會像錢一樣流動，不會在眨眼之間就神秘消失，那是實體，所以又慢又沉重又吵又顯眼。」

「只是穆勒沒看見。」

「還沒看見。」

「你要等多少時間？」

「兩個小時吧。」

「然後呢？」

「我會推斷懷利並沒有去法蘭克福。」

電話又響了。

這次是紐奧良的聯邦調查局，就在懷利母親住的一房小屋外頭，從車裡打來的。兩名探員，一男一女，即時報告，一如他們的要求，他們照著列出的問題詢問，阿諾這個名字，從軍的牧場主，以及大衛·克拉克迷，結果是同一個人。全名是阿諾·彼得·梅森，在德州阿馬里久出生長大，小時候在牧場幹活，二十歲就加入了陸軍，然後跟懷利的母親在德州舒格蘭同居六年，大約是荷瑞斯·懷利十歲到十六歲期間，而且荷瑞斯確實叫他阿諾伯伯，他比懷利的母親之前交往的男人年長，生性沉默，心中藏著秘密，但一開始他是個很負責任的男人，更多的細節隨後會送上。

藍德利、范德比爾特、尼利都各自將這個姓名輸入到他們的系統中。阿諾·彼得·梅森。藍德利找不出什麼重要消息，范德比爾特也是。尼利在空降兵中找到了一個服役二十年的士官。無獎敘，也無懲處。在德國許多時間，可回溯到仍是混沌時期。

根據社會安全的主機，他仍健在，六十五歲。根據國家稅務局的紀錄，他仍在工作，薪資不高，而且一年比一年縮水。可能是打零工或是勞動活，尚未退休就體力下降了。

國務院的紀錄說他有護照。

美國境內無地址。

國稅局說他的報稅單是從海外寄出的。

中情局的紀錄是他仍住在德國。

柏林領事館上的紀錄說他登記的是退役軍人、美國公民，住在不來梅附近的一個小村莊中，距離漢堡只有一小時的路程。

李奇說：「他們是共犯嗎？他們兩個人一起計畫的？」

尼利說：「說不定第一輛貨車就藏在那裡，在阿諾伯伯家，而不是法蘭克福。」

「那何必現在再偷一輛？」

「可能是阿諾伯伯把輪胎弄壞了。」

「也可能是他們要平分貨品，如果是共犯，也許一億兩個人各拿一半。」

「等等。」懷特說。「你們看這個。阿諾伯伯在德國將近二十年，從懷利十六歲開始，那他可還真沉得住氣啊。」

「還有這個。」范德比爾特說。

領事館的紀錄上還有那名非美國公民的眷屬。

藍德利說：「我敢打賭是他的老婆孩子。」

忽然，電話響了。是紐奧良聯邦調查局，直接從車上打來的，有非常重要的更新資訊。懷利太太在和阿諾．梅森共度六年相較快樂的生活之後，把他踢了出去，因為她意外發現他在德國有妻子，以及一個兒子，男孩有生理缺陷。懷利太太雖然不怎麼挑剔，可也是有她的標準的。

懷利是個實際的人，所以他用洗碗機洗了槍。為什麼不呢？M9是軍事用途的手槍，設計之初就能夠承受鹽水淹浸。他選擇洗鍋以及全乾燥模式，然後他把零件拆下來上油，再組裝回去，就跟新的一樣。

他把噴上了血的衣服揉成一團，跟紅色檔案夾一起丟進了廚房垃圾桶，這是經過深思熟慮的決定。他的直覺是拿出去丟在街上的垃圾桶裡，不能太近，也不能太遠，誰也不喜歡手上拿著可疑的物件走一段長路，而且理論上警方會緊迫盯人，理論上他們會去翻街上的垃圾桶，所以何必要讓他們在地圖上畫個圓，查出你的住處呢？最好就丟在廚房裡。房東在一個月後才會看到，到時也無所謂了。

懷利拿起電話，打給旅行社，接電話的人是幫他訂蘇黎世機票的同一個女生，她的英語很流利，她知道他喜歡靠窗的位子，她有他那本閃亮的新護照上的所有資料。

穆勒沒打電話來，誰也不意外，推論從法蘭克福變成了不來梅，阿諾伯伯的家。畢夏拿了張中情局的地圖來，攤在桌上。領事館列出的地址是蓋勒伯包恩霍夫，是名稱而不是街道號碼，所以可能是鄉間，可能是農場。李奇想像著穀倉車庫、戶外建築，一堆堆的廢棄輪胎。躲藏的地方。

他說：「我們需要一輛車。」

畢夏說：「你需要計畫。」

電傳機動了起來。

「阿諾伯伯的服役紀錄。」尼利說。

李奇說：「計畫是尼利上士跟我會負責監視，並且蒐集情報。」

「不行。」畢夏說。「中情局和國安會必須有代表。辛克萊博士跟我跟你們一起去，而且規則是不准接觸，只能觀察，這是底線。法律上，這是很複雜的情況。」

「帶著武器。」李奇說。「懷利有武裝。如果是農場，他們會有獵槍。」

「我說了只能觀察。」

「還是帶著。」

懷特說：「你們得把伊朗人弄出來，你們的意思是一個小時後可能會有槍戰，只要槍聲一響，他們的交易就破局了，伊朗人也會送命，要是你們把他丟在那裡，他就等於是你們殺的。」

畢夏一言不發。

電話響了。

古利茲曼。

他說：「你相信巧合嗎？」

李奇說：「有時候。」

「我們的命案被害人是黑摩．克拉博那家酒吧的常客，他在那裡做生意。當然每個人都說謊，可是我覺得他就是那個賣身分證的人。」

「為什麼？」

「竊竊私語，從那些有所隱瞞的人那兒傳出來的。」

「鎖定嫌犯了嗎？」

「有人在預防或是報復被出賣。」

「有人被出賣了嗎？」

「沒。」

「那就是預防了。」

「被害人的公寓裡找不到手寫的紀錄，不過呢，有一架排列整齊的檔案夾裡少了一份。」

「任務完成了。」李奇說。

接著他說：「所以還滿諷刺的。」

古利茲曼說：「怎麼說？」

「這是拿捏時間的問題。你買了身分證，決定要殺掉供貨人，刪除他的紀錄，以免將來被出賣，可是該在何時動手？問題就在這裡，新客戶會在取貨之後立刻冒這個風險嗎？還是舊客戶因為壓力太大，計畫終於開始執行了，所以已經有點在失控邊緣了？」

「我不知道。」

「我也一樣。不過我猜機會各一半。」

「你覺得是懷利。」

「不，很多壓力過大的舊客戶都有可能，而且我覺得懷利那時正開著一輛貨車。可是你是個負責盡職的警察，你會把他列入嫌犯名單，不列也不行，也就是說你的短期協助又要恢復了。」

「我還以為你放棄了呢。」

「放棄什麼？」

「開貨車，穆勒跟我說你取消了要求。」

「幾時？」

「我一個小時前跟他說過話。」

「不是，我是說我幾時取消的？」

「他說你們討論了一會兒，然後你忽然就改變主意了。」

「我最後一句話說的是我不知道懷利確切的去處，他說等我知道了就通知他。可能是我誤會了，他可能是在等我打電話過去，他也可能根本就沒有行動。」

「他說是你叫停了。」

「那就是他誤會了，不是我。」

「同意，他的英語不是很好。」

畢夏在房間另一頭喊：「車子來了。」

31

畢夏的中情局公務車跟歐洛茲科的憲兵車是同一款的，藍色歐寶，而且在每個小地方都一模一樣，只是車裡沒有防彈屏風。畢夏開車，辛克萊坐前座，李奇和尼利坐後面。尼利很舒服，李奇就慘了。車流順暢，天空灰濛濛的。

尼利大聲讀出電傳機傳來的阿諾·梅森的服役紀錄。他在二十歲入伍，一九五一年，被派到德國，而不是韓國，待了二十年，期間曾回美國受訓和演習。他從頭到尾都待在空降部隊，針對蘇聯衝突接受訓練，分發的單位雖然不是精英部隊，也相當不錯。他在四十歲時榮退，官階是上士，那時是一九七一年。

辛克萊說：「在此之前他娶了一個德國女孩，生了一個兒子。離開了他們六年，又在二十年前回來。可是懷利仍跟他有感情，真是詭異的關係。」

這時車外的風景已是一片農家風情，平平坦坦，就在城市的外圍。農田和菜園一樣整齊，而且也沒大多少。每條路每條街都有名稱，字母都是哥德體，白底黑字。他們經過的村莊非常小，幾乎就只是聚集在彎曲的十字路口的幾戶人家。到處都有穀倉和窩棚，卻比李奇想像中的小，數量也少，跟他想像的畫面不符。沒那麼隱密，而且更有秩序，乾淨整潔，人口不多，規格卻一致，每家每戶都差相彷彿。

畢夏說：「地圖上再兩個點就到了。」

再兩個點比先前的村子要稍大一些，也較密集一些。他們看到了阿諾．梅森的住家路名，就在村子中心的一處五條馬路交會口。馬路繞回西北方，和不來梅是反方向。道路的兩邊都是手帕大小的農莊，整潔的小房子矗立在整整齊齊的幾畝地上。有棚屋，卻沒有穀倉。

每間農場都有名稱，都很低調，顯然都是主人自己命名的，透露了一定的驕傲。李奇盯著蓋勒伯包恩霍夫，驀地醒悟，它是德語「黃色農場」的意思。黃色的西班牙語是Amarillo，正好是阿諾．梅森的出生地，德州的阿馬里久。這傢伙用他的出生地來為自己的農場命名。

他們發現了農場在右手邊的第五位。車輛的行進速度很慢，為了要看清每一個名字。所以他們仔仔細細地看了一遍，卻沒有什麼可看的。可能四畝地，田壟極其整齊，種著深綠色的植物，可能是包心菜，還有一棟整潔的小屋，一間整潔的獨立小車庫，一處整潔的獨立小棚屋，間距稍微大一些。就這樣。車庫容納得下一輛賓士旅行車，棚屋能容納一輛小牽引機或是小農耕機，卻都藏不住一輛偷來的家具貨車。

畢夏在一哩外停下車子。

李奇說：「我應該回去敲門。」

辛克萊說：「太冒險了。」

「懷利不在那兒，沒有新貨車，也沒有舊貨車。」

「但也不能證明阿諾伯伯沒有涉案。」

「他不會二話不說就開槍打我的，他會裝傻，他會狡辯，想辦法脫身。有必要的話，我不會動他，我同意，不過如果看見貨車，那就另當別論了。」

「懷利可能會剛好趕過來。」

「是有這個可能，可是機會不大。萬一真發生了，我相信尼利上士會想出點子來的。」

「我們應該一起去。」

「我沒意見。」李奇說。

畢夏一言不發。

「阿諾．梅森是美國公民。」辛克萊說。「你是領事館的人，你有權跟他聯繫。」

畢夏說：「我們不能冒險把這件事辦砸了。」

「只要有一點點麻煩的徵兆，我們就撤退。」

「別站得太靠近了。」李奇說。「起碼一開始不要，等我們確定再說。」

畢夏在狹窄的路上迴轉。

蓋勒伯包恩霍夫是一片寬一百碼深兩百碼的土地，就像美國的高檔郊區。但絕對是一處農場，儘管規模迷你。這裡完全看不見黃色。天空是灰的，土壤是褐色的，包心菜是陸軍綠。畢夏轉入車道，車道是土路，用手辛苦挖出來的彎道。藍色大歐寶滋滋輾過，車庫就在前方。房子在左邊，距離馬路大約八十碼。

畢夏向前駛，沒有動靜。他停在一條岔出車道、通往屋子的小徑前，距離二十碼，仍然沒有動靜。

說時遲那時快，屋裡出來了一個男人。

他沒關前門，走了兩級台階，立在小徑上看。他大約和李奇同齡，可能是三十五歲，個子高，腰板直，金色頭髮，穿了件直筒灰毛衣，直筒灰長褲。光著腳。

李奇緩緩下車，向前一步，小徑上的人只是冷眼旁觀。又一步，沒反應。所以李奇就繼續前進，一次邁一步，最後跟那人面對面，像是推銷員或是需要建議的鄰居。

李奇說：「我要找阿諾．彼得．梅森。」

那人不作聲，一點反應都沒有，好像沒想到。他看著李奇的肩後不遠處，那裡除了包心菜之外什麼也沒有。

李奇說：「梅森先生？」

那人看著他。藍眼珠，呆呆的，毫無動靜。燈是亮著，但沒有人在家。是那個有生理缺陷的兒子，跟懷利同齡，跟那個名義上的姪子是同一個世代的人。三十五歲，卻無法獨立自主。

李奇一手指著屋子，另一手做了個要攬住他肩頭的動作，說：「我們兩個進去吧。」

那人有一會兒毫無反應，但忽然就轉身，輕快地往屋裡走，光腳啪啪響，他靠著敞開的門，捶打牆壁，大喊：「穆提！」

接著向後站，等待著。

一個婦人走了出來，嬌小整齊，褪色的金髮剪短，年約六十五歲。臉孔慈祥，已見風霜，卻仍漂亮。她向李奇微笑，好似在說她確定他能了解，然後她轉身，謝謝兒子，捏捏他的雙手，拍他的肩膀，撫摸他的一邊臉頰，叫他進去。

這才走向李奇等待的地方，看著他一秒，說：「你是部隊來的？」

她說英語，帶著口音，卻沒有遲疑。

李奇說：「妳怎麼知道？」

「阿諾說你們會來。」

「是嗎？」

「不過他以為會來得比較早。」

「我是李奇少校。」

「我是梅森太太。」

「阿諾在家嗎？」

「當然。」

其他人也都下車，跟著李奇和婦人進屋。房子的內部雖小卻明亮舒適，漆上白色，貼著小樹枝圖案的壁紙。婦人把李奇帶到裡間的客廳，她往裡走，李奇尾隨。她穿過房間，彎下腰，擁抱一個坐在輪椅上的男人，用親吻叫醒他，說：「達令，這位是部隊來的李奇少校。」

阿諾・梅森。青少年時在牧場打工，後來成了步兵，然後成了兩個家庭的男主人。現在癱倒在輪椅上，身體歪斜，一隻眼睛看，另一隻閉著。

李奇說：「午安，梅森先生。」

他不回答。他六十五歲，樣子卻像九十五歲。他沒有力氣，眼睛無神。李奇看著婦人，說：「梅森太太，我們能談一談嗎？」

他們回到門廳。畢夏和辛克萊自我介紹，說是公務員。李奇問：「他怎麼了？」

婦人說：「你們不知道？」

「我們不知道。」

「他腦子裡長了東西。」

「腫瘤嗎？」

「很難記的一個名稱，我聽不懂。反正在壓迫他的大腦，先是一部分，再來是另一部分，一天比一天壞。」

「很遺憾。」

「他知道你們會這麼說。」

李奇說：「這是幾時開始的？」

「一年半前。」

「他會說話嗎？」

「一點點。他的一邊身體動不了，所以說起話來怪怪的，可是他並不覺得難過，他從來就話不多，再說他現在什麼也不記得了。」

「這就麻煩了，我們有些話想問他。」

「我還以為你們是來幫他的。」

「為什麼？」

「他說如果他生病了，軍隊一定會有人來。」

「軍方幫他治療過嗎？」

「沒有。」

「他的記憶有多差？」

「零零星星的，可是大多數時候都很差。」

「他很快就會累嗎？」

「幾個問題之後他就會迷糊。」

李奇說：「妳能到外面等嗎？」

「他做錯了什麼嗎？」

「我們要問的是他退伍之後的那段時間，他不在這裡的那六年，他可能不想讓妳聽見他的回答，我不能不考慮他的隱私。」

婦人說：「德州舒格蘭的那位懷利太太的事我都知道，你們是為這個來的？」

「她的兒子。」李奇說。

他們回到客廳。梅森仍醒著，而且比剛才神志清楚，他單眼轉了轉，一手動了動，表示聽見了來人的自我介紹。他的妻子蹲在他的輪椅後面，摟著他的肩膀，彷彿是在叫他放心。李奇蹲在他面前，讓兩人的視線等高。

李奇說：「梅森先生，你還記得荷瑞斯．懷利嗎？」

梅森閉上眼睛，過了一會兒才又睜開，眼神遙遠，充滿了淚光。他能動的半張臉極艱難地動作，說：「叫我阿諾。」

他的聲音遲緩虛弱，半張嘴不能動彈，但是說出口的話還是能讓人聽懂。

李奇說：「阿諾，告訴我荷瑞斯．懷利的事。」

梅森又閉上了眼睛，這次時間較久，彷彿在跟心裡的人商量，接著他睜開眼睛，露出了似笑非笑的表情，說：「我以前都叫他霍爾斯，兩個名字德州人念起來都一樣。」

「你上一次有他的消息是在什麼時候？」

停頓。

梅森說：「我好像從來都沒有過他的消息，從我離開之後。」

「你跟他說過大衛．克拉克的故事嗎？」

停頓更長。

更長。

梅森說：「我不記得有。」

「他說他從軍是因為你跟他說的大衛・克拉克的故事。」

「霍爾斯當兵了？哈，想不到。」

「那故事呢？」

「我不記得有。」

「你確定？」

「可能是那孩子看的電視吧。」

「就這樣？」

「我應該沒說過故事，那時沒有，大家都說我的話不多。」

說完他閉上了眼睛，下巴抵著胸膛。他太太把他的頭擺得舒服一點，再費力站起來，說：「他睡著了，他今天說的話已經比平常都要多了。」

一行人魚貫走向貼著小樹枝壁紙的門廳。婦人說：「你們能幫他嗎？」

畢夏說：「我們會跟退伍軍人管理局聯繫。」

李奇說：「他有沒有跟妳說過大衛・克拉克的故事？」

婦人說：「沒有。」

辛克萊說：「妳的兒子還好嗎？」

「他的身體很好，謝謝。有點遲鈍，現在還像個七歲大的孩子，可是他很安靜，不吵鬧。我們還是非常幸運的，可是阿諾責怪自己，所以他退伍後才會跑到德州去。那麼多年前的事了，他逃走了，他沒辦法每天面對這種事，因為他覺得都是他的錯。」

「為什麼？」

「這是遺傳的，不是他就是我，他說是他。老實說，可能是我們兩個，可是他一直說是他。可是他最後還是回來了，事情過了也就算了，他做得很好，可是他還是怪自己，現在他又擔心我們將來怎麼辦。」

四人回到車上，掉頭離開。李奇說：「你們相信他嗎？」

「相信什麼？」辛克萊說。「他什麼也記不得。」

「你們相信他什麼也記不得嗎？」

「你不信嗎？」

「我不知道。一方面來說，好吧，他因為腦瘤快死了；可是另一方面，我不喜歡那種叫我阿諾的狗屁。他是在拖時間，他二十年前是步兵，所以他一哩外就能聞到憲兵的味道，他在思索他的答案。」

「所以結論是？」

「不，懷利沒有聯絡他。還有，不，他不記得說過大衛．克拉克的故事。」

「你覺得他說謊？」

「那種情況的人很難摸得透，我認為第一部分可能是真的，他傷心，卻不辯駁，可是聽到大衛．克拉克的問題之後，他停頓了好長一段時間。可能腦瘤的緣故，也可能他是在歸納推理。時間變化，再加上荷瑞斯．懷利的天性，他是近距離觀察到的，再加上大衛．克拉克故事裡的某一點，再加上多年之後突然有個少校調查員出現，都等於有什麼不好的結果，所以他需要否認。而我們的同情心會自動為他找記憶退化的藉口，這可能是事實，可是我們無論如何是無法確認的，因為我們找不出答案，我們又不能把那傢伙抓起來揍一頓。」

畢夏說：「他不可能積極參與，他病了一年半了。」

「同意。」李奇說。

「說來說去重點還是大衛．克拉克的故事，表面上看似乎沒有什麼，只是騙小孩的童話故事，卻是懷利的第一個秘密，所以顯然對他有個人的意義。」

辛克萊說：「個人意義指的是？」

尼利說：「他沒有告訴他的太太，所以這個故事是和工作有關，而不是和家庭有關。那是軍隊的故事，這種故事有幾百萬個，都是各種單位的傳說。說不定梅森跟懷利說的是他的單位傳說，男人對男人，想和孩子拉近距離，跟電影演的一樣。母親的新男朋友總是用這一招。可能懷利一直都記得那些故事，可能因為他太過念念不忘，所以在多年以後，他還跑回來查證。」

「單位傳說都有哪些？」

「我們可以試試萬福瑪利亞[8]。」尼利說。她把阿諾．梅森的服役紀錄當樂譜看，手指從一小節滑向另一小節，歪著頭，聽著音調。她說：「雖然是亂槍打鳥，可如果追溯到很久以前，這些傢伙裡的中尉可能升了上尉，可能還會升少校或是中校。當年的空降兵是很有前途的，要是做得好，現在可能還在服役，資格非常老，可是他會記得，每個人都會記得第一個單位。」

「那都四十年前了。」

「要是他在一九二二年從西點畢業，他還沒退役。」

「那他現在就是將軍了。」

「可能。」

「那要怎麼找到他？」

8.「萬福瑪利亞」原為羅馬天主教徒向聖母祈禱之傳統禱詞，後成為美國習慣用語。原指美式足球中落後球隊為博得反敗為勝的機會長距離傳球，同時心中向聖母求告，故而引伸為鋌而走險的最後手段。

「我會找人事指揮部的朋友，會有人查出來的。」

「那就這樣。」辛克萊說。「一回去馬上著手。」

汽車向前奔馳，車外的天空越來越灰。不是要下雨了，就是近傍晚了，或是兩者皆是。

在賈拉拉巴德薄暮早已降臨。信差正離開白色土屋，她爬上了一輛豐田小卡車。同樣的程序。徹夜開車，搭乘第一班飛機，她準備好了，多多少少仍算是新人。倒不是說瑞士人會在乎，在他們眼裡錢就是錢，她受過調教。

她背下了蘇黎世的地址，她知道蘇黎世和漢堡不一樣，她記住了所有的號碼，他們的帳號，他們的密碼，一億的金額，沒有尾數，懷利的帳號。她的口袋裡有瑞士法郎，計程車費。為成功祈禱，胖子這麼說過，卻不是為她的成功祈禱。她的任務很簡單，他大可說為懷利的成功祈禱。她不喜歡懷利，不是因為他調戲她，而是因為他軟弱鬼祟，又容易分心。這點讓她擔心，她的任務很簡單，可她是否能成功卻跟他綁在一起。**如果交易失敗了，那麼，對，妳會被殺。**

交易不會因為她而失敗的。

豐田在洗衣板似的路面上顛簸，逐漸把最後一抹夕陽餘暉拋在後面。

尼利在領事館房間打電話，找她在人事指揮部的朋友。她說明了萬福瑪利亞，她的朋友說聽起來相當容易。尋找一九五五年在德國空降單位的新進指揮官，四十年後仍未退役。尼利賭了五塊人數是個位數而且數字很低，她的朋友賭十塊說一定是零。因為自然淘汰，他說，還有三次的大動亂，先是越南，再來是蘇聯解體，然後是現代的高科技軍事裝備，極其精簡，有護甲，女性，夜視鏡。沒有男人能撐得過來。

接著另一支電話響了，范德比爾特接的，交給了李奇。是古利茲曼，他說：「我需要私下跟你談一談。」

李奇說：「說吧。」

「不，面對面。而且沒有外人。你在哪裡？」

「我不能說。」

「你不讓我知道我就幫不上忙。」

「我在美國領事館。」

「一分鐘後到外面去。」

32

李奇在路邊等，背對著白宮的山寨版，看見古利茲曼的賓士車在左手邊一百碼處。車子開過來後，他坐了進去，古利茲曼迴轉，朝來路折返。他的體型還是一樣龐大，他很安靜，他有心事。

李奇說：「我們要去哪裡？」

古利茲曼說：「火車站。」

「為什麼？」

「因為我是個有責任感的警察，我把懷利放進了嫌犯名單，也就是說制服員警都拿到了他的畫像。在街上徒步巡邏，拿著畫像四處詢問。火車站一個外幣兌換商認出了他，就在兩天前。所以現在變成了你的事，不是我的了。」

「謝謝。」

「不過呢。」古利茲曼說。

「聽起來不太妙。」

「你見過我們的機構了，我們得到了不可思議的結果。我們認為被害人的頭頂被打了七次，幾乎像是發了狂。傷口都在同一個地方，所以血肉模糊，只不過有兩次沒瞄準，一次偏左，一次偏右，把兩處的傷口結合起來，我們發現了兇器的整體形狀。」

「了不起。」

「這類東西我們有很廣博的資料庫，以便參考比較。」

「一定的。」

「是一把貝瑞塔M9手槍。」

李奇說：「原來如此。」

「也就是美軍的標準配槍。」

「可不是我。」

「會是懷利嗎？」

「我不知道。」

「還有一件事。」古利茲曼說。

但這件事得稍待，因為燈號轉綠，賓士駛入了車站前方的廣場。灰色天空讓廣場提早變暗，街燈亮起，進出車站的人川流不息，人人行色匆匆，果斷地繞過那些張口結舌、目眩神迷杵在那兒的人。後面半路上有座亮燈的亭子，外幣兌換商，有個傢伙在那裡。

古利茲曼停下車，接下來兩人步行。亭子裡的人既小又黑，說話很快，即使是說英語，李奇拿畫像給他看，他說：「對，兩天前，晚上，荷蘭馬克和美金換阿根廷披索。」

「多少？」

「大概四百塊。」

「他是緊張或是興奮？」

「他到處看，好像在想事情。」

「想什麼？」

「我哪裡會知道。」

李奇退後，也到處看。天色越來越暗。他看見人流，後面是車站，燈火通明，就跟博物館或大教堂一樣堂皇，他看見城市的燈光以及擁擠的交通。

古利茲曼說：「好了，上車吧。」

賓士又過了兩條街，然後轉進一條安靜的街道。兩人坐在前座，瞪著擋風玻璃。古利茲曼似乎偏好這樣，只有他們兩人，不算是面對面。他說：「我跟你說過擺檔案夾的架子上少了一個。」

「你們找到了？」

「沒有，我們找到了別的東西。檔案夾是覆上聚氯乙烯的硬紙板，都是不同的顏色，裡面有四環，排列得像書本一樣，你對這種產品熟嗎？」

「我們的是三環。」

「假設有十個整齊排列在高架上，標上了一到十的號碼。假設我要你拿六號下來，你會怎麼拿？」

「我很想說這又不是要發射火箭，不過恐怕就是，我見識過你們的機關。」

「他們做了實驗。他們模擬了場景，隨機挑選了三十四個對象，就是經過他們辦公室門口的人，每一個都是直接把檔案抽出來，百分之百。」

「怎麼抽？」

「你伸長手，食指按著檔案夾的背，也就是六號檔案，好像你在追蹤它，現在要拿出來了，你非常小心，那是你的東西，拿得心安理得，可是檔案夾排得嚴絲合縫，沒有施力點，而你的食指又不能動。潛意識裡你不能放棄你的東西，所以你就把拇指邊緣按著五號，中指按著七號，往後推，動作非常謹慎，因為架上排列得很整齊，接著你的拇指和食指向內縮，夾緊了檔案夾的背，把檔案抽出來，食指仍然按著原處，在書背上，所以檔案夾朝你倒的時候可以保持平衡。」

「了不起。」李奇又說。

「當然如果是左撇子，號碼得倒過來。」

「不過我猜他不是左撇子。」

「我們找到了完美的指紋，從相鄰檔案夾的書背上，他的右手中指，輕輕按著塑膠封面。」

「在你們的系統裡嗎？」

「百分之百吻合。」

「很好。」

「跟我們從死掉妓女的跑車上採到的指紋吻合，門把拉桿上的那枚，不知名的嫌犯，是同一個人，李奇，指紋一模一樣。同一隻手指，同一個角度，同樣的謹慎施力，完全說不通。」

李奇不作聲。

「首先是女人，再來是男人，都被殘忍地殺害了。」古利茲曼說。「你知道是誰幹的。」

「幫我找到懷利，我就會告訴你。」

「我也是在幫我自己嗎？」

「等我們找到了他再問他吧。」

「可是你現在就能告訴我。」

「告訴誰？你是單純的刑警，或是聽話的官僚？十分鐘後就會把消息源源本本報告給柏林的情報單位？結果十分鐘之後就換我進去坐牢了。」

「上級該知道的事情你會隱瞞嗎？」

「我盡量不多說，用句精簡，沒有數字，沒有圖表。」

「反正你都是要坐牢的，在德國隱瞞這類消息是違法的。」

「你要逮捕我？」

「我可以讓你當重要證人，那你就非回答不可了，拒絕會視為藐視司法。」

「我相信你是在說笑。」

「我是很嚴肅的。」

「更嚴肅的是，案子一定得是我們的，我相信我的總統會樂意向你的總理解釋，可是我們不需要那麼麻煩。幫我找到懷利，然後我們就可以一起弄清楚另一件案子。」

「是他幹的？」

「忘了指紋。律師反正也不喜歡，指紋可能是幾個月前留下的，你需要換一個方式。貝瑞塔是條不錯的線索，被害人最愛去的酒吧裡就在買賣，你知不知道？誰會在那裡買？」

「懷利。」古利茲曼說。「他在那裡買的證件。」

「這個假設不錯，值得查一查。還證明不了什麼，不過下一步顯然就是找到他，抓他來問話。」

「他在哪裡？」

「我不知道。」

此時此刻懷利就在一百碼外，火車站東邊兩條街，正在穿越馬路。他穿著黑長褲和黑色帽T，拎著一個黑色小帆布袋，袋子很重，裡頭的東西隨著他的步伐移動碰撞。起初他走的是熟悉的路線，從公車站走向有光亮木門面的酒吧，但半途他就轉入一處汽車出入口，經過了兩個一人高的垃圾子母車。他打開了一道標著「禁止進入」的門，拾級而上，來到飯店的停車場，就是他遇見妓女的地方。他記得她的車子轉過來，招手要他上車，好似等不及了。

他記得每一個細節。

沒有監視器。

他走到最遠的一角，嗅到冷汽油、冷柴油、冷橡膠、冷水泥的味道。他挑了一輛銀色寶馬，六汽缸，使用汽油，較老的車款，樣子也像是停了許久。擋風玻璃灰撲撲的，烤漆也因無人維護而覆上一層膜。他蹲在散熱器護柵前，從帆布袋裡掏出一支十字形螺絲起子，拆下了車牌，放進袋子裡，再繞到後面，蹲在後車廂後，拆下了後面的車牌，放進袋子裡。

他拿出了一個單口露營爐，特地為今天買的，八平方吋大小，壓製鋼，橡皮管，滾花黃銅閥。他又拿出了一瓶有人頭那麼大的丙烷，鮮藍色，便宜，容易取得，方便使用。他接上了黃銅閥，打開開關，聽見有嘶嘶聲，隨即關掉。

他躺在冷冷的水泥地上，把爐子滑到車子底下兩呎遠，從袋子裡拿出六塊積木，兒童玩具，瑞士出品的吧，他想。每一個都有六吋長一吋寬，都塗著鮮豔的顏色。他把積木堆在爐子上，堆成一個塔，大概可以放咖啡壺或茶壺。他兩個橫擺，兩個豎擺，第三層再和第一層一樣，就像在架營火。他拿出了一只銀色錫箔盤，尺寸形狀都像一隻烤雞，小心放在積木上。

他拿出了一盒九釐米魯格子彈，共一百發，是跟九釐米手槍一起在酒吧跟那兩個傻蛋買的兩盒之一。他把手伸進了寶馬懸吊系統的下方，把盒子輕輕放在銀色錫箔盤上。

完成了，該走了。丙烷、管子、爐子、積木、烤盤、手槍子彈。

寶馬的油箱是滿的，就在正上方。

他檢查了自己的位置，彩排了一次倒退開溜的路線，接著拿出了芝寶打火機，檢查滾花黃銅閥，打開爐子，聽見嘶嘶聲，點燃了打火機，把火焰靠近爐嘴，瓦斯轟一聲燃燒。他把火調小，中火以下，像在燉煮。

然後他向後滑動，站了起來，抓起袋子，匆忙閃人。

一哩外，德瑞姆勒從四樓辦公室出來，花了二十秒搭電梯，也就是三十三雙巴西皮鞋，然後穆勒在人行道上追上他，說：「你聽說了吧。」

「沃夫岡．舒洛帕嗎？」德瑞姆勒說。「我整天就只聽到這件事。警察把酒吧塞爆了，我的會員都非常難過，我的電話響個不停。」

「是懷利嗎？」

「我還以為他出城了。」

「大家都這麼以為。全部的人都注意外面，誰也沒看城裡，所以我就看了，只是為了保險起見。紅綠燈有兩個監視器，大概是監視車流量的，二十四小時錄影。果然就看到了他，往反方向開，去聖喬治。他根本就沒出城，他現在就在城裡。」

「哪裡？」

「那是一輛很大的白色車子，每一個交通警察都在找它。」

德瑞姆勒默默走了兩步。

這才說：「穆勒先生，以你的專業意見，在沃夫岡・舒洛帕這件案子上，調查會有多認真？」

「百分之百認真。他的頭被打爆了。」

「他們會列出今天跟他談過話的人，我會在上頭。」

「當然，古利茲曼隊長很喜歡列名單，他喜歡一切的文書作業。」

「我不能牽涉進去，在政治上太不方便了。」

「那就編個說法。你是生意人，他也是生意人，你們談的是股市，他又沒法反駁你。」

「這樣就行了嗎？」

「不過是個奇怪的巧合罷了。也許你是在某個生意餐會上認識的，不過是點頭之交，你只是打聲招呼，生意場上的禮貌，根本就不算認識他。」

古利茲曼開車送李奇回領事館，讓他在剛才上車的地方下車，然後古利茲曼離開，李奇走進去，發現尼利贏到了她的五塊錢。她有一張電傳紙證明。個位數而且數字很低，她這麼預測，而且她還猜對了是最低的個位數。

一九五五年的美國陸軍一般認為超過一百萬人，而其中之一就是一名年輕的上尉叫威爾森・T・漢斯沃茲，剛從西點以及幾所專業學校畢業。他指揮過一個又一個的空降單位，基本上有好幾次都是阿諾・梅森的上級，甚至可以合理假設兩人見過。在某個正式的場合。可能是閱兵，而不是喝啤酒閒嗑牙。後來漢斯沃茲一路升遷，同時取得了傘兵的一切資格，有一陣子，所有的紀錄保持人都是他，包括自由傘降，他還寫了一本又一本空降部隊戰術的書。

後來他打了一場漫長的叢林戰，樹冠層太濃密，又霧氣瀰漫，而步兵壓根就不甩什麼空降戰術，他熬了過來，升了官。他早早就搭上了特種兵理論，大約二十幾個世代之後，他仍然站在浪頭上，現在在喬治亞州班寧堡全權負責訓練事宜。所有艱難的玩意都在那裡出產。威爾森・T・漢斯沃茲少將，是現今仍穿綠制服的人中唯一一位冷戰時期的傘兵初級軍官，從褐色靴子的陸軍到黑色靴子的陸軍再到新平衡的陸軍，可以說是百萬分之一。

尼利說：「目前他駐紮在班寧堡。」

辛克萊說：「需要三十分鐘才能接通他的電話，他是個大忙人。」

「我們不能在電話上談。」李奇說。「一定得當面談。他在軍隊四十年，很懂得打官腔。我們需要在同一個房間裡，我們需要看見他的肢體語言。」

「我們？我們不能飛回去，現在不行，我們沒有一個應該飛回去。」

「我們沒有要飛回去，是漢斯沃茲要飛過來。既然他在班寧堡，就可以到亞特蘭大搭夜班飛機。早晨就到了，我覺得聯席會議應該要命令他立刻向漢堡領事館報到。」

「就憑某個人曖昧不明的童年傳說？」

「瑞特克里夫說我們需要什麼只管開口。」

「他可是二星少將啊。」

「也就是說只要是軟柿子或是純屬臆測，他就會撒腿就跑，時速一百哩。要是有一丁點的爭議，時速就變成兩百哩。講電話行不通，他需要看著國安會的臉，而我們需要看著他的臉。」

「這種萬福瑪利亞太勞師動眾了。」

「這裡是外國，搞不好還有個外國敵人。他們會再頒一枚勳章給他，理論上他可以拿到銀星獎章。」

「就為了飛過來？」

「他是二星少將，他們拿獎章就跟累積飛行里程一樣容易。」

「你確定我們需要他？」

「每顆石頭都得翻翻。」

辛克萊打了電話。

忽然窗外傳來模糊的聲響，悶悶的空洞的砰砰砰，還有斷斷聲。接著聲響更多。砰、砰、砰。李奇的腦子說手槍，可能是九釐米子彈，市區內，可能半哩之外。他走到窗邊，打開窗，聽見遠處有警笛。再來是更多槍響，四發，五發，非常模糊，但是因為開著窗所以比剛才更響亮，然後是更多警笛聲，兩種不同的聲調，可能是救護車和警車，隨後是一連串的槍響，快得不可思議，像是接連的爆炸，像一百架機槍同時開火，像是公園施放史上最盛大的煙火，接著是燃料爆炸悶悶的敲擊聲，又兩聲槍響，之後只有警笛聲，警車和救護車，消防車震耳欲聾的喇叭聲，全都融入淒厲的號叫中，聽來更像哀愁而不是救援。

李奇看著街上，看見警察飛馳而過，都朝同一個方向而去，大多數開車，有些騎機車，一個徒步，半走半跑。他看見兩輛救護車，一輛消防車，整個地方都冒出紅藍色的火焰。

辛克萊說：「什麼事？」

尼利說：「聽起來像是失火了，而且有人在廚房流理台上放了一盒子彈，然後是丙烷瓶爆炸了。不過這樣的話，我們應該會早一點聽到警笛。可是也許是一棟石屋，火勢從外面看不見，所以警笛才會響得比較晚。」

「蓄意縱火？」

「可能是，也可能不是，反正聽起來都一樣。」

「有關嗎？」

「難說。」懷特說。「這是個大城市，什麼情況都有。」

又一次的燃料爆炸。模糊，遙遠，但是絕對錯不了。砰地一聲，寂靜的真空，吸收空氣，熱氣高漲，儘管不可能。李奇看著街道，城裡的每一名警察都朝同一個方向趕去。

33

懷利摘掉了門中央鐵扣上的掛鎖，再打開上頭的門栓，底下的門栓，把門用力拉開，鑽了進去。他很平靜，眼前還有一些簡單的機械活，首先要裝上車牌。他把租來的貨車的新車牌摘下來，換上寶馬的車牌。接著他拿出了噴漆，在五金行買的，濃豔的綠、黃、橙、紅、銀。他在車身上噴了大大的縮寫字母，他自己的，只為了他自己爽，但是倒過來就變成WH，字母胖得像氣球，就跟在地鐵車廂裡看到的一樣。他用銀色給字母加上明暗，在背景隨意噴了渦紋，再加上一個胖胖的S和胖胖的L，像第二個畫家的簽名，其實不是，那是舒格蘭的縮寫，就在卡車上，因為有何不可？那是他的家鄉，也是他要去的地方。

接著他在其他部分噴上了灰色，讓色調沉靜一點，給車子加點年紀。他往後站，噴漆的氣體害他有點頭重腳輕，不過他很滿意。卡車不再是一輛白色新車，而是一件都市的垃圾，不再值得路過的人多看一眼。不過並不會有人路過，每個人都跑到飯店去了，那裡會擠滿了警察和各種圍觀的人，消防隊員和霹靂小組會在中央，因為有手槍子彈和汽油的火焰。然後是各種的安全措施，東張西望的人，想趁機出名的人。**我就在那邊，子彈在我的頭頂上亂飛。**

他把對開門徹底打開，然後爬上車，發動了貨車，倒車出來，繞了個圈，來來回回地看，確認是排成了完美的一直線。他看著後照鏡，緩緩倒車，非常緩慢，後保險桿碰到了舊卡車的後保險桿，這才拉手煞車，關掉引擎，從駕駛座爬向上貨區，從裡面把捲門向上收。舊卡車的後門就在他眼前，只隔個一吋。他打開後車門，從外面把捲門收起來。

裡頭有個條板箱。

六呎高，六呎寬，十二呎長。很堅固，用的是紋路細密的軟木，非常筆直，曾經是淺色的，現在因為年代久遠而變成了菸草琥珀色。這是五角大廈在一九五〇年代實驗的標準貨櫃系統的原型。是遺物，是一件歷史。箱子上到處都有褪色的噴漆白色數字。

箱子總重六百多磅，沒有堆高機是移動不了的，而他已經沒有堆高機了。他從袋子裡拿出了一把平口螺絲起子，老式的，跟條板箱一樣。箱子有鈕釦大小的螺絲，末端的蓋板周長每隔六吋就有一顆螺絲，總共四十四顆，可能是由某家研發公司研究出來的結果。某個穿套裝的傢伙拿了一張大支票，只因為他說多一點比較好，結果大家都很高興。五角大廈保住了他們的屁股，螺絲供應商財源滾滾，跟搶錢一樣，搞不好一根螺絲釘開口要一塊錢，軍事規格。

懷利動起了手來。

領事館房間的電話響了，古利茲曼。他說：「飯店停車場出事了，就是那個妓女消失的那家。有槍聲，然後一輛車爆炸，再來又有兩輛。火勢控制住了，因為天花板有灑水器和消防泡沫，可是我們沒辦法靠近，得等我們確認沒有槍手才行。」

李奇說：「你們覺得槍手還在裡面？」

「你不覺得嗎？」

「我們不喜歡那種聲音，可能是彈藥爆燃，某種的拖延機制。你得考慮有人使用定時器，也就是說嫌犯早就走了，並不在現場。」

「誰？」

「可能是荷瑞斯．懷利。他現在的行程很緊湊，可能需要聲東擊西，你應該把一半的人手派到街道上。」

「你覺得他回城了？」

「我開始以為他根本就沒離開過了，他現在就可以移動卡車，你應該把人手派到街上去。」

「不可能，這是政府的規章，市中心發生了槍擊與爆炸，由不得我作主。他們規劃了一年了，市長辦公室在發號施令，我們只能照章行事。」

「他們打算等多久才進去？」

「一支有護甲的單位正在路上，大概三十分鐘吧。」

「好吧。」李奇說。「祝你好運。」

他掛斷了電話。沒有人開口。

李奇說：「我去散個步。」

四十四顆螺絲釘花了他不到二十分鐘的時間，外加他的前臂肌肉痠痛。不過木板卸下來了，他把它放平，架在兩輛貨車之間。平坦的表面，從這輛貨車到那輛貨車，一如事前的計畫，他什麼都想到了。

條板箱裡的空氣很不新鮮。舊木頭、舊帆布、舊灰塵、舊世界。內容物就跟阿諾伯伯跟他說的一樣，在多年之前，十件一模一樣的物件，完全一樣。每一個都重五十五磅，每個都裝在運輸袋裡，阿諾伯伯說這是H-912。懷利每個地方都記得，運輸袋上到處是皮帶，方便抓提，方便上抬，滑動，拖拉。一次一個，從舊卡車弄到新卡車上，一路順利。一個挨著一個，從最裡面的角落開始。

接著是停頓，歇口氣，再回去搬另一個。

李奇向南走向內阿爾斯特湖。全城安靜，沒有騷動。這是經一事、長一智的反應。歐洲到處在爆炸，派系、團體、人民軍。喧鬧個一兩天，就有另一件事發生。他轉向東，到水邊，繞著湖走。他距離懷利住的地方兩哩，那邊沒有可以停一輛廂型貨車卻不引人注意的地方，可是藏在不遠處才合理，但遠近是個相對的概念。地圖上畫一圈實際上卻是很大的一個範圍，有的區域是水，大多數是陸地。而李奇卻只能隨機搜查一小片土地，不過也總比什麼都不做要強，散步比坐著感覺要好多了，所以他散步。

五十磅可不輕，尤其是得一次又一次搬運。懷利搬了七趟之後喘得厲害，腰都打不直了，他停下來歇口氣，可能是緊張的緣故，這只是簡單的機械活，卻是關鍵所在。曝光率最大的一刻，而且還不僅是一刻，已經將近半小時了，舊船塢的水銀燈已經亮了，而兩輛車尾接車尾的貨車就像兩輛汽車在雞姦，不時還搖晃碰撞呻吟，而且一半的車身還始終裸露在一處荒廢了三十年的殘敗棚屋外。

太脆弱了。

不妙。

他吸口氣，轉動了一下痠痛的肩膀，回頭幹活，把八號從條板箱裡頭往外拖，拖到箱子口，再拖過舊卡車最後的一碼，拖過木板，動作很慢很慢，像鋸子一樣來回挪動，最後在中央放穩，再往新貨車裡拉，把它豎在七號旁邊。

他回到條板箱前，再鑽到最裡面，拖九號。拖出來，過木板橋，進貨車，一氣呵成。他喘口氣，再回去拖十號，最後一個了。他把十號從板壁拉開，本子就在那裡，就在阿諾伯伯說的地方，是一份卡其色檔案夾，有紅色條紋，放在薄薄的三合板做的容器裡，挖了一個半月形，方便打開。可能是學徒的作品，在多年之前。在條板箱工廠。檔案夾裡是打字稿的複印本，以銅夾夾住，年代久遠，銅夾的顏色都黯淡了。

他一手拿著檔案夾，另一手拖動十號。他把十號豎在九號旁，把檔案夾嵌在縫隙裡，再把木板橋拖進舊貨車裡，從外面把新貨車的捲門拉下。側身繞過空的條板箱，爬出舊貨車的駕駛艙，急急繞過去，爬上新貨車，發動了引擎，向前駛，再倒車，直到有足夠轉彎的空間，再把車頭掉向外，偏右側，然後他關掉引擎，鎖好門。他收拾好帆布袋，關上對開門，拴好門栓，扣上鐵扣，掛上鎖。

將近四十分鐘，時間很長。他走向角落，冒險看了看鵝卵石街道，一直看到金屬橋，大馬路上車來車往。從左到右，從右到左，速度正常，沒有警笛，沒有急煞的輪胎聲，沒有警示燈。合理。

他拎起袋子，取道天橋，從這個碼頭到那個碼頭，一路走回家。

李奇走在進入聖喬治社區的半途中，繞著湖彎向西邊，他沒看見什麼可疑的東西。有汽車，卻沒有一輛載著懷利。有行人，落單的，成群的，沒有一個是懷利。最後他停在路口，大馬路筆直通往聖保利，左拐的路狹窄，通向一條四四方方的金屬橋。他看見了鵝卵石，月光映在黑色的水面上。一片靜謐，毫無動靜。

他放棄了，轉身往回走。在家裡的人正在看電視，幾百個房間都閃著藍光，無疑是現場報導，手槍子彈是很聰明的一招，爆炸還可以說是意外，槍聲就難自圓其說了，是轉移注意的手法，套用教科書的，他們計畫了一年。

他回到領事館，夜間警衛讓他進去。尼利一見他就跟他說聯席會議已經命令漢斯沃茲少將過來了。他搭乘達美航空，夜班飛機，從亞特蘭大直飛，早晨領事館會派車去接他。

「絕對是銀星勳章。」尼利說。「發生了爆炸和槍擊，他會說是戰區。」

正說著，電話響了，又是古利茲曼。他說：「停車場沒有人，只有三輛焚毀的汽車，仍在冒煙，到處是彈孔，太扯了。」

「那是裝置。」李奇說。

「會是誰呢？」

「如果是別人那就太巧合了。」

「這件事由市長辦公室主導，他們可不知道前面的事。」

「你能給我幾輛便衣警車嗎？」

「恐怕不可能。我正預備要聽簡報，照這個速度可能得等到明天，已經有人說停車場的角落就靠近飯店廚房，所以我們應該要查一查保護動物的激進份子，他們可能是為了鵝肝和關在籠子裡的小牛在抗議。」

「我不認為是他們。」

「我也是，可是你也知道，今晚會非常漫長，市長辦公室什麼也不知道。」再十二個小時瑞士銀行就營業了。

李奇不出聲。

古利茲曼掛斷了電話，沒說再見。

稍後畢夏的機場巴士把他們送回了飯店，眾人各自回房。李奇聽見尼利的房門關上，再來是辛克萊的。一分鐘後，她打內線電話過來，說：「我們何時該求援？」

他說：「明天再說。」

「你每天都這麼說。」

「我活在希望中。」

她說。「會是明天嗎？」

「有可能。」

「你要過來跟我說嗎？」

她在等他，站在房間中央，穿著她的黑色連身裙，戴著她的珍珠項鍊，穿著她的絲襪，皮鞋，頭髮沒有梳。

她說：「你在想什麼？」

他吻了她，悠然漫長，然後繞到她後面。她向後仰，靠著他。

他說：「私事還是公事？」

她說：「先公後私。」

他讓她前彎一吋，找到了她的拉鍊，就在她的頸後。金屬的淚滴狀。小小的，卻鑄造得很完美，品質很高。他拉下拉鍊，拉過了她的胸罩，她的背。

他說：「他們計畫把買的東西用在哪裡？」

她說：「不知道。」

「在德國嗎？」

「政治上沒有意義。」

他把連身裙從她的肩上撥開，衣服落下，卡住，再掉落，堆在她的腳邊。

她向後仰。

她暖烘烘的。

她說：「比較可能是華盛頓特區，或是紐約，倫敦也有可能。」

「那他們就得要海運，我們浪費了一天，假設錯誤，懷利根本就沒有出城。東西又大又重，需要大型廂型貨車，開車不是把貨弄出德國的最佳途徑，他們又不能一路開到華盛頓或紐約或倫敦，最終還是要靠海運。」

他又讓她向前彎，只彎了一吋，解開了她的胸罩，雙手貼住她的肩，推掉胸罩帶。

胸罩也落在衣服上。

他捧住她的乳房。

她向後仰，轉過頭，吻他的胸膛。

他說：「懷利把家具貨車直接開來這裡，七個月前。即使他並沒有在這裡駐紮。他選擇漢堡是因為這裡是個港口，歐洲第二大港，號稱是通往世界的門戶。」

他兩隻拇指勾住她的褲襪褲腰。

她說：「他會把貨弄上船。」

「我是這麼覺得。」

「幾時？」

他脫下了她的褲襪。

還有內褲。

笨拙的拇指。

他說：「等他拿到了錢。」

「明天。」

他沒吭聲。

她踢掉了皮鞋，轉身面對他。一絲不掛，只戴著珍珠項鍊，好美。

她說：「我們何時該求援？」

他說：「眼下這一刻還不要。」

他脫掉了T恤。

她說：「你的褲子。」

「是，長官。」他說。

她又像個女牛仔一樣，但這一次是倒著騎，背對著他，從視覺上來說有種複雜的加減平衡效果，整體而言一點也不形成阻礙，他覺得像個心裡偷著樂的旁觀者。她是打算要玩大的，這點很明顯，他沒問題，怎麼樣都行，只要能讓你消磨長夜就行。

34

畢夏一早就派車來了，因為漢斯沃茲少將抵達了。司機說達美班機早就在漢堡降落了，就在破曉之際。有人在機場迎接少將，會直接送他到領事館，他會在客房盥洗，再到畢夏提供的會議室。顯然漢斯沃茲對於這次命令的詮釋比較狹義，他只跟辛克萊、李奇、尼利會談，廣義上來說，他們是在他的指揮鏈上的。其他人則免了。以實際層面來看，並不成問題，他們也早已決定要精簡一點。某人神秘的童年傳說若是在一比七的正式場合，隔著會議桌拷問，只怕站不住腳，隨興的氣氛比較能產生效果，所以人數減少。辛克萊、李奇、尼利早就是事先決定的人選了。

所以其他人到一般的辦公室去，畢夏帶路到他挑選的房間。房間跟李奇在貝爾沃堡獲頒勳章的那一間非常相似，都是鍍金椅，紅色天鵝絨，旗幟。天花板可能高一些。這是一棟比較老的建築。尼利找了四把有椅背的椅子，排成方形，像個所有人平等的輕鬆團體，只是四個一起打發時間的同伴。

然後畢夏就離開了，一分鐘後漢斯沃茲少將進來。他是個體格結實的人，六十幾歲，銀髮剪成平頭，灰色眼珠。他穿著戰鬥服，漿得很直，燙得很平，衣領上別了兩顆黑星。他飛行了一整夜，樣子卻仍精神。大家自我介紹，握過手，只有尼利有禮地點頭，隨後四個人在尼利排的椅子上坐下。

李奇說：「將軍，從一到十，你現在有多不高興？」

漢斯沃茲說：「總地來說，八到九吧。」

他的口氣像是在宣讀死亡判決。

李奇說：「只會更差。」

「這點我毫不懷疑，大兵。」

「可是我們沒空打屁了，所以打起精神來吧，將軍，我們是來談談美好的往昔的。」

「你的還是我的，少校？」

「有個叫阿諾．P．梅森的上士，他在八十二空降師服役，你跟他剛好在一九五五年交會，在兩年之後，但只是在理論上，你後來一路升遷，你不會記得他。」

「我是不記得，都四十年了。」

「可是我們需要知道你對他的單位知道多少。」

「這是怎麼回事，文史工作嗎？口述歷史月？」

「我們在調查一個叫懷利的人，他從十歲到十六歲，他母親的男友是個從軍二十年的老兵，在歐洲的八十二空降師。我們認為這個男朋友跟這個孩子說了故事，我們認為這個孩子記住了故事，在許多年之後自己也從了軍，就因為他聽到的故事。」

「大家不都是這樣的嗎，我倒覺得欣慰。」

「懷利可不是這樣的，他聽的故事就像是一張尋寶圖，他從軍只是因為他想把寶藏挖出來。」

漢斯沃茲說：「胡鬧。」

「現在他已經弄到手了，他是逃兵。」

「弄到手了什麼？」

「我們不知道，可是值很多錢。」

「從哪裡逃兵？」

「富爾達附近的防空裝甲師。」

「少校，為什麼把我叫到這裡來？希望你把我弄到歐洲來有很好的理由。」

「我們想聽沉埋寶藏的故事，八十二空降師的，我們相信你也聽過，每一位軍官都會記得第一個指揮的單位。」

「根本就沒有什麼沉埋寶藏的故事。」

「我們的這個懷利參加了用一句話說出從軍原因的比賽，輪到他的時候他說因為他的伯伯跟他說了大衛．克拉克的故事。」

漢斯沃茲不作聲。

李奇注意到了。

他說：「這個伯伯其實是他母親的男朋友，那個從軍二十年的老兵，阿諾伯伯，叫伯伯只是表示尊敬。孩子只有十歲，應該也很合適，但是到了他十六歲就有點彆扭了。」

漢斯沃茲開口了，話問得很隨興：「大衛．克拉克是什麼故事？」

「我們不知道。」李奇說。「所以我們才要請教。」

「母親的男朋友的服役期呢？」

「一九五一到一九七一。」

漢斯沃茲沉默了好一會兒。

李奇說：「將軍？」

「我幫不上忙。」漢斯沃茲說。「很抱歉。」

李奇說：「你現在有多生氣？」

漢斯沃茲剛要開口就打住了。

「沒錯，」李奇說，「不是一就是二，你已經不生氣了，因為現在你要擔心的事情更大了。」

漢斯沃茲一言不發。

李奇說：「將軍？」

漢斯沃茲說：「我不能討論。」

「恐怕你不說都不行。」

「我的意思是我沒有權限能討論。」

辛克萊說：「將軍，恕我直言，你現在交談的對象是國家安全會議，沒有比它更高的層級了。」

「這個房間安全嗎？」

「這裡是美國領事館，房間是由中情局站長親自挑選的。」

「我需要跟聯席會議辦公室聯絡。」

「在這件事上，我們要他們說什麼他們就會說什麼，所以何不省掉中間人，直接跟我們說呢？」

「這件事在很久以前就是機密了。」

「什麼事？」

「是一份密封的檔案。」

李奇說：「說說看，將軍。這個懷利是逃兵，帶著偷竊的物資，我們需要知道是什麼東西，你不說我們就一直坐在這裡，我很想說我們的時間多得是，可是我也不是很有把握，說不定我們根本就沒有時間了。」

漢斯沃茲又頓了頓。

隨即點頭，把椅子向前拉，身體前傾，說：「我會告訴你們我知道的事，然後我會告訴你們別的事情。那是一九五〇年代早期的歐洲，我們知道作戰計畫。紅軍會強力推進富爾達缺口，我們的首要之務就是阻擋他們的箭頭，再堵截他們的增援，做法是鎖定他們戰線後方的道路和橋樑，阻斷他們的裝甲師。可能也攻擊他們的發電廠和其他大型基礎設施，削弱他們的能力。可是空軍不可靠，當年並沒有精靈炸彈，橋樑是很小的目標，我們需要精準度。所以我們訓練了兩支工兵連，他們是一般的戰鬥傘兵，受過破壞訓練。他們會帶著爆破物跳傘，由降落區徒步或是一路戰鬥到標的，把爆破物精準地裝在橋墩或是發電廠牆或需要破壞的設施上，這就是當時的計畫，在當年叫傘兵揹著爆破物就是我們有的精靈炸彈了。」

「厲害。」李奇說。

「不見得，傘兵最多能揹多重？」

「從降落區到標的？一百磅吧。」

「問題就出在這兒，一百磅的炸藥壓根就連橋墩的表皮都傷不了，根本就是放鞭炮。而且發電廠還要更大。所以我們就把人體精靈炸彈技術給擱置了，等著改良版的可攜式軍械，可是在當時研發工作都很慢，所有的光彩都在天平的另一頭，當時我並不知道，洛斯阿拉莫斯[9]比以前還要忙，他們在研發氫彈。我從西點畢業的那一年他們就試爆了，那是有史以來威力最強大的武器，比二戰期間丟在德國和日本的全部炸彈加起來還要強大五倍，包括我們丟在廣島和長崎的原子彈，可能比整個世界在那之前使用過的全部軍火還要強大。而且只需要一秒鐘的時間，那個爆炸威力啊，太強大了，所以誰也沒認真考慮過要把它弄得更強大一點，他們覺得大氣層都會著火，不過當時我一點都不知道。」

李奇說：「你是幾時發現的？」

「一九五〇年代晚期，那時情勢很混亂。我們也發現了其他的東西，像是我們發現了我們有兩間秘密的核子實驗室，而不是一間。不只洛斯阿拉莫斯，還有一個地方，當時他們有個理論，國防部的一切作為都根據這個理論。用他們的話來說就是他們相信對抗培育出卓越，也是霸權的必要條件，這是根深柢固的觀念，所以他們就給了洛斯阿拉莫斯一個對手，叫做利佛摩，在加州柏克萊附近，從一開始在裡頭工作的人就是一群聰明人，他們認為設計更大的炸彈沒有用處，所以他們就反其道而行，設計比較小的炸彈，他們的技術越來越精良，最後打造出了一種全新的核子武器系統，裝在一個叫W-54的新彈頭上。」

「了不起。」李奇說。

「好，回到我一開始的問題上，一個能扛一百磅的傘兵對我來說沒有用處，可是我是指揮官，我有戰術上的問題要解決。我的目標單上包含了大型的民生工程，道路、橋樑、高架橋、發電廠、基礎設施，能叫傘兵揹兩百磅嗎？」

「可能。」李奇說。「可是走不遠。」

「還是不夠好，還是放鞭炮，那四百磅呢？」

「不行。」

「那一噸呢？一個傘兵能在背上揹一噸炸藥嗎？」

「顯然不行。」

「那十噸呢？一百噸呢？一千噸呢？一千五百噸？一個傘兵能揹上一千五百噸炸藥嗎？」

李奇不說話。

漢斯沃茲說：「到最後他們就給了我們那個東西。」

「誰給的？」

「利佛摩。加州的新實驗室。但是憑良心說，他們的武器系統失敗了。他們是把它弄小了，卻還不夠小。他們把轟炸廣島的炸彈威力裝進了一個十一吋寬十六吋高的圓筒裡，大概有

9. 洛斯阿拉莫斯國家實驗室是美國承擔核子武器設計工作的兩個實驗室之一。

五十磅重，跟『小男孩』[10]一樣一萬五千噸的威力，相當於一萬五千噸的黃色炸藥，所以利佛摩的圓筒在縮小尺寸上是成功了，可惜還稱不上勝利，拿來當大砲砲彈或是迫擊砲彈仍舊是太大了。沒有可靠的攜帶式發射器，最多就是個新點子，是在尋求答案時的一個解決方案。不過不浪費就不匱乏，他們發現了一個相關的問題，他們給了圓筒一個新名字『SADM』，意思是特殊原子破壞軍火，交給了八十二空降師。這下子我的人可以揹著五十磅去炸掉他們想炸的橋樑、道路、高架橋了。」

「帶著核子彈？」

「跟炸廣島的一樣大。」

沒有人說話。

李奇說：「SADM的舊名是什麼？」

「猜猜看。」

「大衛．克拉克。」

漢斯沃茲點頭。「他們就是給W-54取了這個名字。我不知道是為什麼，可是這名字就沿用下來了，誰也不說SADM，反而管那個東西叫大衛．克拉克。東西裝在加厚墊的帆布袋裡，樣子像背包，只要揹上就能走了，可是卻很不受歡迎，圓筒會漏出輻射，至少大家是這麼說的。有的人生病了，擔心會得癌症，但最擔心的還是他們看到的廣島影片，那種巨大的爆炸，而他們就揹著同樣的炸彈。他們的命令是把炸彈綁在橋墩上，設好定時器，然後沒命地跑，跟在幾哩的天空中往下丟很不一樣。」

尼利說：「時間有多長？」

「最多十五分鐘，加減一點，不是非常精確。」

「瘋了。廣島的致命爆炸半徑是一哩，火球的半徑是兩哩，大多數人在跑道上跑這個距離也要十二分鐘，若是越過混合地形就更不可能了。尤其是還得一路殺進去的話，他們也得要一路殺出來，後面還有大火在追，根本是自殺任務。」

漢斯沃茲點頭。「那時候的演算法不一樣，我們犧牲兩個連來阻止一百萬人和一萬輛車輛出擊，我們會覺得很划算。」

李奇說：「兩個連。」

「我們有一百枚大衛・克拉克。」

「都有各自的目標？」

「仔細計畫過。」

「布署得很廣？」

「就跟地圖生了痲疹一樣。」

「只不過並沒有一百座橋樑，或是發電廠，或是道路和高架橋，那裡是一條狹窄的隧道，所以才叫缺口。」

「還有備援系統，大約有一半會送到備用位置上。」

「填補空白，到處都銜接起來。」

「像一條鐵鍊。」

「你們是在做輻射路障，像地雷區，一百個炸彈可以十哩寬十哩縱深，你們可以得到想要的任何形狀。你們想迫使蘇聯向左或向右，正中你們的埋伏。」

10.「小男孩」是轟炸廣島的原子彈的代號。

「檔案密封了。」

「因為時間一長，簽了各種的協約。你們不能實行計畫了，甚至不能承認這種計畫。」

「對。」漢斯沃茲說。「SADM除役了，但不完全是因為軍方的原因。炸彈送回了國，沒有替換，最終在某個標準之下的核武完全禁止了。」

辛克萊說：「阿諾．梅森生病了，他太太說他說軍隊會感興趣，他說會有人去找他。」

「生什麼病？」

「腦瘤。」

「事隔多年了，大部分的病例都比較早。」

「還有別人？」

「多得是。」漢斯沃茲說。

李奇說：「這樣的故事可不會讓我想從軍。」

漢斯沃茲沒說話。

李奇說：「將軍？」

「每個新兵都有不同的理由。」

「荷瑞斯．懷利是個三十二歲的小偷，我不認會為自殺任務受訓，後來又生病，然後又看著武器送回國會引發他的愛國心。」

漢斯沃茲不搭腔。

李奇說：「將軍？」

「這是只有總統才能知道的機密。」

辛克萊說：「正因為如此，這個房間裡的每一個人也都應該知道。」

漢斯沃茲說：「庫存單可能出了紕漏。」

35

漢斯沃茲說：「出貨單上寫利佛摩送出了十箱，每一箱裝十枚大衛．克拉克。十乘十是一百，也是我們訓練的數量。後來貨單上的紀錄是十箱送回了國內，每一箱都有十枚炸彈，十乘十是一百。每箱都數過了，都妥當地運送回美國，安全地貯藏了。後續的核對、檢查、清點都有見證人，一百枚一枚不少。」

李奇說：「那是哪裡出錯？」

「那是貨運單上寫的，出貨一百，收貨一百，跟軍隊的一切文書都吻合。可是多年之後利佛摩實驗室裡的某個人找到了一張未寄出的發票，是第十一箱的，多出了十枚大衛．克拉克。找不到一致的運送文件。出貨的數字曖昧不明，很可能填了第十一張訂單。」

「卻沒有付錢，這不可能。也就是說發票可能就是弄錯的，所以才沒有寄出去。」

「起初也是這個結論。」漢斯沃茲說。「不幸的是，條板箱製造商卻有矛盾的證據，來源不是很可靠。一名學徒的日誌上寫著實際製造了十一個箱子，領班全都簽了名，第十一箱不在條板箱工廠裡，也不在利佛摩。如果多製造了十枚炸彈，也不在利佛摩，那麼會在哪裡？是否真的存在？一半人的想法純粹是理論，另一半的認為寧可信其有，於是他們開始搜查。什麼也找不到，無論是在國內或是在海外。說不定是那個學徒記錯了，可是學徒錯的話，難道連領班也會一起錯？就這麼來來回回地拉鋸。」

「後來呢？」李奇說。

「委員會一分為二。主流派說曖昧的數字應該要反過來解讀，所以第十一箱炸彈一開始就沒有生產，發票弄錯了，不然就是偽造的。」

「聽起來像是在放話，想讓問題消失。」

「可能是。」

「那麼少數派怎麼說？」

「他們認為利佛摩一定是有那麼多炸彈才會訂購額外的箱子，箱子是標準系統的原型，內部是特地為裝載炸彈改良的，但是外面就跟一般的條板箱一樣。所以可能是在運送的文書作業上出了紕漏。箱子可能離開了柏克萊，送錯了目的地，或是雖然送對了目的地，產品說明卻弄錯了。庫存單的代碼非常複雜，只要錯一個數字就可能很要命。」

「假設的情況還真多。」李奇說。「這是一連串三個個別的錯誤。送貨單出錯，庫存代碼出錯，還有發票一直沒寄出去。」

「我們每年都花幾十億一九五〇年代的美金在數以百萬噸的設備上，樣品的數量就極其龐大，簡直就亂成一鍋粥，各種的錯誤都有。你在軍中多久了，少校？」

「十二年。」

「聽過什麼紕漏嗎？」

李奇低頭瞧了瞧長褲，陸戰隊的卡其褲，一九六二年縫製，一九六五年出貨，完全送錯了單位，而且三十年都沒有人察覺。

他說：「我們現在談的可是核武。」

漢斯沃茲說：「在我們的歷史中，總共有三十五枚飛彈意外發射、爆炸、失竊或遺失。找到了二十六枚，結案，另外六枚始終下落不明，現在仍是失蹤狀態。這個數字我們很確定，絕不會錯。另外十枚炸彈不在可能的範圍外，特別是鑑於炸彈的特質。大衛．克拉克是小型炸彈而且大量製造，不是眾所矚目的武器，而是當作一般的軍械看待的。」

「搜索的效率呢？」

「我們到處都找過了，真真正正找遍了世界各地，就是找不到。所以主流派的觀點占了上風，炸彈一開始就不存在。發票是蓄意偽造的，可是這個人臨陣退縮，所以沒有寄出去。」

「那麼你的個人意見呢？」

「我們是在歐洲準備要跟紅軍在陸上開戰，我們在德國有上百個供應站，最大的供應站比他們的某些城市還要大，最小的也比一個足球場大。我覺得主流派是把手指插進耳朵裡，假裝聽不見。」

「阿諾．梅森會是搜查人員嗎？」

「九成九是。別忘了，那已經隔了幾年了，那些傢伙很清楚自己要找的是什麼。」

「原來年輕的荷瑞斯．懷利聽到的就是這個故事，失蹤的條板箱，十個威力像廣島一樣大的炸彈，埋藏的寶藏。」

辛克萊說：「大家都找不到，憑什麼他會覺得他能找到？」

「不同的人有不同的才能。」李奇說。「也許阿諾伯伯給了他半條線索，也許他想出了一個別人都想不到的好點子，也許他剛好就有那麼聰明。」

「聽起來完全不可能。」

「同意。」

漢斯沃茲說：「長官，沒有什麼是不可能的。那時是冷戰，冷戰就是某種的瘋狂。有一次他們把麥克風和發送器縫進一隻貓的脖子裡，一支非常細的天線穿過牠的脊椎，一直伸到牠的尾巴。他們打算訓練這隻貓，讓牠跑進蘇聯領事館裡，竊聽隨意的閒談，牠第一天出任務就被一輛車撞死了，所以沒有什麼是不可能的，而且不管是什麼事早晚都會出紕漏。」

尼利說：「武器失蹤重要嗎？誰知道發射密碼？發布過嗎？就算發布過，也由兩個人分別保管，這是核武的基本安全措施，十枚炸彈就要二十個老兵，究竟是哪些人？」

漢斯沃茲一言不發。

李奇說：「將軍？」

漢斯沃茲說：「屋漏偏逢連夜雨。」

「有可能嗎？」

「你看過諾曼第登陸的電影，防空砲火，誤判地圖，風和天氣，沼澤和河流，立即的地面戰鬥。讓兩名人員同時在同一地點降落的機率是零，最後只會剩下一百枚等於是廢物的金屬殼。可是我們必須是有生力量，所以分開密碼的安全措施就被認為是戰術上的障礙。」

「誰這麼認為？」

「戰術指揮官。」

「比如說是你？」

「我要我的軍需官告訴我們的軍械士把完整的密碼用黃色粉筆寫在炸彈上，這麼一來揹炸彈的人戰死了，別人也能夠完成任務。那時是冷戰。現在回顧我們都知道大戰並沒有爆發，可是當時感覺卻可能會開戰。」

「可是第十一箱一直沒送到戰場。」

「也就是說密碼裝在最高機密檔案裡，放在箱內後壁的特製容器裡。那個學徒就是負責做這個部分的，做了十一個。」

好一陣子誰也不說話。

最後辛克萊說：「好，一分鐘後我就得打電話給總統，通知他我們可能有十枚遺失的原子彈，連同完整的發射密碼，每一個都像轟炸廣島一樣威力強大，也就是說世界上會有十座城市很快被徹底毀滅。有人可以給我一個不要打電話的理由嗎？」

一片沉默。

古利茲曼偵組隊長搭電梯到德瑞姆勒的辦公室，電梯非常慢，顯然是原始的裝置，是重建的一部分。不過再慢也還是會到的。一分鐘後古利茲曼不舒服地坐在一張過小的訪客椅上，桌子對面就是德瑞姆勒，他先請秘書送咖啡來，古利茲曼判斷她是南美人，然後德瑞姆勒才問有什麼他可以效勞的地方。

古利茲曼說：「是沃夫岡．舒洛帕的事。」

德瑞姆勒說：「哎呀，我今天早一點還跟他說過話，完全是碰巧。」

「所以我才會來。」

「他沒說什麼值得注意的事，當然更沒有辦法為他後來發生的事提供什麼線索。」

「你們談了什麼？」

「只是閒話家常。我在一次生意晚餐上見過他，跟他是點頭之交，就這樣。我不過是跟他打聲招呼，商場上的禮貌，我實在跟他不熟。」

「你是想賣他鞋子嗎？」

「不，不，不。只是應酬，人情往來嘛。」

「你經常去那家酒吧嗎？」

「不是很常去。」

「那天為何去？」

「去露個面。我有好幾個地方，輪流去，我們都是這樣的。」

「我們？」

「企業家啊，民間領袖，生意人，將本求利的人嘛。」

古利茲曼說：「你注意到背後的人嗎？」

德瑞姆勒愣了愣。他記得他插進了舒洛帕的旁邊，肩膀在前，背對著房間。誰在他後面？他想不起來。

古利茲曼說：「是一個快要惹上稅務官的傢伙，他聽到了整段對話，說得非常仔細。」

德瑞姆勒又愣住了。他的記性很好，判斷力也絕佳，他也敏捷有創意，像他這種地位的人就需要這些特質。他在腦子裡重播隔了一天的談話，從頭開始，他問生意如何，而舒洛帕說他要什麼。他快速掃過，挑出重點，也就是情報、理念和新德國、駕照、美國人的新姓名，還有賄賂，還說了很重要，還有第四次理念。

完蛋了。

他說：「我認識的人可能會讓你很意外，少了他們這座城市只怕會動不了，而且他們誰也沒犯法，包括我本人。」

「還沒有。」

「也就是說，誰也沒犯法。」

「等你犯了法，我們會嚴陣以待。」

「迫害我們只會增加我們的成員。」

「是起訴，不是迫害。」

「為你自己著想，古利茲曼先生，你面對的是一股強大的力量，很快就會更強大，也許該是放棄對你的主子愚忠的時候了，你應該站到我們這邊來。我們的利益是一致的，你沒有什麼好怕的，你的飯碗仍然是鐵飯碗，即使是新德國也會有小罪犯。」

古利茲曼說：「舒洛帕在死前打電話告訴你美國人的新姓名了嗎？」

德瑞姆勒說：「沒有。」

古利茲曼相信他，料他也不敢說謊。

辛克萊從一般辦公室打電話到白宮。漢斯沃茲離開了。畢夏來了。華特曼仍重複他消極的預測，認為已經來不及了，要德國人反應得等半天，再花一整天給他們簡報，搞不好時間還要更長，因為他們完全是在狀況外。接著他們聽說北約援引了某條款，可以說是雪上加霜，辛克萊預測會延遲許久。李奇打給古利茲曼，秘書說他開車外出，說等他回來會請他回電，聽她說話倒像是個非常討喜的人。

他掛上了電話。

辛克萊說：「懷利是逃兵，跟你在同一個城市裡。」

李奇說：「我需要他的新名字。」

「祝你好運。」

「我們可以做個假設。」

「根據什麼？」

「我們知道客戶可以選擇他們想要的名字，我們知道懷利在租車時使用了恩斯特和格伯哈特，為什麼選這兩個名字？如果是名單上的三跟二，那麼一是什麼？」

「這種猜法可跟大海撈針一樣。」

「憲兵的說法是瞎貓碰上死耗子——賭運氣。」

「這樣是比萬福瑪利亞好還是壞？」

「這一招把萬福瑪利亞遠遠丟在後面，妳連看都看不見。這全得看你帶不帶種，就像閉上眼睛揮棒。」

「那他的新名字是什麼？」

「我還不確定，還躲在我的腦子裡面，沒辦法把它弄出來，我可能得去參考一本書或是打個電話。」

「打給誰？」

「某個在德州東南部長大的人。」

電話響了。

古利茲曼。

他說：「要我幫什麼忙？」

李奇說：「我還不確定你能不能幫忙。」

「那你幹嘛找我？」

「我希望能準備好。」

辛克萊說：「賭一賭，李奇。」

他想起了舉起手以指尖輕拂她的額頭，手指插入她的頭髮，從髮根梳到髮梢。他記得頭髮的質感，時而濃密時而柔軟，如一波波的海浪。他記得把頭髮向後撥，別在她的耳後，另一些頭髮則自由地垂落著。

看起來很美。

當時他就在賭。

他對古利茲曼說：「我需要你去查懷利住的那個開發區的紀錄。」

古利茲曼說：「查哪個名字？」

「凱波納。」

「很普通的名字嘛。」

「單身男性，三十四、五，一個人住，除了檔案紀錄之外沒有什麼活動。」

「那得花上好幾個小時，你在趕時間嗎？」

「我們的腳步比預計的要稍微快一點。」

「那你最好很有把握，這可能是你們唯一的希望了，現在可沒時間再來摩擦油燈了。」

「試試看。」

「凱波納？」

「一有結果就打電話給我。」李奇說。

他掛斷了電話。

辛克萊說：「為什麼是凱波納？」

「為什麼是恩斯特和格伯哈特？懷利在德州舒格蘭長大，多年後的某一天他得要想出三個德國名字來。什麼會先浮上心頭？德州有一大堆的德國傳統，那是個古老的社會，很多人功成名就，很多的故事。據說第一個抵達的德國人就叫恩斯特，他建立了殖民地，我敢說懷利聽過他的故事。多年之後又有一個人創造出一種辣醬，現在可以在軍中福利社或超市買到塑膠瓶裝的，全德州都有。我相信懷利吃什麼都會配這種辣醬，那個牌子就叫格伯哈特。」

「巧合。」辛克萊說。「兩個都是。」

「如果不是呢？如果恩斯特和格伯哈特是因為在德州東南部長大的下意識聯想，那麼下一個會是什麼？」

「我一點也不知道。」

「懷利非常以他的故鄉為榮，原始的不假外出檔案中就寫了。一位柯曼技術士也證實了，他是懷利的欖樹飛彈裝甲車的隊友，懷利的家鄉就是帝國糖業公司，一九〇六年創立，舒格蘭是公司創建的城鎮，從頭到尾都是。」

「這些事情你是怎麼知道的？」

「有部電影，而且我在搭車的時候讀過《休士頓志》。帝國糖業是以薩．H．凱波納創建的，他也是舒格蘭鎮之父，那裡是他一手打造的。我相信他在那邊也是家喻戶曉，搞不好還有條馬路是以他的名字命名的呢。」

「你還真是豪賭。」

「是妳要我賭的。」

懷特說：「他們應該封閉港口。」

「我相信他們會。」辛克萊說。「我相信他們已經在討論了，白宮會覆電，通知我們情況。」

她看了看牆上的掛鐘。

蘇黎世的銀行已經開始營業了。

電話沒響。

36

頭一個小時電話沒響。第二個小時也是。李奇說：「我要讓歐洛茲科加入。」

畢夏問：「為什麼？」

「我們需要人手，我們的時間不夠了。」

「他能做什麼？」

「他是很厲害的偵訊員，要是我們在找到箱子之前先找到懷利，得讓他說出箱子的下落。這時就得歐洛茲科上場，大家都會對他有反應。」

「他已經知道多少了？」

「一些。」

辛克萊說：「打給他。」

於是李奇當場就打給了歐洛茲科，跟他說么洞洞洞祖魯和么么洞洞利馬他暫時調國安會，進一步細節以櫃台號碼立即10-16。

說完他掛上了電話。

尼利看著他。

他說：「我馬上回來。」

他離開了辦公室，下樓梯到大廳，在櫃台等，電話響了。警衛接了起來，起先一臉迷惑，但馬上就把電話交給了李奇。是歐洛茲科。10-16是憲兵的無線電代碼，意思是以座機電話報告。立即10-16的意思是立刻回電，用不同的電話號碼，歐洛茲科一聽就懂是為了隱私。

歐洛茲科說：「我們有麻煩了嗎？」

李奇說：「還沒有。」

「聽起來好像是有人剛跳樓。感覺怎麼樣？目前還好吧，像在飛行。」

「我們現在只需要抓到那傢伙。」

「快抓到了嗎？」

「能有多難？」

「你要我做什麼？」

「我跟他們說要你過來當偵訊員，其實不是，你過來幫忙把伊朗人弄出安全屋，他們都把他忘了。不然就是打算要冒什麼愚蠢的風險，我們不能坐視這種事發生。他們會殺了他，所以一等我們有行動，立刻把他弄出來。」

「你要行動了嗎？」

「我保持樂觀。」

「我要怎麼分辨哪一個是伊朗人，另一些是沙烏地人？」

「我相信像你這種文化敏感度那麼高的人應該一點問題也沒有的。」

「我要拿沙烏地人怎麼辦？」

「必要的話，就算附帶損害吧。」

「好冷血喔。」

「有十枚炸彈下落不明。」

「原來就是這麼回事嗎？」

「我們才剛查出來。」

「哪種炸彈？」

「核子炸彈。」李奇說。「跟廣島一樣大的原子彈。」

「沒開玩笑？」

「癌症是可以開玩笑的嗎？」

「十枚？」

「裝在箱子裡。」

歐洛茲科沉默了好久好久。

然後他說：「我要帶著我的士官。」

李奇說：「我也猜到了。」

「我這就出發。」歐洛茲科說。

李奇掛掉電話，走樓梯回一般辦公室。他一進門電話就響了，辛克萊放擴音。不是白宮，不是北約有新命令，是古利茲曼，他說：「懷利的開發區裡有五位凱波納先生。四個剔除，年齡不對，第五個非常有可能，他的租約不到一個月就要到期了，他沒有工作紀錄，資金來源不明，登記的名字是以薩·赫伯·凱波納。」

「就是他。」李奇說。「就是那個創建了帝國糖業的人，一模一樣的名字。我們找到懷利了。」

「五分鐘後我來接你。」古利茲曼說。「可是拜託，只有你、尼利上士和辛克萊博士。不要中情局，我還沒通知柏林，我可是頂著風險的。」

辛克萊掛上電話。

她看著李奇，說：「恭喜了，少校，又一枚勳章。」

李奇說：「還沒有。」

穆勒關上了辦公室的門，用桌上電話打給德瑞姆勒，說：「古利茲曼用市府紀錄在查一個叫凱波納的人，在新開發區，他們認為懷利住在那裡，之前派過便衣警車監視。」

德瑞姆勒說：「這個名字很常見。」

「我自己也查了，找到五個。三個是老人，一個是學生，第五個三十五歲，有駕照，剛好讓我可以查他的紀錄，什麼東西都沒有，白紙一張。沒有超速罰單，沒有逾時停車，沒有警告或口頭提醒，沒有保險，沒有證人陳述書，什麼都沒有。跟官僚世界一點接觸都沒有，這可不是一個普通的三十五歲男人，我覺得他不是真的，我覺得凱波納是懷利的新名字。」

「你有地址嗎？」

「我們應該先想想。古利茲曼會去公寓，我們沒有辦法進去。不過用交警的角度來想，他有一輛廂型大貨車，會停在哪裡？不在馬路上，因為我的人都找過了，到處都沒有。也不在停車場，因為那種貨車的車頂很高，車身也太長了。所以一定是停在很大的棚子裡，可能是間小倉庫。距離他住的地方夠近，這樣才方便。現在就停在那裡等著我們，那才是我們要的東西，懷利不是。」

「究竟是在哪裡？」

「你得問你認識的人，有人租出去一間舊棚子或是倉庫嗎？可能是付現金，而且租的人絕對是個陌生人，他可能會編個狗屁理由，你們不老是在說那種事嗎？有人認識某個人，他又認識某個人？」

德瑞姆勒說：「我會讓你當上警察局長。」

畢夏帶路到他的辦公室，角落有個舊式的號碼鎖保險箱，就跟地下室洗衣機一樣大。他轉動撥盤，撳下門把，打開了門。裡頭有一堆東西，其中有四把手槍，槍托朝上，擺在長形厚紙盒裡。他拿出三把，遞給他們，一把給辛克萊，一把給李奇，一把給尼利。手槍是柯爾特制式點三八，七發射手型，藍鋼，塑膠把。槍管短卻精準，都裝了子彈。

「盡量不要使用。」畢夏說。「萬一用了，拜託，除了懷利之外，別射別人。合法性就會讓我們焦頭爛額。」

李奇說：「等歐洛茲科過來，告訴他我們的行動和去向，要他預備。」

畢夏說：「沒問題。」

辛克萊把手槍放進皮包裡，李奇和尼利把手槍放進口袋裡。

整裝完畢。

古利茲曼就停在前一天停的地方，辛克萊坐前座，李奇和尼利坐後面。然後古利茲曼駛離，在城中穿梭，李奇記得這條街道。最後他們來到了十字路口，每一邊都矗立著高聳的磚樓，右轉是賣香檳的店，左轉是新的都會村。

他們左轉。

他們沿著嶄新的圓環前進，取道中間的出口，筆直進入公寓區。這個環境的公寓就像摩天大樓，其實沒有一棟超過十五層。在美國外牆可能是玻璃或是鏡子，但在這裡有時是漆上明亮色彩的金屬。大樓似乎啟發了兒童的建築玩具，或是受了建築玩具啟發，或是原本就想讓兒童在這裡覺得自在，李奇看不出個所以然來。他小時候就很嚴肅，無法無天的活潑歡鬧會把他逼瘋。

古利茲曼放慢車速。

他說：「就是左邊第二棟。」

也是一模一樣的建築，像側躺的大鞋盒，彩色鑲板，點綴著窗戶，窗子比較小，窗框粗厚簡練。大廳像巨大的拱廊，像一二樓被人咬了一口，應該左右都有入口，電梯也有兩部。

古利茲曼說：「我們是要停車走過去，還是直接開過去？」

「開車。」李奇說。「速戰速決。」

所以古利茲曼就加速，在懷利的大廳急停。路肩種了四棵樹。正前方還有一棟公寓，遠處有兩棟，公寓之間有寬步道，通往城市的保留地，再接上一條柚木與鋼構天橋，跨過水面，通向對岸。

他們四個人同時開車門，下了車。根據他的單位編號，懷利的大廳在左邊。兩部電樓供半棟公寓使用，而且都停在大廳這一層。早晨的尖峰時段過了。懷利的公寓在九樓。要奇襲公寓的標準作業程序是兩組人同時搭電梯上去，還有一組走樓梯，全面出擊，以免有漏網之魚。李奇看過這種事，他看過監視錄影帶，一個傢伙晃出門，坐上電梯，半秒鐘後警察從另一部電梯衝出來，時機沒算好，只能當上了一課。李奇猜想要是讓古利茲曼走樓梯到九樓，八成會心臟病發作，所以他建議古利茲曼搭電梯，辛克萊搭另一部。尼利走樓梯，李奇跟辛克萊一道。她的手槍仍放在皮包裡，位置很不妥當，掏出來的速度會變慢，而且制式手槍唯一的缺點就是擊鐵附近的彈匣卡榫很突出，在皮包裡亂掏可能會把子彈退出來，很不理想。

電梯門關上，向上移動。辛克萊說：「你覺得怎麼樣？」

李奇說：「私事還是公事？」

「懷利。」

「我在賣酒店的錄影帶上看過他，他的動作就跟戶外的耗子一樣快，而且他有槍。而且他就要做一筆世紀大買賣。不過沒關係，我喜歡挑戰。」

「他一開門我們就逮捕他，他不會有時間妄動的。」

「要是他不開門呢？要是他從窺孔看見了，躲在臥室裡呢？」

辛克萊沒回答。

電梯停了。

門打開了。

古利茲曼已經出去了，走廊上不見人影，每隔三十呎就有一扇門，單位編號標在門邊的直立長條鑲板上。鑲板上方有壁燈，下方就是號碼，都是不同的明亮顏色，號碼寫得像是小學教科書，懷利是9b，他的鑲板是綠色的，門是黃色的，像遊戲屋，我的第一間公寓。

黃門上沒有窺孔，反而有一隻與頭等高的塑膠眼睛，跟雞蛋一樣大，向外凸出，煙灰色。是鏡頭，裡頭的牆上可能有螢幕。一幅魚眼圖。而在鏡頭下手肘高度有門鈴。凡是來按門鈴的人，他的臉都會直接對著鏡頭。很有道理。

尼利點了點胸膛，**我先**。她貼著牆，以九十度角接近魚眼，在一臂之遙處，她用左掌蓋住鏡頭，掏出柯爾特，以槍管按門鈴。

37

沒有動靜。尼利再按一次。李奇聽見屋內有柔和的樂聲，輕柔、悠揚、從容不迫。

沒有動靜。

一點回應也沒有。

一點聲響也沒有。

古利茲曼說：「我們需要搜查令。」

李奇說：「你確定？」

「在德國是必須的。」

「可他是美國人，我們也是美國人，我們就用美國人的方法吧。」

「你們也需要搜查令，我在電影裡看過，你們有修正案。」

「還有信用卡。」

「幹嘛？要買東西啊？還是要還錢給誰？」

「是要足智多謀、自立自強，美國人的方法。」

尼利跟辛克萊要信用卡，拿到了一張政府發的運通卡，她側身立在懷利的門邊，背對著樞鈕，靠內的手握著門把，靠外的手拿著信用卡，只用指尖捏著。她以肩膀去頂門，並且使勁去拉門把，抵住樞鈕可能會有的額外壓縮，再把信用卡插入門框，碰到鎖舌，一拍一捺，肩膀一推，門就開了一條細縫，再將門把往下壓個一度，門縫就變得更大，她試了各種的組合，最後門鎖嗒一聲，門開了。而她立刻蹲低，因為她知道李奇會瞄準任何站在門後的人的重心。

裡面沒人。

到處都沒人。

他們搜查了一個一個房間，先是視線定在瞄準具之上匆匆環視左右，接著是較慢的細心搜索。

還是沒有人。

四人聚在廚房裡，流理台上有折疊的地圖，大比例，畫得很詳盡。是某個國家的中央地區。左邊是海，右邊是海，一塊正方形被手指摸得油膩膩的，右上角是布宜諾斯艾利斯。

「阿根廷。」李奇說。「他要買牧場，一定有一千平方哩，他在火車站換披索，他要去南美。」

尼利打開櫥櫃，檢查洗碗機，拉開抽屜，又伸手到回收桶裡，拉出一支細頸黑瓶。清洗過，空空的。暗金色的標籤，香檳王。接著她檢查垃圾。麵包屑、果皮、咖啡渣。以及一件染血的襯衫，濺上鮮血的長褲，一份紅色檔案。硬紙板覆上聚乙烯，內有四環，預先打好洞的紙張上寫滿了一行行的代碼，共有五欄。

「那是舒洛帕的。」古利茲曼說。「那就是我需要的證據。」

辛克萊從臥室回來。

「他收拾了一個袋子。」她說。「仍放在衣櫃裡，他還沒出城。」

此時此刻，懷利就在九樓底下，在大廳裡，尚未接近電梯。他立在中央，半轉頭，看著停在路邊的汽車。他很懂汽車，他曾是中間人。別人偷車，他來銷贓，主要是賣到墨西哥，有時銷往加勒比海。他很懂得估價。這個市場對價格非常敏感，就跟別的市場一樣。路邊的汽車是輛賓士，三、四年了，保養得不錯，而且非常乾淨。可是外表光鮮，裡面卻磨損了，跑了不少里程。沒行李廂蓋上有天線，像計程車或是市內接送車。不過它不是計程車或市內接送車，沒有燈號，沒有計費表。如果是市內接送車，又太舊了，不會是什麼高檔服務。要是賣給低價位服務的二手車，就會貼滿了貼紙和電話號碼。

而且不是接送車，因為司機的座位向後推擠到了乘客座。沒有哪對晚上約會的情侶能受得了。是警車，不是普通的刑警開的，而是警長，或是隊長。為什麼？絕不會是衝著他來的。他是隱形人，這點他有把握，那麼會是誰呢？這一區有將近兩百間公寓，免不了會住著壞蛋。在新德國，數據上是肯定的。

不用說，他需要他的袋子，還有他的地圖，他打算把地圖裱起來，掛在石壁爐的上方，在一個大房間裡，天花板像大教堂那麼高，正是它最適當的位置。它在感情上的價值就有那麼大，它讓他熬過了許多的漫漫長夜，是他的靈感，他不能就這麼丟下不管。袋子裡的東西若是需要，他可以再買，那只是小事一樁。不過他又得把披索換回馬克，有點討厭。可是他說什麼都不能把地圖撂下。別的不說，那是一條線索，以鉛筆圈出的方塊，被他的指尖反覆摩挲，他為了更不起眼的理由就把那個妓女殺了，所以他非得去拿地圖不可。

但是不急，他心裡想，等會兒再說，只是以防萬一。警察很可能在他的樓層，機率是十五分之一，他不想扯上什麼證人筆錄，他能說什麼？他根本就不認識鄰居，可是警方會覺得怪異。所以他轉個身，走出了大廳，走向通往水邊的步道，經過了另一棟大樓，走在最後兩棟之間，來到船塢保留區的起重機底下，坐在長椅上，向另一邊滑，直滑到能清楚看見他來的那條路為止。大約三百碼。汽車成了一個點，所以相反方向的他也是，他等候著。

德瑞姆勒從四樓辦公室打電話，接到他電話的人再打電話，就跟瀑布一樣沖過社會的某一塊，交易完成的地方，人人都知道某某人能夠讓價格再便宜一點，人人都知道誰的勢大誰的勢弱。接著回電傳回來，像是聲納傳回遠遠的一聲砰，而共識就圍著一個死也不會承認的人產生了，因為它根源自失敗。那個人買下了聖喬治南邊的碼頭土地，打算賣掉蓋公寓，可是創立漢堡市的人卻轉而開發聖保利，這個人賠上了一切，只剩下一堆破敗的倉庫，而且他付的買價還高出了市場價格，害他非常沒面子。

可是德瑞姆勒是個領袖，也跟所有的領袖一樣有個人魅力，所以他打電話給那個人，問他情由，在五分鐘的閃爍其詞與推拖宕延之後，他得到了他要的答案，因為一切都是現金交易。倉庫那傢伙在藏錢，他的債主緊盯著他的銀行帳戶，可是他需要能流通的金錢，所以他沒有多問，懷利七個月前出現，兩人碰面。懷利戴著紅色棒球帽，縮著下巴，掏出幾捲現金。他很不耐煩，好像時鐘滴答響，他有急事得辦，他付的租金多過了一般行情，而且他一點也不猶豫。

那人跟德瑞姆勒說了倉庫的地點。德瑞姆勒知道那個地方，他知道那座四四方方的橋。他心想：**你真的相信他們會在那裡蓋公寓？難怪你會破產。**

他說：「多謝你的幫忙，等時機成熟了，我們不會忘記你的服務的。」

他們在公寓裡爭辯，是否要等懷利回來，可是辛克萊說聽過漢斯沃茲的證詞之後，遊戲就改變了，現在的當務之急是那輛長軸距高車頂的廂型貨車，而不是懷利本人。他現在排在第二位。所以古利茲曼用懷利的電話，從市長辦公室攔劫了一個監視單位，反正市長辦公室也已經驚慌初定了，那人說他可以在五分鐘之後到懷利的公寓大樓外就位，所以他們盡可能把公寓恢復原狀，怎麼下來的就怎麼再下去，原因仍然一樣。同時搭兩部電梯，一人走樓梯。

他們走到人行道上，左邊是步道通往水邊。李奇看見遠處有一架舊起重機，重新漆上了黑色和金色，像隻古老的肉食動物一樣哈著腰。起重機底下有張公園長椅，好像有個人坐在上頭，太遠了看不清，只是一個小點。起重機過去是天橋，通向另一處碼頭，那兒又有兩具起重機，像是伸展著枝枒的樹。

他說：「那邊是什麼地方？」

「前面這邊像是都會公園。」古利茲曼說。「再過去就還沒開發。」

李奇環顧一圈，然後北、南、東、西筆直看過去，越過起重機，看入原本是扇形開展的地區，先是整齊的都會公園，再來是荒廢的土地，一定跟他昨晚從另一側看見的扇形一樣，要是他心中的地圖沒搞錯的話。在方形金屬橋那一邊，他折返的那裡，他記得月光映在漆黑的水面上。

廢棄的土地。

老舊的建築。

不少能藏一輛長軸距廂型貨車的地方。

他說：「我們應該過去看一看。」

四個齊步前進，配合古利茲曼的步伐，而他走得很慢。他們經過了下一棟建築，繼續前進，遠處長椅上的小點站了起來，邁步走開。休息時間結束了，該回去工作了。四人繼續走，走在最後兩棟建築之間，朝舊碼頭起重機前進。再過去，天橋跨越到另一處碼頭，然後是兩座橋，一朝左一朝右，通往另外兩個碼頭，每個都修復得不一樣，雕像不同，像是同一間博物館中不同的房間。從這些碼頭開始，橋樑的數量加倍，左邊兩座，右邊兩座，如箕張的手指，碼頭是巨形花崗岩建築，老舊漆黑泥濘，橋樑卻新穎輕盈，銜接另外兩座橋，再銜接四座橋，向前延伸，頗富奇趣。像迷宮，又不是很像，漢堡市可花了不少錢。

但還不夠，最遠的雕像一過就是雜草破磚以及一簇簇彎腰駝背的老建築。那邊的天橋是舊鐵橋，一派慘淡氣象，一畝又一畝。

延伸得很遠。

卻合邏輯。

李奇說：「他不會想把車停在城的另一邊，他想停在附近，這些天橋能幫他脫身，他在步行的距離內有一百處廢棄的倉庫，說不定是一千間。我敢賭有一半都沒有業主，他可以直接把車子開進去，換掉門鎖，那地方就是他的了。」

辛克萊說：「我們會在那兒找到車嗎？」

「這樣才說得通，這裡很方便，時機一到，開車到港口也用不了多久時間。」

他們走回去賓士車停車處。監視車輛抵達了，很不錯的一輛，輕易就能混入車群。四人坐上了賓士，離開了公寓區，繞過新圓環，回到四處是高高的磚樓的十字路口。他們右轉，上了李奇知道的路，經過一片水域，可能是深水碼頭或是盆地，然後再右轉，走上了狹窄的鵝卵石路，可以通往李奇在月光下看見的方形金屬橋。

橋那端是失落的文明的殘跡。裝卸區，十九世紀風格。鵝卵石街道寬得足以讓幾組馬拉的鐵輪緣平板拖車通過，還有樣式與尺寸非常古老的棚屋和倉庫，有些已崩塌，有些也撐不了太久。牆壁外凸，排水溝裡長了小樹。到處有橫街，就像是城市中的城市，要搜查的地方太多了。

古利茲曼說：「我可以查租賃紀錄，找凱波納這個名字。」

「他可能付現金。」李奇說。「迴避紀錄，他也可能竊占別人的倉庫。」

「我還是查一查，說不定會有異常活動的報告，我們不能隨便挑一區，這裡太大了。」

古利茲曼在繩索廠和製帆廠之間的空地掉頭，又開車通過了方形金屬橋。

「我們需要一輛車監視橋樑。」李奇說。「那是基本功課，那道橋是唯一的出入口，他沒辦法從別條路開車到港口。」

古利茲曼說：「市長辦公室還沒放我的人。」

「你不是弄出了一個來。」

「我沒辦法弄兩個。」

李奇不作聲。

古利茲曼說：「我大概可以請交通科的幫忙，飯店停車場案沒有動用他們。我相信穆勒副隊長會願意幫我們一個忙。」

「跟他說德語。」李奇說。「他的英語很爛。」

這個時候懷利正在兩哩之外，朝相反向快步行進，隨後搭上公車。他的心頭浮現一種非常奇怪的感覺，不能說是害怕，而是更強烈的感覺。他看著四個小斑點從公寓大樓出來，站在汽車旁，然後竟然朝他這邊走來，速度緩慢，卻不懷好意。經過了隔壁的大樓，繼續前進，斑點慢慢變得清楚。兩男兩女，好像在瞪著他，好像他們知道了，不是女的太矮小就是男的太高大。一個穿灰色，其他人卡其色，遠遠地看，不過是指甲蓋那麼小的一塊顏色，可是形狀卻四四方方的，像李維牛仔外套，跟他的一樣。其中一人他見過，不久之前，從公車上看到的，在公園裡，跟酒吧裡的兩個笨蛋。

不可能。

他是隱形的。

難道不是？

他站起來走掉了，腳步很慢，像個無憂無慮的人，一直走到視線範圍之外，才加快步伐。現在他過街到一家檔次中等的土耳其咖啡店，去使用牆上的電話。他有一大堆零錢，幾乎可以肯定會浪費掉，因為現在還太早，可是他突然緊張了起來。那個穿牛仔外套的人讓他不舒服，瞪著他看，好像他知道。

他撥到蘇黎世，給了他的密碼。

他問：「我的戶頭今天有存款進來嗎？」

鍵盤啪噠響。

一陣停頓。

「還沒有，先生。」對方回答道。

38

穆勒在辦公室打給德瑞姆勒，說：「古利茲曼的部門要求我幫個忙。他們的人都在飯店裡，分不出身。他們要我派一個人去監視那條橋，就是倉庫那一條。他們已經知道了。」

「不可能。」德瑞姆勒說。「他們只知道貨車藏在那邊，要是他們知道確實的地點，早就動手了，現在他們只能監視那個瓶頸路段。」

「你需要多久才能準備好？」

「我也說不定，大概半個小時吧。」

「我沒辦法拖上半個小時，太久了，古利茲曼可能會查問。上一次我就已經沒做了。」

「你能給我多少時間？」

「一分鐘都不行。」穆勒說。「我是應該立刻就派人的。」

「那你有可靠的人嗎？」德瑞姆勒說。

「怎麼個可靠法？」

「我的意思是我們的人，某個也許能說服他做選擇性報告的人，為了理念。」

穆勒說：「這倒是有可能吧。」

「跟他說我會讓他當上副隊長。」德瑞姆勒說。

李奇在古利茲曼辦公室外面見到了他的秘書，果然是個很討人喜歡的人。古利茲曼以連珠砲似的德語吩咐她，她立刻離開，每隔一段時間就帶一個城市規劃課的套裝男回來，每一個都捧著一堆地圖、企劃書、歷代勘測圖來。古利茲曼把最相關的資料都擺在他的會議桌上。一張地圖是新的天橋分布圖，另一張是發黃的紙，從資料庫調出來的，是以前的地區圖。另一張寫的是美化的範圍預計要再向外擴展，形狀像一片披薩，想必將來某一天會完成，但暫時還不會動工。迄今為止，尖端已經大致完工，而且還推展了兩吋，可是自從戰後飢餓的婦女一身襤褸去搬磚頭，從事修復勞動之後，披薩的主體五十年了仍不變。

都會公園的最外圍共有八條新天橋，規劃的概念顯然是走其中一條，聞著新鮮空氣，再回頭，直接折返。不過想繼續向前走的人也有迂迴的路線，使用舊鐵橋，以及橋側的步道，再來個髮夾彎，繞道而行。不是公園的一部分，但是可以走到鬼城去。

八條天橋。八個向前的選擇，加上兩個左右拐的選項，再來是更多。加成效應。到最後差不多有二十個可能的走法，將近二十個可能的終點，每一個都得走五分鐘到一區又一區的棚屋、車庫和倉庫。累積起來的總面積跟一座市鎮一樣大。

懷利搭同一路公車，朝相反方向，在剛才上車的地方下車，走過天橋，但選了不同的步道，繞到鄰近大樓的後面，走到轉角，從這裡可以看見馬路邊。

可疑的賓士離開了。

可是現在他在更靠近他的地方看見了另一輛賓士。嶄新的、頂級車款。是輛禮車，深黑色的，車身光可鑑人，前座坐了個戴手套和大盤帽的司機，顯然是高檔接送服務。懷利很懂車，大概是銀行的，給某個資淺的主管品嘗一點上流生活，讓他如飢似渴，讓他乖乖聽話，或是某對夫妻慶祝結婚週年，到巴黎去，那邊也有接送的禮車，搞不好男的做錯了什麼，搞不好他是想彌補。

懷利從鄰近的大樓出來，走向他的公寓大廳，兩部電梯都停在一樓。現在是一天的中間，沒什麼事，他搭電梯到九樓，掏出了鑰匙。

路邊的禮車裡司機使用無線電說：「懷利回家了，重複，懷利回家了。」

他的調派員說：「保持聯繫，我得通知古利茲曼。」

一陣死寂，接著調派員回來了，說：「古利茲曼說原地不動，他會盡快趕過去。跟美國人一起，一共四個，坐古利茲曼的車。」

「了解。」禮車司機說。他關掉麥克風，重新調整姿勢，壓低帽子，仰著鼻子，雙手放在方向盤上，一手在十點鐘的位置，一手在兩點鐘，雖然引擎並未發動，車子也靜止不動。

懷利打開了黃門的鎖，走了進去，筆直走進臥室去拿袋子，再直接走進廚房。把地圖照原來的摺子折好，壓平，裝進袋子的口袋裡。裡頭還有旅行社的紙皮包和機票。他拿起電話，撥到蘇黎世，說出密碼。

他問道：「我的戶頭今天有存款進來嗎？」

鍵盤啪噠響。

一陣停頓。

「還沒有，先生。」對方答道。

懷利放下了電話。

接著他站在那兒，環顧四周。他有一種詭異的感覺，空氣波動過，有事情發生了。

什麼事呢？

管他的，反正他又不會再回來，他關上門，走向電梯，電梯門立刻就開了，就等在那裡，為了省電吧，他想。德國人成天就想著節能省電。

他按下按鈕，門關上，他下去大廳，走到小路上，再轉向水邊，走向那台舊碼頭起重機，以及後面的天橋。

禮車司機用力按下無線電，說：「懷利又出去了，重複，懷利又出去了。他進去不到五分鐘，現在提著袋子，越走離我越遠了。」

調派員說：「古利茲曼跟美國人就在路上，你能跟蹤嗎？」

「不行。懷利走步道，我的車子有兩米寬。」

「你能步行跟蹤嗎？」

「我只能車輛監視，我動不了，我弄傷了背。」

「那你至少可以看看他往哪兒走吧？」

「他朝著一台舊碼頭起重機過去。」

「他現在走多遠了？」

「大約兩百米。」

「看到古利茲曼了嗎？」

「還沒有。」

古利茲曼卡在車陣中，因為四周都是高聳磚樓的十字路口發生了輕微車禍。他索性開上人行道，看見縫隙就鑽。辛克萊坐在他旁邊，李奇和尼利坐後面。這時的他們只有心急，對古利茲曼的開車方式沒有抱怨。最後他們終於轉彎，繞過新圓環，在監視車後面停下，從司機口中得知訊息。

古利茲曼說：「多久了？」

「十分鐘。」

「他走了。」

「帶著袋子。」辛克萊說。「也就是說他不會回來了。」

李奇瞪著前方，瞪著舊起重機，以及後面的地方。二十個可能的走法，二十個終點，一區又一區的棚屋、車庫和倉庫，累積起來的總面積跟一座市鎮一樣大。

「大家都沒有錯。」他說。「我相信我們都以為他回家來吃午餐，我們有理由相信至少有半個小時的時間。」

「你滿開心的嘛。」辛克萊說。

「他是在一個人造島上，只有一條出路，情況並沒有失控。現在我們只需要把他揪出來，最有可能的情況是我們會找到他跟他的貨車，一石二鳥，我們還是有勝算。」

「這叫有勝算？」

「其實還得看接下來的情況。」

「這個區域非常大，有二十個入口。」

「二十個出口。」李奇說。「卻只有一個入口。因為這裡非常大，他一定是開車巡視過。我相信他每次自願到倉庫值勤後就會放四天假，他有許多時間可以偵察，但即使如此，他仍然是大老遠從法蘭克福過來，他需要有車，租的、借的，甚至是偷的。所以站在他的角度來想，有一天他需要藏一輛貨車，他從金屬橋開進來，他要找什麼？」

「不知道。」

「絕不是第一眼就看見的地方，這可是一件大事。在這個時候，他不斷動腦筋，可是也在聽自己的潛意識。他要的是隱密和孤立，他要的是黑暗的角落，最重要的是他不想要突出，他不想要最近的，也不想要最遠的，不要最大的，也不要最小的。」

「他想要中間的。」

「好，現在範圍沒那麼大了，我們剛把它縮小了。」

尼利說：「他會找堅固的地方，要租下來還需要一支聯絡電話，他不會竊占倉庫，這麼大的一筆買賣，竊占太不保險了，什麼事都可能發生。他會想要當面和業主談，付一大筆現金，他會讓業主占點便宜，像個鄉巴佬，因為他可是一頭肥羊，業主不會多管閒事，他們會希望租約到期他再續約。所以我們要找堅固的門，上頭用圖釘釘了洽詢電話。」

李奇說：「現在範圍又更縮小了。」

辛克萊說：「白宮仍然沒有決定。」

「為什麼？」

「可能是複雜性超越了人類的理解能力，也可能是他們還沒有向世界承認發生了什麼事，太丟臉了。他們希望問題會自動消失，因為有我們。」

「到底是哪一個？」

「我想說我應該要知道，其實我並不知道。」

「我覺得是後者，我猜他們是想要我們繼續。」

「你是主張立刻行動嗎？」

「我們來把車子停在橋頭。」李奇說。「至少先這麼做，然後再看情況。」

39

舊船塢區仍然有公用電話，而且因為是在德國，所以都還能用。懷利撥到蘇黎世，投入一堆硬幣，給了對方密碼，問今天他的戶頭是否有存款匯入。

鍵盤啪嗒響。

一陣停頓。

「是的，先生，」對方說，「剛存入了一筆。」

懷利不作聲。

「你想知道金額嗎？」

懷利說是。

「一億美金整。」

懷利說：「我已經做好安排了。」

「了解，先生，阿根廷計畫，要我們立刻執行嗎？」

「是的。」懷利說。

他閉上了眼睛。

他的地方。

從外太空都能看見。

小荷瑞斯．懷利。

他睜開眼睛，掛上了電話，然後從來時路走回去。

在蘇黎世，信差從銀行出來，穿過光亮但隱匿的門，走到街上，走向轉角，招手攔下一輛計程車。她坐進後座，以仔細練習過的德語說：「機場，國際航廈出境處，漢莎航空到漢堡。」

德瑞姆勒從穆勒那兒弄到了出租貨車的牌照號碼，再請賓士經銷商的一位朋友從車輛識別號追查它的安全碼，再請另一位在汽車零件店的朋友複製了一把鑰匙。然後德瑞姆勒把鑰匙給了第三位朋友，是他特地為這件事調動的兩支小隊之一。他們都是彪形大漢，都精明能幹，也都老謀深算。他們當過兵，現在一個是機車技師，一個為來訪的俄國人當保鑣。

「橋那邊的交警是我的人。」德瑞姆勒說。「他會當自己是瞎子，沒看見你們，可就算如此，也粗心不得。以最快的速度進去再出來，你們知道該找哪裡，也知道該送到哪裡，還有問題嗎？」

有鑰匙的人說：「裡頭裝了什麼貨？」

「會為我們帶來偉大力量的東西。」德瑞姆勒說，他認為這種說法模稜兩可，卻有可能是真的。

他們發現一輛黑白色的警車停在方形金屬橋前，車裡的人搖下車窗，跟他們說正反兩個方向都沒有車輛通過，無論是卡車、廂型車、轎車、自行車，也沒有行人。一點動靜也沒有。李奇要古利茲曼跟那人說如果看見有輛廂型貨車過來，就用警車把路口封住。可能是白色的，可能掛著原來的車牌，但兩者都不確定。車輛可以重新噴漆，或另外偽裝過，所以還是小心為上。只要是廂型車，就先擋住路口，之後再問問題。

古利茲曼問為什麼。

李奇說要趁北約插手之前趕緊了事，據他推測，古利茲曼可能會認為這是個爭取個人榮耀的機會，說不定這傢伙有一天會想競選市長。

古利茲曼吩咐了交警該怎麼做。

李奇說：「我們去繞一圈吧。」

古利茲曼駛上街道，輪胎輾壓著鵝卵石路面，越過方形金屬橋，橋板嗡嗡響，然後又是鵝卵石路面，接著是兩條主要通道，可從最近到最遠探索這個地方。一條通碼頭，另一條如動脈繞到後面。

「哪一邊？」古利茲曼說。

「後面那條。」李奇說。

四處都有人跡。有間車庫的門開著，有個人在給一輛跑車焊接。另一個人開了間電子產品店，但整體來說這地區已經沒落了，這點非常清楚。從最近到最遠總共是兩哩，而商店數兩隻手就數完了。

古利茲曼說：「我們要回去看中間的第三區嗎？」

李奇點頭。

他說：「我覺得懷利也是這麼做的。」

古利茲曼穿過了一處裝卸貨區，在碼頭那一頭。原則上第三區會超過一千碼長，是一哩路的三分之二，縱深也差不多，大小如同一座頗具規模的城鎮的商業區。

懷利就在某處。

古利茲曼說：「你要從哪裡開始？」

「用他的角度來想。他有一輛貨車要藏，他會看見什麼？他會往哪兒走？」

古利茲曼放慢車速，轉入兩間倉庫之間，是條窄路，前面有庭院，左右兩邊都是倉庫，門是狹窄的木門。

「不是這裡。」李奇說。「無論他是為了什麼要租第二輛貨車，他都得找個地方停。不管是偶然或是他的計畫，他都需要一個能停兩輛車的倉庫，所以不是一扇堅固的門釘著洽詢號碼，而是一扇對開的門，其中的一片門板上釘著電話號碼。」

這樣的門有許多。有的告示又老又舊，令人卻步。有的嶄新清晰。可是除非是返回辦公室，一個一個查，否則無法知道哪些號碼仍在使用，哪些則否。李奇左顧右盼，在腦海中想像他看過的地圖，在古利茲曼的辦公桌上，在發黃的資料庫文檔上，布滿了墨跡，密密麻麻的標記。

他說：「懷利在德州長大，在歐洲開車他會有什麼感覺？」

「不怎麼舒服。」辛克萊說。「路又窄又怪，彎度也太小。」

「我們應該把這種感覺考慮進去。他得駕駛一輛商用汽車，他不會想覺得被困住，我覺得他租的倉庫會在比較寬的街上。」

而這樣的街也很多。他們周而復始，像建築計畫。有些橫街也很寬，供較重的車輛和較大的貨物通行。古利茲曼停在其中一條，說：「這樣找太耗時了。」

李奇說：「反正我們時間多，只要你的交警沒打瞌睡。」

「不會的。」

「我們可以再增加一個因素。我覺得他換了門鎖，或是加了新鎖，這可是筆大買賣。」

於是古利茲曼又出發，速度緩慢，梭巡這個地方，四個人全都伸長了脖子，尋找堅固的對開門，上頭釘著電話號碼，門前有迴轉的空間，以及新的鎖。

信差又一次排在漢堡機場的入境隊伍中，同樣的四個檢查站，仍然是兩個歐盟，兩個外國籍。她使用同一本巴基斯坦護照，但這一次她一身黑衣，頭髮也放了下來，她從玻璃看見自己的倒影。他們說如果又遇見同一個海關關員不要擔心，他不會記得的，他每天都要看一百萬人。

她向前移動，從第三位到第二位。

李奇坐在後座看見轉角有公用電話亭，說：「我得打個電話。」

古利茲曼停車，李奇下了車，撥到領事館，范德比爾特接的。李奇問他歐洛茲科到了沒，范德比爾特說到了，就把電話交給他。歐洛茲科說：「我在待命了，老大。」

李奇說：「你應該現在就行動，我們在這兒設了路障，交易不可能會完成。遲早他們會知道。」

「找到他了嗎？」

「快了。」

「目前一帆風順，跟飛行一樣。」

「還用說。」李奇說。

他掛上了電話，默默佇立。他能聽見背後是古利茲曼的賓士車，在路邊怠速。他能聽見市區模糊的嘈雜聲，在一哩之外，以及河的下游的船笛聲。他聽見近處有壓縮機在運轉，可能是某人在噴漆。偶爾有引擎的噪音，在中距離，彷彿在來回運輸什麼。

並不是一片死寂。

懷利就在某處。

李奇走回賓士車旁，說：「尼利上士跟我用走路的。」

信差走過了提領行李處，到了中央大廳。她躲開擁抱的人眾和氣球，走到外面的馬路上，馬路像在地下室，出境大廳就在上層，他們跟她說她會在遮蔭區的左邊盡頭找到她要找的兩個人。

她走過去時就看見了他們，與事前的描述一模一樣。矮小的男子，勁瘦、蓄鬍、黑髮黑膚。他們穿著連身工作服，腰部以上的鈕釦都沒扣，底下穿汗衫，頸子上掛著耳罩，手肘套著護肘，腿上有護膝，二頭肌套著透明的名牌，全都以厚塑膠帶固定。名牌是機場的，是一家貨運代理公司，跟許多中東航空公司的貨運部門關係極為密切。

信差說：「賓士是以一位客戶的女兒命名的。」

左邊的人說：「妳是女人。」

「這是一件重要的事，還有什麼偽裝更好？」

「妳知道自己在做什麼嗎？」

「你呢？」

「妳應該要告訴我們的。」

「那你們最好要信任我，我們要搭計程車去舊碼頭，有個人會交給我們一輛長軸距廂型車，你們要把車子開回機場，裝上飛機，了解嗎？」

兩個男人點頭，跟他們預想的差不多。他們是飛機的裝卸工，配戴的證件可以讓他們穿梭任一扇機場門。要把事情辦妥，就得要找對人，他們可不認為會被叫到醫院去為腦部手術操刀。

李奇和尼利走對面的人行道，一扇一扇門檢查，站在角落窺視。他們盡量把自己想像成慢動作版的懷利，駕著汽車偵察，停在每一區的盡頭，感覺，選擇，左邊、右邊、前方，哪個感覺最好、最安全，而且隱密又孤立。

這時他們已經深入了中間第三區，而且幸運女神眷顧，這邊感覺最好的倉庫都有同一組電話號碼。都是清晰的一片塑膠板，看來釘上沒多久。懷利會喜歡，他會覺得有信心，塑膠板告訴他這是家小型的房地產商，可靠、專業。而且他會是眾多承租人之一，不會顯得突出。

「同一個電話我已經看過三十次了。」尼利說。「這傢伙可買了好大的一塊地啊。」

「搞不好他是想要蓋公寓。」

兩人繼續前進，停在每一區的尾端，感覺，選擇，左或右或前方。李奇停在一個轉角，向左瞧，只見一扇對開門。堅固，深綠色，老舊卻沒有腐朽。還有電話。左扇門敞開了一呎，掛鎖歪斜地吊在門栓和一個鐵扣上，右扇門完全打開。是間小倉庫。外面陽光太強，所以往裡看只是一片漆黑。

李奇走近些。

裡頭有動靜。快速急促的呼吸，咕嚕咕嚕的聲音，最後都會有輕輕的倒抽氣的聲音。是某個人肋骨斷裂，喉頭有血的呼吸聲。李奇掏出了柯爾特，拉開了保險栓，手指勾著扳機，緊貼著牆，想從樞鈕的縫隙看見裡面。一團烏黑。

他順著左扇門的角度，背貼著門板。尼利等在一碼外，等他移動她就會填補他的位置。

他聽著呼吸聲。

咻咻咻，咕嚕嚕，赫哧赫哧。

他從門邊移開，從門板邊往裡看，看見了一塊可停兩輛卡車的空間，一半有車，另一半空的。是一輛舊的運貨卡車，滿是灰塵，輪胎扁了，車身漆著Möbel，也就是家具的意思。後門捲起，裡頭是個空蕩蕩的條板箱，大約十二呎長、六呎寬、六呎高，老木材，跟金屬一樣堅硬，深紅棕色。

而空著的停車位上倒著一個人。

他躺在血泊中。

髮型，額頭，顴骨，深陷的眼眶。

是荷瑞斯．懷利。

40

懷利的鼻梁被打斷了，李奇覺得一條胳臂也是，從他抓著胳臂的樣子來看。他的另一隻手緊緊按著肚子，鮮血從指縫中湧出。他茫然瞪著地平線，眼中是赤裸裸的淒涼，李奇還沒見過這麼大的震驚與慘痛，這麼殘酷不幸的失望，這麼的痛苦，這麼的被擺了一道，這麼張口結舌的難以置信，不敢想像世界可以如此粉碎一個人。

李奇靠近一些。

他說：「怎麼回事？」

懷利喘氣，咕嚕響，聲音低沉斷續。

他說：「他們偷了我的車，捅了我，打斷我的胳臂。」

「誰幹的？」

「德國人。」

「怎麼會？」

「我在這裡等。來了兩個人，捅了我一刀，偷了我的車。」

「等什麼？」

「等人來拿車，交易的一部分。」

「幾時？」

「喂，我需要醫生，我快死了。」

「廢話。」李奇說。「叛國就是死刑。」

「我很痛。」

「很好。」李奇說。

接著他聽到汽車聲，他回頭看敞開的門，是古利茲曼和辛克萊，坐在賓士公務車中。

辛克萊跪在懷利旁邊，說話，傾聽，答應用醫生來換取他的合作，而且她已經盤問了一大堆問題了。尼利看著家具貨車上的空木箱，吸引了李奇的目光，指著秘密檔案的容器。薄薄的夾板，挖出個半月形，方便拉出，學徒做的，做了十一個，李奇跟古利茲曼一路駛回鐵橋那兒，看交警有什麼發現。可能是一輛廂型貨車，可是交警卻指天發誓什麼動靜也沒有，沒有廂型車，沒有汽車，沒有人，什麼都沒有通過。

李奇和古利茲曼又駛回倉庫，下了車，什麼也沒聽見。辛克萊和尼利站在陰影中，默然不動。地上的血泊擴大了，但是並沒有繼續變大。

懷利的血流光了。

他死了。

古利茲曼說：「沒有車輛過橋。」

沉默。

然後李奇聽見了另一輛車。

他踏出一步。是計程車。三名乘客。一名女子，低著頭，從皮包裡掏錢付車資。兩個男的，下了車，短小結實，黑髮蓄鬍，穿著工作服以及保護的裝備，東張西望，看見了李奇，筆直看著他的眼睛，小心地點頭招呼，彷彿知道會看到他。想當然耳，他心裡想，無足為奇。他們知道有個男人要交給他們一輛廂型貨車，他們就是來開車的，交易的一部分。

李奇握住了口袋裡的槍，直接走到陽光下。女人把錢包塞回皮包裡。計程車離開。她抬起頭，一見李奇就一愣，有點摸不著頭腦。李奇不是她要見的人。她二十出頭，黑髮，橄欖色皮膚，非常漂亮，可能是土耳其人或義大利人。

她就是信差。

跟她來的兩個人耐心地等候，堅忍不拔，一點也不興奮，就跟勞工面對例行的勞動一樣。他們是機場的工人，李奇想。他記得跟辛克萊說過懷利選擇漢堡是因為這裡是港口，歐洲第二大港，是通往世界的門戶。或許以前是，但計畫改變了。現在他猜他們是要把貨車開入一架貨機的機腹，說不定飛往亞丁，那裡是另一種的港口，在葉門的海岸，會有十艘不定期貨輪等著完成之後的運輸，在海上航行數週，直接送到紐約或是華府或是倫敦或是洛杉磯或是舊金山。世界上的大城市附近都有港口。他記得尼利說爆炸的致命半徑是一哩，火球的半徑是兩哩，十倍多，一千萬人死亡，緊接著就是徹底地瓦解，接下來的一百年是黑暗世紀。

信差說：「哈囉？」

不是土耳其人，也不是義大利人，普什圖人，可能，巴基斯坦西北邊境來的，歷史極悠久的部落。盡責的繪圖人會畫線，寫上印度或巴基斯坦或阿富汗，而普什圖人禮貌地微笑，照樣過他們的傳統日子。

信差說：「你是誰？」

李奇朝半開的門點頭，說：「懷利先生在裡面。」

兩個男人落在後面，讓信差帶路。李奇緊盯著他們的臉，看見他們逐漸恍然大悟，空蕩蕩的停車位，地上一個死人，一攤漸乾的血。三個身分不明的人立在血泊邊緣。

不對勁。

李奇掏出了槍。

兩個男的和信差轉過頭來看。

李奇說：「你們被捕了。」

他們的反應因性別而異，李奇看見兩個男人的眼中匆匆流過古老的、無望的結論。他們是在外國工作的人，沒有地位，沒有權勢，沒有籌碼，沒有權利，沒有期望。他們是社會的底層，他們是砲灰。

他們會豁出去玩命。

正僵持著，只見兩人匆匆伸手到打褶的衣服裡，又拉又拗，兩手往裡塞，掏出了傢伙，李奇以英語和德國喊不，可是他們不停手，他們手上拿著怪異的鋸短的左輪槍，淡淡的鋼鐵，淡淡的松木槍柄，槍管約莫一吋長，像菸屁股。李奇心想華府和紐約和倫敦會列在榜首，然後可能是特拉維夫、阿姆斯特丹、馬德里。其次是洛杉磯和舊金山。可能就是金門大橋。正如漢斯沃茲所說。他們收到的命令是把炸彈綁在橋墩上，設好定時器，然後沒命地跑。

他射擊他們的身體重心，極快的兩槍，從左至右，等他們倒地再度開槍，仍是從左至右，瞄準頭顱，為了百分之百確定。震耳欲聾的槍聲漸漸變成刺耳的嘶嘶聲，而拋錨家具貨車的車身上的字噴上了鮮血。

李奇瞄準了信差的臉。

信差舉起了雙手。

她說：「我投降。」

沒有人理她。

她說：「我有很好的情報，我知道他們的銀行帳號，我可以把他們的錢給你們。」

辛克萊發號施令，她畢竟是高階長官，在北約的排序上。以市府的角度來說，古利茲曼的態度夠軟，可能是政治現實的關係吧，也就是說你得知道自己幾時被擊敗了。辛克萊跟他說要是他覺得貨車還沒有過橋，就應該把所有人手都從市長辦公室調出來，劃定一個範圍。她叫尼利去打公用電話，要畢夏趕來，還有懷特和范德比爾特，華特曼和藍德利可以留在基地看守。

不出幾分鐘，古利茲曼就調了兩輛車把守鐵橋，他們謝過交警，請他回家。緊接著又有兩輛汽車抵達，他們通過路障，在最近的建築物前方部署。找到貨車只是人手多寡的問題，廂型貨車是龐然大物，一長列的人肩並肩搜尋是幾乎不可能會遺漏的。

李奇看著懷利，再看著辛克萊，問她：「他跟妳說了是怎麼找到箱子的嗎？」

她說：「說是根據阿諾伯伯跟他說的事。」

「什麼樣的事？」

「跟原子彈有關的，就連阿諾伯伯都覺得那是異想天開，雖然他是傘兵，受的訓練基本上就是自殺任務。他會是史上最大陸地戰的第一波箭頭之一，可是雖然如此，他也覺得原子彈怪怪的，對單一個人來說威力太強大了，後來他跟他說了失蹤的箱子的事，他們都相信是真的，還引起了一陣恐慌，再怎麼掩飾也掩飾不了。阿諾伯伯猜到頭來木箱自然會落到某一個儲存倉庫去，他很肯定，結果並沒有，顯然他認為這是一個教訓，教我們要謙遜。」

「那懷利是怎麼想的呢？」

「他把這個教訓想歪了。」

「他是怎麼解謎的？」

「是阿諾跟他說的另一件事，風馬牛不相關的一件事。阿諾在非常早期就來了德國，那時德國仍是一片廢墟，大家還吃不飽。軍隊雇用當地的平民，大多數是女性，因為也只剩下了女人。算是某種福利，而且也省得徵召美國兵來速記和打字，他把阿諾說的話拼湊了起來。本地的婦女為了錢什麼都肯做，為了一條糖或是一包好彩菸什麼都肯。阿諾也逮住了機會，有一次有個女孩給了他她姐姐的地址，她也是獵豔的目標。可是他找不到屋子，女孩寫的是十一，他看成了七十七，因為是手寫的。歐洲人寫一會打個長長的勾，像頭頂長尾巴，所以一就很像是七。寫七的話會畫條短槓，以示區別，最後懷利猜到如果某個德國的職員寫了一張便條，再由美國職員打字，或是反過來。他猜最後就是因為這樣子弄錯的。」

「會有這麼簡單嗎？」

「他認為軍隊當然會想到這一點，他猜他們會做表格圖表，把一換成七，七換成一。可是阿諾伯伯的故事顯然是太離譜了，經手的人太官僚了。最後懷利就猜想要是一個數字經過了三個步驟，而不是兩個，那會怎麼樣。假設某個德國職員寫了一張便條，再由美國職員打字，最後另一個德國職員又把打字稿謄寫了一遍？或是反過來。一開始不是一就是七，他自己列了圖表，他覺得軍隊是不會費心採取這個步驟的，軍隊對自己系統上的錯誤會視而不見，而他猜對了。木箱一直都在，他第三次找就找到了。」

李奇沒吭聲，只是點頭，走開了。信差捕捉住他的目光，說：「我可以幫忙。」

他說：「我不要妳的錢。」

她說：「別的忙，胖子錯了，有輛貨車確實過了橋，我們過來的時候它正向外開。」

41

尼利把懷利的袋子提到古利茲曼的後車廂，放在蓋子上，拉開拉鍊。李奇把古利茲曼叫過來，要他搜查。古利茲曼說：「為什麼叫我？」

李奇說：「我很想聽聽你的看法。」

古利茲曼的做法正如李奇的預期，就跟個老兵在接受測試一般，經驗豐富，卻突然小心翼翼，彷彿知道一定有哪裡不對。是圈套。是在測試他能多快找到嗎？會有什麼風險？他不知道。

最後只有三樣東西值得研究。首先是懷利的新護照，使用的是以薩·赫伯·凱波納的名字，製作得實在精美，完完全全、徹徹底底如假包換。第二個是在他的廚房裡見過的地圖，折疊得很整齊，可是實用性有限，因此可能帶有感情成分，可以稍窺他的心態。

第三樣是一把賓士鑰匙。

可能不是轎車。有點過大了，塑膠成分也太多，太普通了，那種鑰匙將來會變得污穢，是廂型貨車的鑰匙。

古利茲曼也同意。

李奇說：「全新的賓士可以不用鑰匙發動嗎？」

古利茲曼說：「不行。」

「那麼貨車就是用複製鑰匙偷走的。」

古利茲曼說：「對。」

「很難取得吧。」

「對。」

「你的部門很了不起，打從一開始。你們的表現非常優秀，你同意嗎？」

「過獎了。」

「我是真心的。」

「還是一樣，過獎了。」

「不過只有一個缺點，監視漢堡南區的行動沒有執行。」

「那是交通科負責的。」

「他們為我們派了輛車守住橋頭。」

「你的意思是？」

「我的意思是一連串的事件可以有許許多多不同的解釋。」

「麻煩你舉一種。」

「一切都巧合得太奇怪了。」

「再舉一種。」

「警察局的漏洞是交通科。」

「漏給誰？」

「某種犯罪集團，不過並不是義大利人，而是懷舊的德國人，有會員有規章有紀律等等的，還有目標和野心，我們是這麼聽說的。」

古利茲曼悶不吭聲。

「對不起。」李奇說。「我們自己保守秘密，卻窺探你們的。」

「你有通盤的推論了嗎？」

「只有兩種可能。第一，他們從一間車庫偷走卡車，藏在三條街外的另一間車庫裡。為什麼？會有什麼理由？是打算晚上偷溜過來開走嗎？是黑吃黑？還是螳螂捕蟬黃雀在後？這麼搞實在太詭異，太複雜了，我比較喜歡第二種可能。」

「請問是？」

「守橋頭的警察說謊。」

「這種話可不能隨便亂說。」

「他們偷了貨車，開走了，守橋的人假裝沒看見，這種事難免會發生，別放在心上，所以才叫組織犯罪啊。港口本來就是龍蛇雜處，山頭林立的地方。你需要作心理調整。」

古利茲曼不回答。

李奇說：「這麼一來信差說的話才有道理。」

「她算不上是可靠的證人。」

「同意。」

古利茲曼說：「貨車裡是什麼東西？」

「你最不願意是什麼東西？」

「一大堆呢。」

「這個絕對是最恐怖的，相信我。所以我們得事事懷疑，才能想通該到哪兒去找。」

古利茲曼說：「我想腐敗的交通警察在理論上是說得通的。」

「你知道這些人，你跟我說你在等待時機，你跟我說不能因為思想犯罪就逮捕他們，你說你需要確切的罪行。」

古利茲曼沉默了一下。

旋即說：「我今天早上跟他們的頭兒談過。事實上，偽造證件者生前最後一個見過的人就是他，他要查懷利的新名字。他有畫像的影印，他叫德瑞姆勒，從巴西進口皮鞋，我得到他的辦公室去，不能要他過來我的辦公室。他說他認識的人會讓我很意外，他說我面對的是一股強大的勢力，很快就會變得更強大。」

「我們得去拜訪德瑞姆勒先生。」

古利茲曼開車，到了一處住商混合的街道，距離光亮木門面酒吧只有四條街。在這一區顯然是可以用霓虹的。德瑞姆勒的地方是一棟狹長的四層樓房，一九五〇年代的重建屋，頂樓的窗戶和排水管之間有明亮的招牌，紅字，複雜的銅版雕刻字體，彷彿是什麼名牌。像美國舊式的可口可樂招牌。紅字寫的是Shuhe Dremmler，李奇猜那是德瑞姆勒皮鞋的意思。

電梯很慢，而且他不在。他的秘書說他接到電話就出去了，她不知去了哪裡，也不知他幾時會回來。

他們回到領事館，也邀請古利茲曼進去，其他人已經先回來了。懷利的屍體正送往蘭施圖爾的美國軍醫院停屍間，歐洛茲科弄來的送護車。信差被關在地下室，等候美國法警以及一副手銬押送到杜勒斯機場。伊朗人坐在窗邊，歐洛茲科跟他的士官把他帶了過來，過程輕鬆順利，沒有附帶損害。幸好來應門的就是伊朗人，接著就是直接綁架。伊朗人一臉的不確定，他的舊生活結束了，新生活正要展開，在他沒見過的地方。歐洛茲科說大家都沒有意見，他說畢夏也說他本來就打算要下令了，行動後的報告也會據此而寫。可是他說畢夏事後跟他道謝，謝他至少幫他們省了時間。懷特很開心，他很關心執勤的探員，范德比爾特比較鬱悶，他說這下子中情局在漢堡等於盲人了。

接著是辛克萊發言，她跟瑞特克里夫和總統談過，所有的非正式外交途徑都已開通，北約和歐盟預備援手。但目前任務仍不明朗，下一步是填滿空白。美國政府會深吸口氣，坦承在四十年前弄丟了一箱核子武器，德國會深吸口氣，承認新納粹幫派已壯大到偷走了這一箱武器。其實無論是美國或是德國政府都不想走到這一步，雙方的坦白都無法贏得廣泛的欽佩，最後的決定很快就會見分曉。

「他們要我們幫他們搞定。」辛克萊說。「近期變成了現在。」

「他們擺明了說的嗎？」李奇問道。

「暗示相當的沉重。」

「我想確定一下。」

「我猜有些問題最好是事後再回答。」

「我們有多少時間？」

「他們不能一直等下去。」

窗外天色漸黑。北半球的緯度，時近黃昏了。

李奇說：「德瑞姆勒皮鞋的規模有多大？」

古利茲曼說：「他吹噓是一週一百萬雙，一年五千五百萬雙。可能是在放屁，但就算是這樣，也一定是很大的數量。」

「那我們看見的辦公室一定只有文書人員，弄訂單、發票之類的。沉重的卸貨得在別處進行。」

「在碼頭。」古利茲曼說。「他擁有部分的碼頭。」

「而且他認識的人可能會讓你很意外。」

辛克萊說：「這是萬福瑪利亞嗎？」

「不是的，長官。」李奇說。「是瞎貓碰死耗子。」

「有關那個賣皮鞋的？」

「起初只是理論上的例子。這麼說吧，他是什麼大巫師，到處都有會員，包括警察局，所以我們的每一步都逃不過他的眼睛。他從一開始就聽說了交易的事，決定要攔劫，為了他這個大巫師膜拜的什麼教的偉大的榮光，我們忙著調查，而他騎在我們的背上，而且很成功，他弄到了貨車。可是搶奪的行動很混亂。他的時間始終不夠，總是在設法追上來，他不能事前策劃，只能先把貨車搶到手。現在他不知道該怎麼辦，他甚至不知道貨車裡裝了什麼。這個情報完全沒有走露，我覺得他是把車子藏在附近，暫時的。他需要做個深呼吸，他需要好好思索。」

「有可能。」辛克萊說。「可是另外一百種情況也有可能。」

「不到一百種。」李奇說。「十種吧，可是這一個符合我們的所知。德瑞姆勒問偽造文書犯懷利的新姓名，這不可能是巧合，再說他擁有碼頭，一週一百萬雙皮鞋，需要的卡車可不少，再多一輛也不會引起注意。」

「我們只有一次機會。」

他記得另一隻手移動，相同的方式，幾乎碰觸到她的額頭，手指深埋入她的髮際，向後梳。那一次他的手最後停住，捧著她的後頸。他記得感覺很纖細，而且溫暖。

當時他就在賭博。

他說：「由妳決定。」

「你沒有意見？」

「我反正是要去，以防萬一。因為如果是這個傢伙，那等他的二軍打手被痛扁，他的自大也會被揉成一團。打從他派人來找我麻煩開始，我就留話要他自己出來面對我。我跟他說我們可以繞著街區散散步，討論討論，也許現在正是時候。」

42

他們等待黑暗降臨，等候尖峰時段的車流疏緩，以及各種的外交討論結束。畢夏說他得在場，他會開車載懷特和范德比爾特，辛克萊說她坐他們的車。古利茲曼覺得應該代表漢堡市當觀察員，他很樂意邀請華特曼與藍德利同車，畢竟他們是聯邦調查局的，他們賞光會讓他很有面子。

李奇和尼利跟歐洛茲科一道，坐他的車，由他的士官駕駛，他姓胡波，比尼利高，並不是孔武大漢。他跟歐洛茲科帶了軍隊配發的貝瑞塔手槍。李奇的柯爾特裝了新彈匣，他用掉了四發。

古利茲曼帶領車隊，他的地頭熟，而他選了一條風景優美的路線。越靠近碼頭就越熱鬧，步調快，效率高，工作勤奮，燈火通明，到處都有活動。堆疊的貨櫃多達好幾畝，起重機有幾哩長，半掛車也排成長龍。還有巨型金屬棚，一間接一間，有些的名稱李奇知道，有些不知道。他們繼續前進，一哩又一哩看見的都是同樣的景色。

接著他們看到了一處巨型金屬棚，圓圓鼓鼓的，很有現代風，屋頂上有舊式的紅色霓虹招牌，立在舊式的鐵架上，非常之高，銅版雕刻字體，有如從前的可口可樂招牌，上頭寫著Shuhe Dremmler，就是德瑞姆勒皮鞋的意思。

古利茲曼放慢車速，緩慢通過。整個棚子像體育場一樣燈光明亮，棚子的另一端是碼頭，可能皮鞋直接下船就送進了另一端的棚子，進入了某種的配送線或是包裝線或是清點線，再從棚子送到馬路邊，車等著上貨，運送到各處。一週一百萬雙，顯然需要夜班工人，不過也可能不會用到全體的工人。看來這地方只有一半有活動，可能比一半再多一點。

歐洛茲科說：「你確定是在這裡？」

李奇說：「瞎貓碰死耗子你是有哪部分不懂？」

「我們要等一會兒嗎？」

「他們可能徹夜工作。」

「裡頭可能有五十個人。」

「而且都有事要做。我們可能就在一百碼之外，他們不會注意的。貨車可能會有守衛，可是我們有四個人，沒問題。」

「只要貨車在這裡。」

他們在兩個單位外停車，下車步入潮濕的夜晚空氣中。

辛克萊說：「遺失的項目可以辨識嗎？」

「我沒看過。」李奇說。「不過照漢斯沃茲的說法，是五十磅的金屬圓筒裝在帆布袋裡，所以什麼都有可能。」

「上頭有文字嗎？」

「我相信是有序號以及製造日的代碼，可是不會像貓紋，一看就知道是隻貓。」

「所以他們才還沒有慌了手腳。」

「除非是他們找到了密碼本，那他們就有頭緒了。」

「那是用密碼寫的。」

「想想少將的話，想想諾曼第登陸，我相信一定很容易看懂。」

「這間倉庫裝滿了皮鞋，我覺得你猜錯了，太超現實了。」

「揹著原子彈去炸橋墩，然後沒命地跑也一樣。」

「此一時彼一時。」

「他們不知道弄到的是什麼，他們以為是機關槍，說不定是手榴彈，他們正在裡面搔頭苦思呢。」

「這是一個可能，可是我們只有一次機會。」

「那就祈禱是正確的可能吧。」

「是嗎？」

「我們來問問古利茲曼的看法。」李奇說。

古利茲曼聳聳肩。依他看來，德瑞姆勒是個膽大包天、野心勃勃的人，就愛興風作浪，唯恐天下不亂。那個人熱愛歷史，熱愛行動與理念，崇拜偉人應運而生的權力，而偉人都是在時機恰當的時候出擊的，古利茲曼認為將來他可能會非常危險，但目前他還只是夸夸其談，不見行動，因為經驗不夠，也就很可能因為第一個大計畫成功而沖昏了頭，誰也沒有後續的計畫，所以很可能他會停下來喘口氣，在一個安全的地方，所以很可能他會選擇他自己的地盤。事實上，根本就是比很可能還要有可能，幾乎是十足十的把握，他在自己的地盤上可以呼風喚雨，這是人性。

「如果是他的話。」辛克萊說。

李奇說：「只有一個方法可以確定。」

完全沒有遮掩的必要。碼頭路非常明亮，上貨區非常明亮，金屬棚非常明亮，而後方的碼頭也非常明亮，唯一的黑暗是水域。他們在馬路上掉頭，駛回德瑞姆勒皮鞋。古利茲曼帶頭，接著畢夏慢下來，停在路邊。歐洛茲科的士官胡波越過他們，直接向前，與紅色霓虹招牌平行，駛向大門。

開了進去。

近看之下，棚子極其龐大，像什麼閃閃發光的鍍鋅金屬。沒有開口，沒有窗戶，沒有舷窗。屋頂比牆壁還大，拱起如球形，有如鄉村麵包，有如爆炸頭。屋頂是肋架拱頂，能承受壓力，結構複雜，底下的牆壁顯得低矮。面對馬路的牆大約有五十個汽車入口，鐵捲門，有如郊區的車庫，但大得多，漆著三原色，有塑膠圓窗，透出強光。打開的門大約有三十道，由左向右依次排列，深入到一半的地方，前二十道門活動頻繁，卡車進進出出，後十道開著的門顯然沒有動靜，右邊的最後二十道門關得緊緊的。夜班工人，可能在忙緊急訂單。

他們更靠近一些。

棚子內部跟足球場一樣大，輸送機如飛運轉，成堆的盒子有如小山高，堆高機來來去去，而且顯然噪音不小，裡頭的人戴著黃色大耳罩。

這倒方便。

李奇說：「那是傘兵的武器，一著陸就要接戰，所以一定也事先想到流彈會射穿背包，所以炸彈可能不會就這樣爆炸，幾乎是百分之百不會。不過沒必要的話，我寧可不知道我的推論對不對。」

「如果東西在的話。」歐洛茲科說。

「我們去查清楚吧。」

胡波駕車通過了最後幾扇敞開卻沒有動靜的門，再右轉，離開了倉庫忙碌的那一端，前往安靜的那一頭。汽車行進在以膠布標出的車道上。他開在那排緊閉的門的後面，煞車，停住，尼利下了車。他繼續前進，再煞車，歐洛茲科下車。他繼續開，第三次煞車，李奇下了車。

李奇站在那兒看著胡波駛離，他察覺到的第一件事就是噪音。輸送機轟隆響，吱嘎叫，堆高機嗶嗶叫。第二件事是氣味，一百萬雙新皮鞋，就像兒時回憶，像大街上的鞋店，卻濃烈一千倍。

他後面的卡車沒有一輛是廂型貨車，他面前沒有東西在動，放眼望去沒有一輪車，他可以一路看到後面的碼頭。距離很遠，視線卻清楚。燈光很明亮，什麼也沒有。

卻有像山一樣高的盒子，許許多多的地方，最小的一堆也比堪薩斯要高，最大的一堆簡直無法衡量。參差不齊，像從遠處眺望落磯山脈，從左到右，靠近末端的牆，但是並沒有挨著牆，而是留出了一塊空間，與四周那些高山相比，感覺不大，可是走近一看，卻是個很方便的開口，或許足可供車輛通行。

李奇看後面，大概有五十個人在工作，穿著像足球員，工作服的顏色極亮眼，戴頭盔和耳罩，膝蓋及手肘都有塑膠護具，跟機場工人一樣。大部分的人在忙，有兩個杵在那兒瞪大眼睛，不知他是誰。李奇揮揮手，他們也揮手，然後就走掉了。俗話說得好，入境隨俗。就當你剛買下了半間公司，見過新老闆吧。

李奇向後轉。胡波在五十碼前停車，他在待命。歐洛茲科來到李奇的旁邊，接著是尼利。由於噪音太大，他們不得不拉高嗓門。歐洛茲科說：「不是藏在盒子後面，就是不在這裡。」

「真厲害，福爾摩斯。」

「證據是沒辦法在短短的時間內堆起那些盒子。」

「我覺得盒子始終都在那裡。」尼利說。「我覺得辦公室就在後面，我到處都沒看到，他們把自己圍在裡面，安靜，又有停車位。」

三人走近，氣味很濃，有如走在百貨公司裡。盒子山脈的一端延伸到倒數第二扇捲起來的門，完全堵死了。也就是說最後一扇捲起來的門就是辦公室員工的私人車道，跟軍隊一樣。

他們繞到四十七號門，看如何操作，好消息是它有手動的控制裝置，一個向上的按鈕跟一個向下的按鈕，都是塑膠的，顏色鮮亮，都有一個小茶碟大小。好像某人的第一批神奇魔菇，壞消息是按鈕在門左邊的面板上，在車道的另一頭，強闖出來的空間的後面一角。

歐洛茲科說：「很可能車頭朝外，跟消防車一樣，才能即時開走。要是它動了，射輪胎。」

李奇說：「要是它動了，射司機。大衛・克拉克大約有兩呎高，射頭應該夠安全。」

「如果在的話。」

李奇記得辛克萊的手按著他的胸膛，是停止信號，但並不是，是評估，隨即下結論。不是有微乎其微的信任，甚至不是有信心或多少興趣，而是個徹頭徹尾的賭博，他這個人值得賭一次。

「對，」他說，「如果在的話。」

43

貨車在裡面。李奇從盒子山脈的最後一個轉角看，只用一隻眼，他看見了廂型貨車，不再是白色的，而是噴上了塗鴉，字母跟氣球一樣，W和H，S和L。車頭朝外，後門捲起。車內是結實的帆布袋，到處是背帶，加了厚墊，圓形的，迷彩，仍然暗沉強韌，從沒見過天日。貨車的左邊是一面窗戶牆，後面是空蕩的大辦公室，右邊是盒子山脈的後壁。貨車兩側約莫有三呎寬的空間，一點也不狹仄，靠近之後這一區感覺寬綽得很。

看不見有人。也沒有守衛。

李奇抽身檢查另一邊。又有兩名工人駐足瞪眼。他退回到歐洛茲科和尼利等待的地方，胡波也來了。李奇把發現告訴了他們，他們自己去看了一遍，一次一個，只用一隻眼睛。歐洛茲科退回來，說：「辦公室一定有兩個房間那麼深，他們一定是在裡間。」

李奇說：「也可能出去吃披薩喝啤酒了。幹嘛叫人守著一堆錫罐子？他們不知道搶到了什麼。」

「第一要務是廂型車，不是人員。」

「同意。」李奇說。

「那就去把它偷回來，馬上動手，我們有鑰匙。趁著主人在裡面看球賽，加速衝到馬路上。」

李奇點頭。有一次他在陸軍的戰鬥學校輪值，最狠的教官喜歡說最上等的戰鬥就是不用打的戰鬥，沒有失敗的風險，沒有受傷的風險。儘管機會渺茫或是壓根不可能。再說在這件事上還牽扯到政治。要是貨車就這麼消失了，誰能說它存在過？否認向來是上策，也符合說法。什麼箱子？

而顯然最吵鬧的一個步驟就是拉起倉庫門，那是由電子馬達操作的，有兩條鐵鍊，又長又慢，還得完全打開。廂型車的車頂很高，大概三十秒，一路向上喀喀嘎嘎響個沒完，非常有特色的聲響，簡直就像在報紙上登廣告，他們立刻就會跑來。

最好還是倒車出去。換一個方向，小心地倒退，深入棚子中央，盡可能深入，然後掉頭，從倉庫逃出去，從最近的一扇敞開的門出去，跟胡波開進來的方式一樣。

這時七十碼外有四名工人駐足瞪眼。

李奇說：「好，動手，誰想開車？」

尼利說：「我來。」

「要是他們聽見了引擎聲，就會衝到妳那邊，所以妳需要掩護。可是不從乘客座掩護，妳的臉可能會被射到。我走在死角那邊，等妳不倒車了，我就會跳上來，然後妳向前開，胡波和歐洛茲科會跳進貨車後面。」

「我打算倒車的速度你走路跟不上，這些是傘兵武器，禁得起一點碰撞。坐在乘客座上，就是千萬別射到我的臉，並不困難。」

李奇瞧了瞧另一邊。仍有四名工人在看。

「乾脆俐落。」他說。「也不離譜。弄得像平常的作業一樣，貨車開進來，現在又要開出去了。」

他探頭看轉角外，最後一次，兩隻眼睛。窗戶，空蕩蕩的。貨車，靜靜候著。什麼也沒有，沒有人。

這時有六個工人在看了，他們上前了一步，形成了鬆散的箭頭。最近的傢伙在六十碼外，被距離和噪音隔絕開，卻瞪著大眼。

李奇把鑰匙交給了尼利。

他說：「去吧。」

歐洛茲科和胡波緩緩朝他們的藍色歐寶走去，坐上車，行駛到能夠看見隱藏空間的地方，車身歪斜，擔任支援，卻不會妨礙了尼利的倒車計畫。他們留給她空間把貨車開到歐寶的旁邊，然後她會把方向盤打到底，在他們的前方轉彎，揚長而去，他們會一樣急轉彎，緊跟在後。

尼利查看了視界，深吸一口氣，走入隱藏的空間。李奇尾隨。她順著貨車的死角走向乘客座的門，李奇停在後門邊，盯著辦公室窗子。她試了試乘客座的門，沒鎖，於是她用力拉開，爬上去，坐到駕駛座上。李奇伸長手臂，抓住了吊帶，把門一吋吋往下拉。這些是傘兵武器，禁得起一點碰撞。或許如此，不過他可不想讓炸彈在急轉彎時掉出來，他可不想讓炸彈在漢堡的某條街角翻滾彈跳。

他拉扯吊帶，門輕輕地慢慢地順利地向下降，尼龍軸承呼嚕轉。一吋，一吋半，兩吋。

他打住。

媽的。

他吸引了尼利在後照鏡中的目光，做出割喉的動作。取消。

現在。

她爬到乘客座上，打開門下車，順著塗鴉的車身跟著他退回安全處。

歐洛茲科和胡波也下車過來了。

相反方向有十來名工人盯著他們看。一整票人了，仍然是散亂的箭形。五十碼外，腳步挪近。

尼利說：「怎麼了？」

「貨車裡應該要有十枚炸彈。」李奇說。「可是我只數到九枚。」

胡波和李奇之前沒見過，所以李奇很確定胡波不會說，歐洛茲科也不會。被舊世界的禮貌束縛了。會說的人是尼利。她會組合十來種不同的理論，從返回巴西的船隻開始，或是馳向柏林的卡車，最後不是成功解決了，就是爆炸和大火球，一百萬人死亡。一切都端賴一個關鍵的問題。

而她會問。

她說：「你確定你沒數錯？」

他露出笑容。

「我們來套用雙人責任制。」他說。「基本的核武安全保障，應該胡波去，他壓根不認識我，他仍然是沒有偏見的旁觀者。」

所以胡波去了。他從角落檢查，一隻眼睛，非常謹慎，然後走入隱藏區。李奇填補了他的位置，一隻眼睛，看著他走到後門。他太矮了，貨車底板的高度再加上兩呎高的背包，表示他只能仰頭看到第一排。

忽然李奇看見辦公室角落有個人，在右邊，非常裡面，跟李奇的位置正好是對角線，也就是說那傢伙看不見胡波。暫時如此，角度不對，被貨車的一角擋住了。

房間裡的人動了，他在找東西，每張辦公桌挨個尋找，拉開抽屜，伸進一隻胖手指，再換下一個。他是條龐然大漢，挺厲害的樣子。

胡波後退，踮起腳尖。

那人移動，走過了一張桌子。

這下子角度對了。

噪音很大。轟隆聲，吱嘎聲，喀嗒聲，鏘啷聲，嗶嗶聲。

李奇大喊：「胡波，上車。」

他希望喊聲能讓胡波聽見，而不讓另一人聽見，胡波愣了不到一秒的時間，旋即兩手按住貨車底板，爬進車裡，躲在背包的後面。

辦公室的人從窗戶向外望。

他走近了一步。

他緊盯了一會兒。

他檢查貨車，再檢查貨車的後方空地。

隨即轉身走開，又到了很裡面的角落，還穿過了門，進入隱藏的裡間。

李奇等待著。

那人沒再出來。一分鐘過去，兩分鐘過去。要是他聽見了，就會出來。這是人性，他會抄起槍，帶著人立刻再出來。

他沒聽見。

李奇大喊：「安全了，胡波。」

沒有回應。

轟隆，吱嘎，鏘啷。

李奇又一次大喊，這次更大聲。「胡波，安全了。」

胡波的頭從後車廂探出來，隨即往下跳，彈跳而起，走回安全處。

「九枚炸彈。」他說。「密碼本也不見了。」

44

另一個方向的工人聚集了大約二十人，距離四十碼，在遼闊的工業廠房裡仍算小眾，不具威脅。李奇覺得恰恰相反，他們困惑卻團結地站在一起，對抗在他們眼裡對辦公室裡的老闆形成威脅的人，準備要合力擊退入侵者。他們是忠心的員工，或許不只如此，有些可能是他們那個組織的低階會員，也許要在德瑞姆勒皮鞋當上領班就得要這樣。

李奇跟胡波說：「你的德語好嗎？」

「滿好的，」胡波說，「所以我才在這裡服役。」

「去叫他們冷靜下來，回去工作。」

「你要我使用什麼特別的說法嗎？」

「告訴他們我們是美國憲兵，代表巴西憲兵，正在執行一個跟皮鞋有關的例行稽核工作，要是我們被迫報告他們有敵意，就會對他們有更嚴格的審查。」

「他們會信嗎？」

「那就得看你唬不唬得住他們了。」

他們看著他，四十碼外，跟立在箭頭的傢伙面對面。他長篇大論，人群並不買帳。

歐洛茲科說：「準備拯救他。」

李奇說：「別踢他們的膝蓋。」

「為什麼？」

「他們戴著護膝。」

胡波說個不停。向前的勢道消退了，人群靜止不動，並未信服。胡波走了回來，說：「我盡力了。」

「他們會報警嗎？」李奇說。

「那不是他們分內的事，他們只是很疑惑，而且擔心，這是家族事業。」

「那我們最好趕快。」

「從哪裡著手？」

「資料，也就是辦公室，還有裡面的人。」

「交戰守則呢？」

「事後再說。」

他們不再以一眼查看，太謹慎了，架式不對。所以他們直接繞過那堆盒子，像是例行公事，走入隱藏的空間，彷彿他們是來要老闆在文書上簽名，或是來為追加的問題要答案，或是來影印文件的。一等離開了工人的視線，他們就掏出了槍。辦公室套間的入口在非常後面的角落，靠近捲門出口的手動面板。通往第一個房間的門跟非常後面角落的那扇門同樣式，再往裡走就是那傢伙消失的地方。可能是到套間的後半部，未知的領域。

打開門就會放入工廠的噪音，所以他們迅速通行，而且立刻分散，蓄勢待發。胡波倒退著走，他負責隨時注意後方情況，讓小組有充分的信心，再沒有比不知道後方的動靜更糟糕的事了。工人可能又會煩躁不安，援兵也可能出現。夜班工人提早上工，或是詢問專家的意見，可能是德國老兵，特別找來的，只問一個問題：這些見鬼的玩意是什麼？

他們不知道弄到了什麼。

四人朝下一道門前進。是道窄門，一個瓶頸，閃光彈就是為這種地方發明的，可惜他們沒有。門打開了一條縫。李奇往裡張望，什麼也沒看見，只有空蕩的一條縫。他側耳諦聽，聽到德語的交談聲。男性，一問一答。挫折，卻不憤怒。困惑，卻有耐性。他們在忙著釐清什麼事。三個人在交談，李奇認為。還有默不作聲的其他人嗎？聲音偏左邊，而且有一種在箱子裡的呆滯音調，彷彿是在左邊角落的一間獨立的辦公室，可是他看不見。

他退後一步，瞄著窗外，沒有人追過來，暫時沒有。他打手勢，最少三人，位置在左，角落裡。他們以步子測量，背靠背，挨著他們這一邊的分隔牆。這個距離很麻煩。要來個出其不意，兩步太長了。胡波負責守衛門口，面朝外，尼利打頭陣，然後是李奇和歐洛茲科，他們會深入室內，分散開來，使目標分歧，創造出三條視線。對方如有什麼蠢動，他們也至少會有三分之一的勝算。

四人就行動位置，尼利在前，其次是李奇，其次是歐洛茲科，而胡波則面對著後方。尼利衝進了門口，朝第三道門逼進，李奇占住第二道門，歐洛茲科停在第一道門口。應該是本壘的地方是個以玻璃牆圍出的立方體，樣子像是辦公室中的辦公室，兩個人立在辦公桌兩側，一個是李奇剛才看到的人，彪形大漢，精明能幹，另一個也差不多。

而辦公桌前的椅子上赫然立著第十枚大衛・克拉克，頗像個人類訪客，也像警局裡的嫌犯。帆布袋的皮帶解開來，袋子拉了下來。圓筒是暗綠色的，上頭有白色字跡，頂端有以螺絲釘拴上的面板，上頭有六個像雞頭的小旋鈕，三個小撥動開關。

辦公桌後的椅子上坐著的那個傢伙李奇認為就是德瑞姆勒，他的樣子就像是老闆，像個頭領。他大約四十五歲，挺威風的，金髮摻雜了灰絲，臉孔紅潤，也透著灰色。一身套裝，高翻領，舊德國式。他的手肘架在桌上，十指搭成金字塔狀，正在研究秘密檔案，或是研究過了。這時他瞪著李奇，也可以說是瞪著他的柯爾特制式手槍，槍口正瞄準著他的臉。

李奇說：「Hände hoch。」

有如老黑白電影。

手舉起來。

德瑞姆勒毫無反應，他兩側的人立刻切換到隨時準備反擊的硬漢模式，手舉到一半，手指伸直，身體緊繃，腦筋滴溜溜地轉。只是停火，並不是投降。

李奇跨前一步。

他說：「會說英語嗎？」

德瑞姆勒說：「會。」

「你們被捕了。」

「你們是誰？」

「美國陸軍。」

德瑞姆勒向下瞄，看著縐巴巴的迷彩帆布袋。

李奇說：「你亂動那個東西了嗎？」

「還沒有。」德瑞姆勒說。「我們不知道是什麼。」

「不是你們想要的。」

「我們動了動旋鈕，想看看是什麼。」

「開關呢？」

「撥了兩次。」

「現在你在研究檔案，想弄清楚如何操作。」

「這個究竟是什麼？」

李奇說：「走出房間，一個一個來。」

第一個人走了出去，李奇見過的那個。他踮著腳尖走，全身緊繃，蓄勢待發，在尋找機會。接著是第二個人，也是一樣。

李奇對德瑞姆勒說：「你留在裡面。」

德瑞姆勒坐在椅子上，十指仍然搭成金字塔狀。

李奇對另外兩人說：「你們現在由美國陸軍羈押，我有法律義務告知你們，只要你們敢亂來，我們就會讓你們傷得很難看。」

兩個人都沒動。

李奇跟歐洛茲科說：「你跟胡波把這兩個交給古利茲曼。叫尼利出去看守貨車，新的撤離時間是十五分鐘之後。」

「為什麼？」

「他動過開關了。」

「動開關也不能啟動啊。」

「這樣當然最好，可是我想檢查一下。德瑞姆勒先生可以幫我，畢竟檔案在他的手上。」

45

德瑞姆勒坐在辦公桌後，李奇坐在大衛．克拉克旁邊的空椅子上，有如主人和兩位客人。一場三方對談，三種觀點，卻什麼也沒說，至少在開頭的好幾分鐘內是一片沉默。李奇把桌上的檔案拿過來，想看出個所以然來。六位數的密碼，轉動雞頭旋鈕輸入。嚴格來說，是由一個人輸入三個數字，撥動他的武裝開關，接著由第二個人輸入另外三個數字，撥動他的武裝開關，中央的開關仍在關閉的位置。這是什麼用途？檔案上沒寫。

檔案上列了十組六位數密碼，列在十個序號旁。等待著軍械士的白色粉筆。

德瑞姆勒說：「這玩意是什麼？」

李奇說：「你希望是什麼？」

「我不懂你的意思。」

「為了幫你的理念宣傳啊。」

「你應該離開了。」德瑞姆勒說。「討論結束了。」

李奇說：「是嗎？」

「你在這裡沒有管轄權。這件事純粹是一場誤會，我甚至不知道這是什麼東西。」

「這是炸彈，而且被你偷了，在你問過荷瑞斯．懷利的新名字之後。」

「古利茲曼會發現要對我採取法律行動非常困難。」

「因為你認識的人會讓他很意外？」

「成百上千的人。」

「你是他們的領袖？」

「我很榮幸。」

「你要帶領他們到哪裡去？」

「他們想要他們的國家回來，我會確保他們能如願。不只這樣，我會確保他們得到配得上他們的國家。再次強大的國家，目的純正，為了同一個方向而團結在一起，不再有廢物，不再有外來的干涉，我們不會再忍受那種事情，德國會是德國人的。」

李奇沉默了一會兒。

隨即說：「你對自己的國家歷史了解多少？」

「真歷史還是假歷史？」

「它造成的恐怖和悽慘，還有八千萬人死亡，這是我們在學校學到的。然後晚上我們會哈拉打屁，有人會說到時光機，坐時光機回到過去，把那個傢伙處理掉，在他還沒開始以前，你會不會呢？」

「你覺得呢？」

「我舉雙手贊成。可是這個問題很笨，根本就沒有時光機，而且後見之明永遠是放馬後砲，我想真正的挑戰是把這個問題倒著問。就從此時此刻開始，向前看，用先見之明看，結果就跟時光機相反，有沒有一個人是你今天就可以處理掉的，省得明天還需要某人夢想有什麼時光機？如果有，你做不做？你可能會錯，可是你也可能是對的，用一個人來換八千萬條人命。」

他腦子裡的時鐘告訴他十五分鐘過去了，炸彈沒事。隨便亂扭亂撥並不起什麼作用，這才說得通，否則跳傘出了錯豈不是要天下大亂。

他說：「這是一個絕對的道德問題。有人說不，因為這個傢伙並沒有觸法，暫時沒有，可是哪個罪犯不都曾經是好公民。要是你能坐時光機回去糾正錯誤，幹嘛不現在就糾正？有的人會擔心沒有十足的把握，如果你只有九成的把握呢？有的人說寧可錯殺一百也不能放過一個，也就是說只要有一半的把握就行了。其實不然，只要有百分之一的把握可能就夠了，百分之一的機會可以拯救八千萬人免於恐怖和悲慘的命運，你看出那種可能性了嗎，德瑞姆勒先生？」

德瑞姆勒一言不發。

李奇說：「我們那時是大學生，西點軍校是大專，那時我們就在聊這種事情。我們是認真的嗎？無所謂。反正也沒辦法證明我們是會言行合一，或是心口不一。可是人生就是這麼麻煩，現在我得老老實實來回答這個問題了，多年以前我是不是滿口的胡說八道？」

他一槍射中德瑞姆勒的心臟，隨即再補了他的腦袋一槍，為了百分之百確定。然後他把槍收進口袋，把檔案塞進迷彩背包裡，把大衛．克拉克扛上肩頭，走向貨車，向旁跨步，按下綠色的神奇魔菇，打開了門，再打開另一扇門，把背包放下，讓它跟九個弟兄團聚，把車門拉下來，緊緊鎖好。

他坐上乘客座。

尼利說：「你沒事吧？」

「再好沒有了。」

「確定？」

「幹嘛，妳是我老媽啊？」

門一路向上打開。

李奇說：「開車。」

國安會召開緊急會議，要與會者立刻解散，以便減少目視識別的風險，以及隨後被法庭傳喚的風險。十六個小時後李奇就到了日本，他聽說某支取回核武連隊已經奉命去卸貨，他們有一種舊式的車輛，當年核子彈頭飛彈會從飛機上掉下來，落在曠野中，就靠這種車輛去取回。後來他聽說懷特和范德比爾特帶信差直飛蘇黎世，領光了某個帳戶的錢，存到另一個戶頭。中情局的錢高達六億。伊朗人得到了加州世紀城的一間公寓，不出一個星期就在電影界找到了工作。沙烏地人被召回了葉門，從此杳無音訊，懷利葬在公共墓地，位在德國高速公路的路肩，沒有石碑，沒有記號。

大約兩個月後，李奇被召回華盛頓，他又榮獲一枚勳章，見了辛克萊的最後一面。她送了信來，邀他晚餐。贈勳儀式前夕，到她家，亞利山卓的郊區房屋，他穿著陸戰隊長褲，漢堡買的黑色T恤，都由日本的洗衣店清洗過折疊好。沒穿外套，因為天氣暖和。他的頭髮剪過，也洗過澡刮過鬍子。她穿著黑色連身裙，戴鑽石首飾，而不是珍珠。兩人在一張跟船一樣長的餐桌用餐。燭光搖曳，鑽石閃爍。她跟他說有些消息是好消息，壞人沒好日子過了，他們的資金大幅縮水，六億元可不是小數目。他們也不能再利用漢堡的空中運輸了，因為那兩個工人是關鍵。信差非常合作，交代了某些架構，他們也填補了一些細節。有些消息就沒有那麼樂觀了。懷利沒有遺囑，目前阿根廷的牧場仍是他的，這件事無法逆轉，他們仍有許多事不知道，仍然像火燒屁股一樣忙得要命。

晚餐後，兩人有一搭沒一搭地收拾餐桌，最後在廚房門口停住。他聞到了她的香水，他又緊張了。

她說：「就照以前那樣。」

他舉起手以指尖拂過她的額頭，手指插入她的秀髮，向後撥，一半頭髮別在她的耳後，另一半頭髮垂落。

看起來很美。

他收回手。

她說：「換另一邊。」

他用另一隻手，一樣，幾乎沒碰她的額頭，手指埋入她的頭髮，順著手勢停在她的後頸。纖細，溫暖。她一指貼著他的胸膛，慢慢滑向他的後頸。她往下拉，他往上抬，兩人接吻，頃刻間就熟悉了。他在她的背後找到了小小的淚滴形金屬拉鍊頭，往下拉，經過了她的肩胛骨，再經過她的後腰。

她說：「上樓吧。」

他們到她的房間去，她騎在他身上，像個女牛仔，但這次又是面對著他，臀部向前，雙肩向後，揚著頭，閉著眼睛。鑽石耳環搖曳彈動。她的手臂背在身後，跟第一次一樣，遠離她的身體，彎著手腕，十指伸開，掌心懸在床上幾吋之處，撇擦著隱形的氣墊，彷彿在保持平衡。她也的確是，跟前次一樣。她以某一點平衡身體，全身重量都壓了上去，前後搖擺，左右游移，追逐感覺，而且找到了，又失去，再次找到，奔向氣喘吁吁的終點。

翌晨他早早就到了貝爾沃堡，同樣的那個房間，同樣的鍍金家具，同樣的一堆旗幟。參謀長親自主持。真不賴。總共要頒發五枚動章，頭四枚是陸軍嘉獎動章，給胡波、尼利、歐洛茲科和李奇。沒有軍功動章那麼漂亮，不過也不是他見過最醜的東西。六角形的青銅，上頭刻了一隻鷹。綬帶是墨綠色加白條紋和白滾邊。等於銅星動章，只不過並不是因為戰功。

閉上嘴收下這塊破銅爛鐵。

第五枚是銀星動章，頒給威爾森・T・漢斯沃茲少將。

頒獎儀式之後是走來走去，閒聊哈拉，互相握手。李奇朝門口移動，誰也沒阻止他。他走到走廊上，沒有士官在等他，今天剩下來的時間都是他自己的。

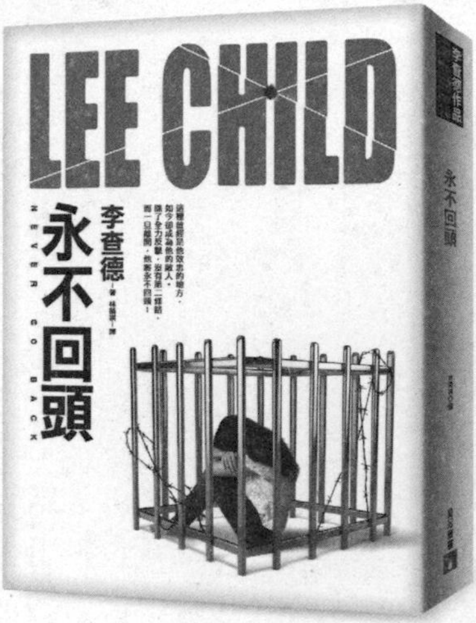
LEE CHILD
李查德
永不回頭
NEVER GO BACK
永不回頭

國家圖書館出版品預行編目資料

不存在的任務 / 李查德 Lee Child 著；趙丕慧
譯. -- 初版. -- 臺北市：皇冠, 2018 .10[民107].
面; 公分. --(皇冠叢書; 第4719種) (李查德作
品；21)
譯自：Night School
ISBN 978-957-33-3402-6 (平裝)

873.57　　107015606

皇冠叢書第4719種
李查德作品21

不存在的任務

Night School

作　　者—李查德
譯　　者—趙丕慧
發 行 人—平雲
出版發行—皇冠文化出版有限公司
台北市敦化北路120巷50號
電話◎02-27168888
郵撥帳號◎15261516號
皇冠出版社(香港)有限公司
香港上環文咸東街50號寶恒商業中心
23樓2301-3室
電話◎2529-1778　傳真◎2527-0904
總 編 輯—龔橞甄
責任主編—許婷婷
責任編輯—平　靜
美術設計—王瓊瑤
著作完成日期—2016年
初版一刷日期—2018年10月

法律顧問—王惠光律師

讀者服務傳真專線◎02-27150507
電腦編號◎509021
ISBN◎978-957-33-3402-6
Printed in Taiwan
本書定價◎新台幣380元/港幣127元